TRILOGÍA DEL GUARDIÁN
Libro I

TORMENTA DE FUEGO

David Klass

Traducción de Mª Teresa Marcos

sm

Visita la web oficial:
http://librosespeciales.grupo-sm.com/tormentadefuego

Dirección editorial: Elsa Aguiar
Coordinación editorial: Berta Márquez
Traducción: M.ª Teresa Marcos

Título original: *Firestorm: The Caretaker Trilogy, Book 1*
Publicado por acuerdo con Farrar, Straus and Giroux, LLC, New York

Impresores, 15
Urbanización Prado del Espino
28660 Boadilla del Monte (Madrid)
www.grupo-sm.com

CENTRO DE ATENCIÓN AL CLIENTE
Tel.: 902 12 13 23
Fax: 902 24 12 22
e-mail: clientes@grupo-sm.com

ISBN: 978-84-675-1847-4
Depósito legal:M-28.492-2007
Impreso en España /*Printed in Spain*
Rotapapel S.L.

Para Gabriel

1

SEMANA de Halloween en Hadley-By-Hudson. Último curso del instituto de bachillerato. Nueve de la noche. ¿Te basta con estas frases breves? Mi profesor de inglés decía que eran una debilidad mía, más bien un capricho. Pero a mí me siguen gustando. Generan ritmo. ¿Te gusta el ritmo? Te daré ritmo: ¿Lo extraño te resulta atractivo? Pues entonces, quédate a mi lado, amigo.

Este frío, cada vez más intenso. El invierno entrando deprisa; un fastidio, una paliza. Dentro de un mes tendremos una temperatura casi glacial; de hecho, el fresco viento del norte ya se está haciendo notar. Se huele en el óxido y el tizne de las hojas coloreadas. A abastecerse de *kleenex*. Porque es un frío que atasca las narices. Ajústate bien la bufanda. Saca las manoplas del invierno pasado. Mira bien: hay adornos de Halloween colgados en puertas y ventanas. Gatos negros agazapados. Brujas remontando el vuelo sobre palos de escoba. Esto es cada vez más extraño. Pero no de la manera que tú imaginas.

Precisamente lo que yo pensaba. Pensaba que vivía en un pueblo corriente de América, estudiando un último curso de bachillerato, como cualquier otro chico. ¿Nombre? Jack. Bien corriente, ¿no? ¿Apellido? Danielson. Está bien, ¿eh? ¿Ocupación? Estudiante de último curso de bachillerato. ¿Aficiones? Chicas, cine y coches rápidos, más o menos en ese orden.

Ah, me dejaba los deportes. Muy importante. Si eres un chico de un pueblo como Hadley, con un instituto público tan duro, resulta útil ser deportista. A mí me da suerte. Altura: alrededor de 1,90. Músculos. Cotizado defensa del equipo de fútbol. Pelo color paja, ojos azul intenso, y cerebro por encima de la media, excepto cuando hago algo realmente estúpido. ¿He mencionado una sonrisa encantadora? Una sonrisa encantadora dirigida a menudo a P. J. Peters. La «P» vendría a ser algo así como la más «preciosa» de todas. O «presumida». O «perspicaz». Búscalo en el diccionario, amigo. A veces «pretenciosa». Siempre «primorosa». La «J» vendría de «juzgadora», porque siempre nos ponemos a prueba uno a otro. O «jocosa»: nadie me hace reír como P. J. O «jubilosa», cuando consigue algo de verdad importante.

Así estamos en la cafetería Hadley cierta noche en que ambos hemos conseguido algo importante. P. J. ha ganado un concurso local de arte por un retrato, hecho a pluma, de su bisabuela. Participaban artistas adultos, de modo que ganar, para un estudiante de secundaria, es algo realmente extraordinario.

Yo tan solo he corrido trescientas cuarenta yardas. Nuevo récord escolar. Nuevo récord de liga. Un día nada mal aprovechado. Hemos derrotado a nuestro mayor adversario. Los chicos me han felicitado chocando sus manos conmigo. Dándome palmadas en la espalda: «Sigue así, Jack. Eres un tío. Eres único».

Letreros de neón lanzando destellos desde la fachada: CAFETERÍA. SI ESTÁ HAMBRIENTO, NOSOTROS TENEMOS ABIERTO. Asientos de cuero rojo. P. J. está acurrucada muy cerca, recordándome que no se me suba a la cabeza. «Sigues siendo un bobo», dice.

–Para ti, «señor» Bobo –le respondo–. Un poquito de respeto, señorita Da Vinci.

Un hombre pasa junto a nuestra mesa. Alto. Desgarbado. La nuez sobresaliendo de la garganta como si desease que se la arrancasen. Ha terminado de comer. Se dirige a la puerta. Pasa de todos los chavales del instituto. No repara en nosotros. Eso es curioso, porque hacemos mucho ruido. Puede que no le gusten los chavales.

Entonces gira la cabeza y mira. En mi dirección. Durante medio segundo. A ningún otro. *Solo a mí.* Como si me conociese. Y veo rodar sus ojos en su cabeza. Ahora parecen ojos normales. Pero de pronto las pupilas desaparecen. Un resplandor. Como un flash. O el escáner de un ordenador. Una repentina ráfaga de luz blanca que se torna plateada. Luego la luz desaparece también; yo parpadeo, y él parece haberse esfumado.

–¿Has visto eso? –le pregunto a P. J.

–¿Qué?

–Los ojos de ese tipo. Acaban de lanzar un destello.

–¿Qué tipo?

–Hace un segundo estaba aquí. Vaya ojos más raros tenía.

–Me parece que será mejor que dejes las drogas, te vuelven majareta.

Más tarde nos quedamos dentro de mi coche, aparcados en el mirador. El río Hudson pasando de largo. Una gran luna de otoño suspendida en el cielo como una glándula sexual inflamada. Estoy pensando que esta es la noche. Pero P. J. tiene otros planes.

–Venga –suplico–. Qué mejor ocasión.

–No.

–¿Por qué no?

–No estoy preparada.

–Estás preparada, P. J. Y me vas a matar.

–Tienes un aspecto bastante saludable.

–Claro, hoy he marcado cuatro *touchdowns.*

–¿Y eso?

–Es el destino. Hoy me toca marcar.

Respuesta equivocada. El ambiente triunfal empieza a resquebrajarse.

–¿Así que estás comparando mi virginidad con un campo de fútbol?

–No, P. J., solo estaba bromeando...

–¿Ves alguna analogía entre el deporte y nuestra intimidad? Primera base, segunda base, ¿quieres que separe las piernas como los postes de una portería? ¿Es eso?

–Hace una noche preciosa, P. J. Estamos en último curso de bachillerato. Yo te quiero. Los chicos del equipo me hacen todo tipo de advertencias...

–¿Por no haber hecho el amor? ¿Hablas de nosotros con ellos?

De nuevo respuesta equivocada.

–No. Sí. Nunca. Pero...

Fin de la historia.

–¡Quita! ¡Que te digo que no!

–Pero, P. J., no vamos a encontrar mejor ocasión.

–Quita, y vámonos a casa. Habrá montones de ocasiones mejores. Te lo prometo. Pronto.

–¿Has oído hablar alguna vez de la inflamación testicular? Es una enfermedad. Puede ser terminal.

Ella me da un beso en la mejilla.

–Eres tan patético y tan tonto...

–¿Qué se supone que significa eso?

–Pues eso. Que no entiendes nada. Vámonos.

–Nunca sabrás lo que estoy sufriendo.

La llevo a casa. Nos besamos. Apasionadamente. Una cortina se mueve. El padre de P. J. se asoma. Saludo con la mano. P. J. le saluda y sale del coche. Yo me quedo allí sentado y contemplo cómo camina hacia su casa y desaparece dentro cuando la gran puerta se cierra tras ella.

Es tan guapa. Tan inteligente. Tan divertida. Ya elegirá ella el momento. Las chicas saben de esas cosas. Se guían por el instinto. Ten paciencia, Jack.

Conduzco hasta casa, excitado.

Papá me está esperando. Y mamá. No parecen felices.

–Me han hablado del partido. Enhorabuena.

–Gracias, papá. Fue genial.

–Demasiado genial, quizá –responde.

–¿Qué quieres decir con eso?

Papá camina de un lado a otro. Mamá se queda quieta. Los dos parecen preocupados.

–¿Que quieres decir con eso? –insisto–. ¿Me he perdido algo?

–Te dije que no es bueno destacar demasiado –dice papá–. Pones a la gente en evidencia. Haces enemigos. La gente siente celos.

–¿Quién va a tener celos? –pregunto–. Ha sido una de las mejores noches de mi vida. En la cafetería, todo el mundo me daba palmaditas en la espalda. Nadie estaba celoso. Todo el mundo se alegra por mí. Excepto tú –el tono de mi voz sigue subiendo de volumen–. ¿Qué clase de consejos paternos me estás dando? ¿Que pierda intencionadamente? ¿Que no haga todo lo que pueda?

Papá parece apenado. Mamá mete baza.

–A veces es mejor conformarse –dice–. Tu padre te quiere, Jack. Desea lo mejor para ti.

–¿Por eso me dice que no haga lo mejor que pueda los exámenes de mates? ¿Que no haga todo lo que pueda en los proyectos de ciencias? ¿Que no bata récords en la pista? ¿Que no marque demasiados puntos en los partidos de fútbol? Suena como si quisiera que no fuera más que un mediocre.

–La cuestión es que has salido en televisión –dice papá.

–Claro. Lo vi en la cafetería. Noticias de deporte local. ¿Y exactamente qué problema hay con eso?

–Publicidad –responde papá–. Atrae elementos negativos. ¿No has visto nada esta noche?

–¿De qué tipo de cosas estamos hablando?

–Alguna cosa extraña. Fanáticos chiflados de los deportes. Fans locos por el sexo. Lo que sea –está tratando de hacerse el gracioso–. Ahora que estás en el punto de mira, es mejor que estés alerta.

–No, no he visto nada extraño –le digo. «Hasta que he llegado a casa. Y mis padres me han dado en mi gran noche el golpe de gracia. Sin ningún motivo», aunque eso no lo digo; solo lo pienso. Entonces recuerdo–. Sí, ocurrió algo extraño.

Los dos parecen bastante interesados.

–Yo estaba en la cafetería con P. J., y ese tipo me miró, y juraría que sus ojos desaparecieron durante un segundo, y hubo como un resplandor. Pero no lo vio nadie más, así que debo de haberlo soñado...

Papá me agarra por los hombros.

–¿Dijo algo?

–¿Quién?

–El hombre.

–No.

–¿Pero te miró a ti?

–Sí. ¿A qué viene tanto...?

–¿Cómo era de alto?

–Muy alto. Puede que unos centímetros más alto que tú.

–Cuando viste el flash, ¿cambió de color?

–Eso me pareció –digo–. De blanco a plateado. ¿Conoces a ese hombre? Papá, ¿qué pasa? –me sujeta con fuerza, me tiene alucinado.

–Vamos a dar un paseo en coche –le dice a mi madre.

–¿Ahora? –pregunto–. Son más de las once. ¿Adónde vamos? ¿A la policía? No lo entiendo.

–Ve –dice mamá. Lo cual también es extraño. Entonces me abraza. Y mi madre no es de esas madres efusivas–. Adiós, Jack –susurra. Durante un segundo me parece ver una lágrima resbalando por su mejilla.

–¿Me va a decir alguien qué demonios está pasando? –exijo.

–En el coche –dice papá. Y se echa encima una chaqueta y sale al frío de la noche, de modo que le sigo. Después de todo, es mi padre.

2

CARRETERA de dos carriles. Oscura y vacía. Curvas y rectas por encima de la franja, de una milla de anchura, del negro y rizado Hudson. Centelleante luna llena en el cielo, como una señal de advertencia: PELIGRO. RESPETAR LÍMITE DE VELOCIDAD. ¡AMINORE LA MARCHA! Papá yendo más deprisa. Bastante por encima de los ciento veinte kilómetros por hora permitidos. Pisando el pedal a fondo. Ciento cuarenta. Ciento cuarenta.

–Yo no soy tu padre –me suelta a bocajarro.

–¿Qué? ¡No vayas tan deprisa, papá! ¡Nos vamos a matar!

–Escúchame, Jack. Yo no soy tu padre. No, no discutas. Solo escucha. No tenemos mucho tiempo. Te quiero, pero no soy tu padre; lo siento.

Algo en su expresión. En su tono. Puede que sea la velocidad del coche. A pesar de seguir luchando contra ello, me lo creo.

–Esto es una broma, ¿verdad? ¿Algún tipo de prueba? ¿De juego?

–Ni broma, ni prueba, ni juego –conduce como un profesional. Jamás en mi vida le he visto rebasar el límite de velocidad. Papá es un tipo discreto. Dócil. Que acata la ley. Prudente. ¿Dónde ha aprendido esto?

–Papá, ¿estás diciendo que mamá te ha estado engañando...?

–No soy «papá». Mamá no es tu madre. Ni ella ni yo. Ninguno de los dos. ¡Maldita sea, agárrate!

Chirrido de neumáticos. El coche a punto de aterrizar en un roble. Me preparo para morir. Papá gana la batalla con la carretera. Sigue conduciendo.

Mis dedos se agarran al reposabrazos. Apenas puedo pronunciar palabra.

–¿Estás diciéndome que soy adoptado?

–No –contesta–. Es más complicado que eso. No hay tiempo para explicaciones. ¿Esa luz que viste en la cafetería se volvió plateada?

–Sí, pero qué más da...

–Te marcaron. Así es como nos encontrarán.

–¿Quiénes?

–Debo borrar tu identidad –dice papá. Ahora conduciendo con una sola mano. A esta velocidad es un suicidio, pero lo hace.

Hurgando entre las cosas de una bolsa negra sobre el asiento –¿de dónde ha salido esa bolsa?– saca un pequeño cubo metálico. ¿Una cámara? Nunca lo había visto. Agudo chirrido. Destello verdoso. Sensación extraña por todo mi cuerpo. Como si te quitasen una capa superficial de piel, como si tirasen de ella, lo mismo que cuando te pelas por las quemaduras del sol. Es doloroso. Mucho. Chillo.

–Lo siento –dice–. No tienes otra alternativa.

–¿Alternativa para hacer qué?

–Contamos contigo –responde–. No lo olvides nunca. Eres nuestra gran esperanza

–¿Esperanza de qué?

–¡Ahí están! –exclama entrecortadamente–. Han venido con tanta rapidez...

Miro alrededor. No veo a nadie.

Papá pega un volantazo. El coche patina violentamente y queda escorado fuera de la carretera, en una calle estrecha. Tacha eso: una calle no; más bien un sendero. Oscuro. Lleno de baches. Mal pavimentado. Además, sin iluminación. Aunque al parecer no lo suficientemente oscuro para el propósito de papá, porque desconecta sus luces. Nos lanzamos a la carrera al interior de la negrura estigia. Busca eso en el diccionario, amigo, pero no ahora mismo. Ahora no hay tiempo para nada. Excepto para resistir. ¡Dios mío, qué abrupto es esto! ¿Seguimos en el sendero? ¿Cómo es posible que no vuelque el coche?

–¡PAPÁ, NOS VAMOS A MATAR! ¡DETENTE!

Pero él se pone a mirar atrás. Por la ventanilla trasera. Medio girado. Así que yo también miro atrás. A nuestras espaldas, luces. De coches no. Motos, me parece. A menos de media milla de distancia.

–No consigo dejarlos atrás –se lamenta papá–. Habrá que detenerse y luchar.

FRENAZO A TOPE. Crujir de huesos. Aullido chirriante, como si el coche fuese una bestia herida y nosotros estuviésemos en su interior. Olor apestoso a caucho quemado. El coche girando con violencia. Vueltas de campana. Nunca antes he estado dentro de un coche que diera vueltas de campana. No es divertido. Luego, todo se detiene.

–Márchate –me dice–. Ahora. Vete.

–¿Adónde? –pregunto.

–El río –contesta–. El puerto deportivo de Jake. Allí hay un yate al final del muelle tres. La llave, bajo el cojín del asiento del piloto. Ahora vete.

–No voy a irme a ninguna parte –digo, temiendo volverme loco, aunque bien seguro de dónde debo quedarme–. Pase lo que pase, mi sitio está aquí, contigo.

Él posa su mano sobre mi hombro. Se inclina y me besa en la frente. Durante un instante vuelve a ser papá. Cómo conservaré ese beso. Luego se queda mirándome. La mirada intencionadamente encendida.

–Escucha, hijo. No tengo tiempo de explicártelo. Todo aquello en lo que tú crees no tiene nada que ver con la verdad. Yo no soy tu padre. Mamá no es tu madre. Tus amigos y compañeros servían para ocultarte entre ellos. No cumplen ningún propósito concreto en la vida. Tú sí tienes un propósito. Eres nuestra gran esperanza. Debes sobrevivir. Y ahora ellos han venido aquí para matarte.

Dispara el arma. Una estela amplia y larga. No de balas. No creo que sea láser. Pero algo abrasador, sibilante y mortífero sale del cañón del arma.

–Vete a buscar el yate –dice–. Yo les haré frente. Aléjate. Es tu destino.

–No voy a ninguna parte y no podrás hacerme marchar. Así que olvídalo.

–No es momento de discutir –dice, bajando la pistola. ¡Y se dispara sobre su propio pie! ¡Intencionadamente! Le veo lanzar un grito ahogado, se encorva y a punto está de venirse abajo. Los dedos de su pie han desaparecido. Ha desaparecido la mitad del pie. Sangre. Hueso. Vuelve a mirarme y levanta la pistola hacia su cabeza–. Me volaré los sesos con el próximo disparo. ¿Quieres verlo o vas a marcharte?

Retrocedo un paso. Ni siquiera sé lo que voy a hacer ahora. La cabeza me da vueltas, de miedo y confusión.

–¡Vete! –dice–. Durante años te dije que ocultaras tus capacidades. Ahora tendrás que hacer uso de todas ellas. Vuela, hijo, vuela como el viento. Y toma esto –me entrega un largo cuchillo. Los disparos que nos llegan rastrillan el suelo frente a nosotros. Una roca se evapora. Papá responde con disparos.

Echo a correr. Esa es una de las cosas que siempre he sabido hacer. El corredor más rápido de la clase. Del curso. Del instituto. Del pueblo. Del condado. Me alejo colina abajo, impulsándome con los brazos, batiendo piernas, mientras oigo a mi espalda más disparos y creo escuchar un agudo grito de agonía. ¿Papá? No lo pienses. Solo corre.

Por entre las zarzas.

Resbalando por las peñas.

Cayendo por los arenosos precipicios.

Ni siquiera las motos son capaces de bajar por aquí.

Hacia las orillas del Hudson.

Hace dos horas yo estaba saliendo con P. J. Este río nos proporcionaba un escenario romántico. Ahora corro por la ribera, con los pies hundidos en el barro.

Miro atrás. Disparos en la ladera.

Miro adelante. Puerto deportivo de Jake. Todo oscuro y silencioso. Escalo la verja. Púas en la parte alta. Me impulso por encima y no me quedo enganchado. Barcos que se mecen en la corriente nocturna. Pequeñas olas rompiendo contra las tablas del embarcadero. Pequeños peces bajo la luz de la luna.

Algo viene persiguiéndome por encima de la verja. Una forma oscura. Luego otra.

Dejo atrás el muelle uno. El muelle dos. Al muelle tres. Cincuenta yardas de distancia. Medio campo de fútbol. Me lanzo a la carrera. Hoy me toca batir marcas. Vuelo como el viento. Nadie es capaz de correr tan aprisa.

La forma oscura está corriendo más deprisa. Me está alcanzando. Una hoja plateada pasa volando junto a mi oreja. ¿Han lanzado un cuchillo? Veo en el extremo más lejano el yate. Factura elegante. Hecho para la velocidad. Salto a cubierta. Corro al asiento del piloto. Arranco el asiento. Ahí está la llave. La meto en el contacto. Lo pongo en marcha. Rugido ensordecedor. ¡Menuda potencia tiene este chisme! El yate se pone en movimiento. Entonces se detiene. Olvidé soltar amarras.

La forma oscura salta hacia mí desde el muelle. La vestidura negra ondea al viento. La veo venir. Volando. ¿Eso son dientes o garras? No hay tiempo para pensar. Me echo a un lado y levanto el cuchillo que me dio papá. Una estocada firme. Ruido sordo, escalofriante. He atravesado al hombre-cosa-murciélago. Horrorizado, bajo mi arma y la criatura se desliza fuera del cuchillo, se hunde en el río y el Hudson lo engulle.

Esas son las noticias buenas. Las malas son que vienen más formas oscuras. Corto las amarras con el cuchillo. Salto al asiento. Mientras aprieto el acelerador miro atrás. Dos formas negras saltan hacia mí. Me levanto y me lanzo contra ellos cuchillo en mano. Un rugido. El yate sale disparado río adentro. Echo otro vistazo atrás. Dos demonios negros se lanzan por encima del agua a toda velocidad, luego pierden impulso y altitud, hasta que amerizan. Dentro del líquido. El resto de las sombrías figuras se congrega al final del muelle como un ejército de demonios frustrados.

Lo conseguí. ¿Pero por qué? ¿Para qué? ¿Adónde voy? Todo lo que amo ha quedado atrás. Dirijo el yate rumbo al centro del río, en dirección sur.

Me llevo las manos a la cabeza. Y lloro por mi padre y por mi madre, y por P. J. y mis compañeros de equipo, y por todo aquello que fue y que ahora no es, ni nunca volverá a ser.

3

MEDIA noche. Absolutamente solo. Cuando digo absolutamente, quiero decir absolutamente. Solo este yate. Solo Jack. Hace una hora me preocupaba por mi excitación. Ahora no tengo nada. No sé nada. «No soy tu padre», dijo papá. «Mamá no es tu madre. Tus amigos no son tus amigos. Eres diferente a ellos». Un verdadero disparate. Disparates. Una locura. Tiene que serlo. Excepto...

Excepto que esa gente viene a matarte. Llevan motos. Disparan armas. Papá se voló su propio pie para obligarte a alejarte de ellos. Y el hecho de que vinieran hace que todo sea cierto, ¿no? Sí, lo es.

¡Pero no puede ser verdad! Dieciocho años de vida no mienten. ¿Pero en realidad fueron normales? Siempre un poco por delante de los demás. Siempre un poco más rápido. Siempre mucho más fuerte. Modestia aparte, siempre un poco más inteligente. Incluso más inteligente que P. J., la verdad sea dicha, y eso que ella es la estudiante más desatacada de nuestro instituto.

Entonces, si tú eras más inteligente, ¿por qué no fuiste un estudiante destacado, tío?

Porque papá no quería que lo fuese. No marques el gol perfecto, decía. No batas el récord en atletismo. No vayas derecho a por los dieces. No tienes que demostrar nada. La gente no te querrá. Sobresaldrás. Mejor hacerlo bien y encajar, que hacerlo con brillantez y poner a otros en evidencia.

Nunca tuvo sentido para mí. Nunca. Pero cuando tienes un padre tan bueno como el mío, te mantienes sumiso y sigues el programa.

Ahora sé más. En realidad no era esa la cuestión, papá, ¿verdad? Ahora que el reloj ha marcado las doce, por así decirlo, seamos honestos. No puedo enfadarme contigo. Estoy seguro de que sacrificaste tu vida para que yo pudiese marcharme. No se trataba de que el resto de la gente tuviera celos. Esa fue una explicación conveniente. Se trataba de acotar mi exhibición. Se trataba de no ganar competiciones científicas o destacar en los partidos. No ser demasiado aclamado. No aparecer fotografiado en el periódico o mencionado en la radio o la televisión.

Porque me estaban buscando.

¿Quiénes son? No lo sé.

¿Por qué quieren matarme a mí? ¿A Jack Danielson? ¿A un tipo de lo más simpático? No lo sé.

Quieren matarme. Y aquí están las malas noticias. No solo están ahí afuera, sino que llevan años estando ahí. Ahí estaban, allá por el tercer curso, cuando papá me recomendó que no ganara el concurso de ortografía porque el ganador tendría que ir a los nacionales. «¿Qué más da tener una buena ortografía?». Papá se había reído. «Deja que otro consiga ese honor, hijo».

Me estabas protegiendo, papá. Ya entonces. Porque estaban ahí.

¿Qué hago ahora? ¿Llamar a la policía y contarles lo sucedido? Operación lógica y normal en todas las emergencias; pero en este caso tal vez no sea la mejor idea. Primero: porque papá no fue a la policía. Y podría haberlo hecho. La comisaría del pueblo. Mucho más cerca y más fácil que la loca travesía por el río. Pero él prefirió no ir y sabía lo que estaba pasando. De modo que deberías seguir su ejemplo. Segunda razón: si vas a la policía, tu información se emitirá por todas las frecuencias. Radio. Ordenador. Así es como lo hacen. Intercambian información. Y precisamente ahora hay gente buscándote para matarte. Así que si vas a la policía con esa historia, sería lo mismo que pintar una diana en la cima de un monte y ponerse dentro agitando una bandera.

Vale, siguiente alternativa. Contactar con P. J. o con los compañeros del equipo de fútbol y con los amigos. ¿Y contarles qué? ¿Una historia que tú mismo no te habrías creído ni en un millón de años de no haberte sucedido precisamente a ti? ¿Y, probablemente, poner sus cabezas en peligro? Porque sea quien sea el que te está buscando, está preparado, listo para matar. De modo que todo aquel a quien acudas se convertirá en una potencial fuente de información sobre ti.

Lo siento, P. J. Te quiero. Sueles tener razón en casi todo, pero esta noche te equivocaste. Jamás habrá mejor ocasión. Perdimos nuestra oportunidad.

El río oscuro y extenso. Recuerdos de P. J. Primer beso. Primer curso de secundaria. Bajo las gradas del gimnasio..., mira tú qué sitio. Fuimos allí para charlar. Solo amigos. Lugar reservado. Oscuro. Pilares metálicos. Estamos sentados en el suelo de tarima. No muy limpio, pero qué más da. Un gimnasio enorme y silencioso. Intercambiando cotilleos. De pronto se cruzan las miradas. Las cabezas se inclinan. Nuestras narices se rozan. Labios contra labios. Vacilantes, firmes, cerrados. Luego abiertos. Mirándonos. Sonriendo luego con cautela. Después riendo, riéndonos los dos.

La alegría. La inocente alegría. Más tarde, un segundo beso. Menos indeciso. Explorando otra vez territorios conocidos.

Versos de un poema. ¿Qué tal Tennyson? Siempre me gustó la poesía. Recuerdo montones de ellas. Una vez que leo un buen verso, no lo olvido jamás.

Rompe, rompe, rompe.
A los pies de tu acantilado, ¡oh, mar!
Aunque la tierna gracia de un día que fenece
A mí jamás regresará.

De pie, sobre la proa, siento subir y bajar bruscamente la cubierta.

Paso bajo un puente. El cielo resplandeciente allá delante.

¿Es eso Manhattan? Tiene que serlo. A millas de distancia ya puedes verla y sentirla. Una ciudad que nunca duerme.

Allá arriba, un pájaro. ¿Una gaviota? ¿Un albatros? Aléjate. Fuera. Me gusta mi soledad. Déjame con mis recuerdos y mi miseria.

Más luces en las orillas. Suburbios de Nueva York.

Papá y mamá rara vez me traían aquí. Hadley está solo a cincuenta millas río arriba, pero es otro mundo. «Manhattan es demasiado grande», solía decir papá. «Demasiada gente que viven unos encima de otros. No se puede respirar. Demasiados coches. Demasiado peligroso».

Esto viniendo de un hombre que luego resultó que era capaz de conducir como un campeón de Fórmula 1 y disparar como Jesse James. Pero entonces yo le creía. Y yo siempre he sido una especie de chico de campo. De pequeño cazaba culebras y ranas. Trepaba por los árboles. Pescaba. Era de los Eagle Scouts. ¿Quién necesitaba Manhattan?

Contengo la respiración. Ahí está el puente George Washington completamente iluminado a medianoche, como un mágico portalón. Y detrás están las luces y los rascacielos y los millones y millones de personas que nunca duermen porque están condenadamente ocupadas.

No sé a dónde me dirijo, pero este es un lugar que, definitivamente, voy a evitar.

A mi derecha, los acantilados de Nueva Jersey. A mi izquierda, Manhattan. Incluso a estas horas, un interminable torrente de coches en la Avenida West Side. Puedo ver el Empire State Building iluminado de naranja y amarillo. Colores de Halloween.

De pronto, una infame detonación. A punto estoy de saltar fuera del yate. Sirena agorera. Barco enorme. Buque cisterna. Puedo ver sus luces. Dirigiéndose derecho a mí. Navego rumbo a la ribera de Manhattan. El buque pasa de largo. Parece medir media milla de largo.

Observo cómo se desliza. Ahora estoy muy cerca del lado de Manhattan. Veo un puerto deportivo. No sabía siquiera que tuviesen uno en la ciudad. No es que importe. Es el único sitio al que no voy a ir. No conozco a nadie. Nunca me gustó la ciudad. No es nada recomendable. Mejor dirigirse al norte o al sur. Arriba, hacia Canadá. Abajo, hacia las Carolinas y Florida. Poner algo de distancia entre mí y quienquiera que esté dándome caza.

«Pero saben que estás en el yate, bobo».

Una vocecilla. En el fondo de mi mente. Trato de no escucharla. Vete.

«Te vieron salir pitando en el yate. Saben que te diriges río abajo».

¿Y qué? Vete.

«Muchos. Probablemente ya te estén siguiendo. Los yates se distinguen con facilidad. Y este es bastante llamativo. Cuanto más tiempo te quedes en el yate, mejor blanco seguirás siendo».

No quiero seguir escuchando. Porque este yate me lo dio mi padre. Nuestro último vínculo. Vete.

«Sí, concéntrate en papá», insiste la voz. «Continúa así. Él sabía lo que estaba sucediendo y te quería, y tú no tienes ni idea, así que sigue su ejemplo. Sus últimos instantes. Trató de borrar tu identidad. Para que no pudieran seguirte la pista. Alguien te estaba dando caza y acorralándote, así que trató de emborronar las huellas. Esa será tu próxima jugada. Emborronar las huellas. Seguramente han empezado a rastrear este río en tu busca, incluso a pesar de la oscuridad. Y cuando amanezca, serás carne muerta. ¿Cuál es el mejor modo de emborronar las huellas? ¿Qué lugar en tierra será el mejor para perderte?».

Respiro hondo. Maldita sea. No puedo oponerme a la lógica. Navego rumbo al puerto deportivo y a las luces de Manhattan.

4

SIN reposo contra el cansancio. Dejo caer el ancla cerca del puerto. En las inmediaciones de embarcaciones grandes y pequeñas. Yates. Una goleta de tres mástiles. Casas flotantes. Otro que parece una chatarra. Nombra cualquiera. Aquí hay de todo. Manhattan.

Divino crisol. Me siento sobre la cubierta y contemplo las luces de los edificios.

Pienso en papá y mamá. Siempre estuvieron ahí para mí. Mamá con su jardín de flores. Hortalizas frescas y hierbas. Así es como la veo ahora. Caminando hacia la casa desde su jardín, con tomates recién cogidos y albahaca. Vaqueros azules. Camiseta vieja. Botas de faena.

Me adelanta deprisa por el cercado del camino.

–¡En veinte minutos el almuerzo! –anuncia–. Espera a probar estos tomates. Vamos a ver qué lanzamiento haces.

Me coloco a unos seis metros de distancia. Despego. En la cúspide del salto, a veinticinco pulgadas del camino, realizo un lanzamiento que hace agitarse la red.

–No está mal –dice mamá con una sonrisa–. Apuesto a que no lo haces otra vez.

Su sonrisa. Puede que no fuera la más cálida, puede que no fuera la más efusiva, pero ella siempre estaba ahí.

¿Pero acaso era ella? A sus sonrisas les faltaba calidez y a sus besos, convicción. Porque no era tu madre, bobo. Estaba reemplazando a alguien. Y nunca te lo dijo. Dieciocho años de silencio se parece mucho a mentir.

Puede que tuviera sus razones.

Sigue siendo una traición.

Papá. Lanzando un balón de fútbol con su pequeño hijo en el parque Hadley mientras anochece y las luces de las farolas empiezan a parpadear. Franjas blancas sobre el balón atravesando la penumbra en espiral. La luna asomando por encima del río. Papá diciendo: «Vete afuera».

–Venga, papá, no puedes llegar hasta aquí.

–¿Estás de broma? Este viejo brazo es un cañón. Vete afuera.

Así que corro. Y el viejo brazo lanza el balón. Trayectoria alta. Demasiado lejos. Pero corro hasta colocarme debajo. El balón cae en mis manos.

–Así se hace, hijo. Bonita carrera. Veamos ahora cómo lo lanzas de vuelta.

Una bonita parábola. Directa a mí, porque no puedo correr como solía hacerlo.

Gracias por los entrenamientos de fútbol, papá, pero hubo otras cosas importantes que dejaste aparte. ¿En concreto, a qué velocidad estabas acostumbrado a correr? O quizá, ciñéndonos al asunto, ¿qué distancias? ¿De quiénes estábamos huyendo? ¿Quién nos estaba dando caza? ¿Habías hecho algo malo? ¿Lo hizo mamá? ¿Por qué nunca me lo contaste? ¿Por qué nunca confiaste en mí? Debía de tratarse de eso. Una idea poco agradable, pero debía de tratarse de eso. Debiste haber confiado en mí, papá. Tal vez podría haberte ayudado. Ahora creo que te has marchado. Te cogieron. También tengo la fuerte sensación de que mamá también se ha ido. Ella sabía que venían a por ella. De ahí el abrazo de despedida, y la lágrima.

Y aquí estoy en este barco, sin nada. Sin ideas. Sin dinero. Sin comida. Sin ningún sitio adonde ir. Sin nadie a quien ver.

Registro el barco. De proa a popa, como dicen. Encuentro unas cuantas cosas. Una linterna. Sirve para buscar. Bajo cubierta, una cabina con lo imprescindible. Una cama. Parece que nunca haya servido para dormir. Me echo durante un segundo. Ni siquiera trato de cerrar mis ojos. Dormir es un escape y yo estoy atrapado.

Vuelvo a subir. Sigo buscando. Un maletín de herramientas. Agua embotellada. Pasta de dientes en un tubo de plástico. Papel higiénico aún con su envoltorio. Un pequeño armario. Cerrado. Sin llave para abrirlo. No estoy de humor para tener paciencia. Lo aporreo con mis puños. Es más sólido de lo que parece. Saco un destornillador del maletín de herramientas. Abro, haciendo palanca.

Dentro no hay mucho. Papel manila. Paquetes de documentos. Una explicación de quién soy yo y qué está pasando, eso espero. Nada. Documentos legales. Título de propiedad del barco. Puesto a mi nombre. Eh, este barco es mío.

Hay algo al fondo del armario. Una caja pequeña. Dentro hay un reloj. Tiene un aspecto algo anticuado. Grandes números negros sobre un fondo blanco. La manecilla de las horas gruesa y mucho más delgada la de los minutos, ambas de color azul zafiro. Una correa pesada, de metal oscuro, que destella cuando el haz de luz de mi linterna la enfoca. Deslizo la correa alrededor de mi puño izquierdo. Se ajusta muy bien.

Regreso a cubierta.

Al este, el cielo comienza a iluminarse. Un hombre en *kayak* pasa chapoteando con las palas. Cincuenta y tantos. Cabello gris rodeando una coronilla calva. Cejas grises poco pobladas.

–Buenas –dice–. Pensé que era el único lo bastante loco como para estar en pie tan temprano.

–Buenas –contesto.

–Bonito barco. Parece rápido.

–Mucho. Gracias. ¿Quiere comprarlo?

–¿Estás de broma?

–No. Se lo doy a buen precio.

Navega con el *kayak* en círculos alrededor del barco.

–Ya tengo un barco –responde.

–Nunca se tienen demasiados barcos.

–Te equivocas –dice–. Un barco es demasiado. Es todo cuidados, trabajo y gastos. Un coñazo. Con dos te daría un ataque al corazón. ¿Cuánto?

–Haga una oferta.

–Dos mil dólares –dice.

–Cuatro.

–Tres –regatea–. No se trata de una oferta real. Solo hipotética.

–Tres mil quinientos, hipotéticamente. En efectivo.

Las hirsutas cejas grises se fruncen.

–¿Lo has robado? –pregunta.

–Me pertenece. Tengo los papeles. Tres mil quinientos en efectivo y legalmente es suyo. Vaya a buscar a un notario si quiere.

–Yo soy notario –dice sonriente–. ¿Puedo echarle un vistazo?

Tres horas más tarde, los bancos abren, y una hora después salgo caminando del muelle con tres mil quinientos dólares en billetes en mi cartera. Adiós, barco. Adiós al último vínculo con papá. Fuiste mi hogar durante tan solo una noche, apenas diez horas, pero te amé.

Ahora soy un vagabundo. A la deriva en la vorágine de Manhattan. Gente montando en bicicletas. Haciendo *footing*. Demasiada gente. Todos extraños. Sí, pero eso es lo que quieres y necesitas para perder tu propia identidad. ¿Adónde voy a ir y qué voy a hacer?

Cerca del puerto hay un parque infantil. Niños riéndose. Me siento atraído por él. Los niños poseen inocencia. Y los padres de los niños parecen más fiables que los demás extraños. Me siento en un banco de cara al cajón de arena.

Pasa el tiempo. Minutos. Horas. Rebobino en mi mente los sucesos de la pasada noche. Una y otra vez. Aún no puedo creerlo. Compro un perrito caliente a un vendedor ambulante. Soda. Cuando abro mi cartera para pagarle, ve un fajo de billetes de cien dólares. Una rápida ojeada. Ten cuidado, Jack. Esta es una gran ciudad.

Vuelvo al parque. Me como mi perrito caliente. El sol de mediodía me golpea de lleno. Con la falta de sueño de la noche anterior, los párpados pesan una tonelada. Me reclino. Me adormilo durante unos cuantos minutos. Un crío cae del columpio y llora, y en seguida me despierto.

Alguien me está mirando. En el banco de al lado. Una chica. Muy mona. Se vuelve deprisa en cuanto yo la miro. Largos cabellos rubios. Una libreta abierta. Bolígrafo. Una especie de uniforme escolar. Falda, blusa, calcetines altos. Apenas asoman sus muslos desnudos. Sexy.

Aparto la mirada. Unos segundos más tarde, siento de nuevo la suya. Vuelvo la cabeza. Nuestros ojos se encuentran. Ambos apartamos la vista. Ambos sonreímos, avergonzados.

–Hola –dice ella, tomando la iniciativa. Las chicas de Nueva York son poco tímidas, por lo que veo.

–Hola –respondo.

–Te has quedado traspuesto de verdad. Roncando.

–Una noche larga –le digo.

–¿De fiesta?

–Peor.

–¿Qué quieres decir?

Contesto la pregunta con otra pregunta.

–¿Y ese uniforme?

–Oh, nos obligan a llevarlo en Drearly. Horrendo, ¿verdad?

–¿Es esa tu escuela?

Se echa a reír. Una risa encantadora. Bonita dentadura. El cabello rubio refulge con la luz del sol.

–¿De dónde eres?

–¿Qué? ¿Por qué?

–Drearly es una de las escuelas más famosas de la ciudad. Creía que todo el mundo había oído hablar de ella.

–Solo soy un turista.

Se queda mirándome. Escudriñándome. Curioso, me asusta un poco. Es muy atractiva.

–¿Estás aquí con tus padres? ¿O con amigos?

–Yo solo.

–Guay –dice. Luego, después de un leve titubeo, prosigue–. Ya, ¿no serás un asesino en serie?

–¿Qué?

–Simple comprobación. Para una chica, toda precaución es poca. ¿No habrás descuartizado a tus padres, quemado la casa y luego te fugaste?

–No.

–¿Pero sí te has fugado?

–No me gustan los interrogatorios.

–Ni a mí –contesta ella–. ¿Puedo sentarme en tu banco?

Asiento con la cabeza. Viene. Se sienta a mi lado. Huele bien.

–Yo soy Reilly –dice–. Mis amigos me llaman Rye.

–¿Como esa marca de pan?

–O como el *whiskey*. ¿Y tú, tienes nombre?

–Jack.

–¿Siempre deambulas por los parques infantiles, Jack?

–No conozco la ciudad. Me pareció que en este sitio estaría seguro, por eso de los niños.

Su expresión se suaviza.

–Es seguro. Aunque por aquí hay ratas. Salen en cuanto anochece. Se van los niños, vienen las ratas.

–¿Qué estás haciendo aquí, Rye?

–Deberes –señala con la cabeza la libreta–. Ejercicios de inglés. Describir una escena en doscientas palabras como máximo. ¿Cómo describirías caos en doscientas palabras como máximo?

Nuestros ojos recorren el parque. Un niño pequeño llorando porque acaba de tropezar con una niña pequeña, que también está llorando. Un bebé que lloriquea mientras la mamá le cambia el pañal. Dos chicos que se están tirando arena a la cara en el cajón de arena. El padre junto al tobogán gritándole al teléfono móvil, completamente distraído, mientras el pequeño se dispone a saltar del tobogán y a partirse el cuello.

–Ya veo a lo que te refieres –digo–. Parece que tienes una clase de inglés bastante creativa. Nosotros, todo lo que hacemos es leer *David Copperfield.*

–Me gusta Dickens.

–Y a mí, ¿pero solo un libro en todo el semestre? A mí me enganchó y me lo terminé el primer fin de semana.

–Guau –me dice–, debió de ser un fin de semana bastante largo. ¿No hay fiestas donde vives tú?

–De vez en cuando.

–A mí me gustan las fiestas –confiesa Reilly maliciosamente–. Da la casualidad de que una amiga mía celebra una esta noche. ¿Te gustaría venir, Jack?

No te lo tomes a mal, Reilly. Hay cosas que tú no sabes y que yo no te puedo explicar. Antes que nada, trato de salvar mi vida. En segundo lugar, si no estoy en estado de shock, estoy de luto. Perdí a mis padres. Perdí la infancia. Perdí la inocencia. Además, está P. J.

–Gracias. Es muy amable de tu parte, pero no puedo. Tal vez en otra ocasión.

–¿Por qué no? –hace un mohín. Sumamente efectivo.

–Precisamente ahora no me siento capaz de asistir a una fiesta elegante de Manhattan.

–No es de pijos. Será divertida. Inténtalo.

–Estoy pasando por una mala racha, Rye.

–Ya me lo imaginaba, Jack. Exactamente por eso es por lo que necesitas una fiesta.

Así que le digo:

–Mira, esta mañana no me he podido duchar. No tengo ropa limpia. Estoy hecho un desastre.

–Te puedes lavar en mi apartamento. Te lavaremos la ropa. Algo me dice que ganas mucho limpio.

–¿Qué pensarán tus padres si llevas a casa a un pobre como yo?

Reilly se encoge de hombros. Lo que le da la ocasión de agitar su melena. Algo que tiene que ver con sus padres, que no es tan sensacional.

–Se han marchado a París –explica, como si los padres de todo el mundo desapareciesen en París a intervalos regulares–. Viaje de negocios para mi padre. Una ocasión para ir de compras para mi madre. Así que estoy sola en nuestro viejo y enorme apartamento. Y me aburro –se pone en pie–. ¿Quieres venir o no, Jack? Rara vez pregunto dos veces y nunca pregunto tres.

Yo también me levanto. Lo siento, P. J. Pero ahora es el único amigo que tengo en Nueva York. Y necesito una ducha caliente.

5

CENTRAL Park West. Edificaciones de selecta apariencia con portero. Gente que hace *footing* en chándal de cientos de dólares. Patinadores con gafas de sol de diseño. Críos en sillitas de paseo de tamaño doble empujados por niñeras. Justo al otro lado, el parque, a un paso de tu puerta. No parece barato, aunque sí muy seguro y cómodo.

–Este es mi edificio –dice Reilly–. Hola, Charles.

El portero asiente con educación.

–Buenas tardes.

Sus ojos me evalúan y me rechazan. Mantiene la puerta abierta.

Portal oscuro. Una mullida alfombra que parece llevar ahí desde siempre. En las paredes, pinturas al óleo. Paisajes y marinas. ¿Esto es un edificio de apartamentos o un museo? Cogemos el ascensor. Un botón por cada una de las quince plantas y una «P» en la parte superior. Reilly pulsa la «P».

–Supongo que no será para el aparcamiento –digo–. A menos que sea de helicópteros.

–*Penthouse* –me informa Reilly–. No es nada del otro mundo.

–Eso lo dices tú. Pero para un paleto de provincias...

–Puede que seas de provincias, pero no eres un paleto –me responde. Levanta la mano y me toca la mejilla. Me retira el pelo de la frente–. Tienes una cara bonita –dice–. Tengo un buen instinto para la gente. Tú no eres un asesino en serie, ¿verdad?

–Desde la última vez que lo preguntaste, no.

–Porque si lo eres –me dice–, te lo advierto: soy cinturón negro de kárate. Y tengo perro. Y este es un edificio de alta seguridad.

–No tienes por qué preocuparte por mí –la tranquilizo.

El ascensor se detiene. Una sola puerta en la planta «P». ¡Tienen toda la planta para ellos solos!

Mientras Reilly busca la llave permanecemos sobre un felpudo de bienvenida.

–¿A qué se dedica tu padre?–. Algo me dice que en este edificio el ático [1] no sale muy barato.

---

[1] El autor hace aquí un juego de palabras con *Penthouse*, que también significa «ático». (N.T.)

–¿Sabes lo que es el mercado de valores?

–No muy bien.

–Ni yo –admite ella–. Pero a eso se dedica. Al menos eso es lo que creen sus clientes –sonríe con picardía. Secreto descubierto. Papi está forrado. Abre la puerta. Me hace pasar.

Reilly, seguro que no necesitas mis consejos sobre la seguridad en Manhattan, pero a pesar de que tengas un gran olfato con la gente, y seas cinturón negro de kárate, tal vez no deberías invitar a extraños estando aquí sola, con tus padres fuera.

–Confío en ti –me dice, conduciéndome por un gran vestíbulo–. No sé por qué, pero así es.

¿Acaso me lees el pensamiento, Reilly?

–¿Me has leído el pensamiento? –le pregunto.

–¿Es eso lo que estabas pensando? –dice, soltando una risita tonta–. Sí, ya sé que parece una locura, pero me he criado en esta ciudad y soy lo bastante despabilada para conocer a la gente. Tú inspiras confianza, Jack. Por lo general, los chicos que leen *David Copperfield* en un fin de semana son de fiar. *¡Voilà!*

¡Santo Dios, Reilly! No sé lo que hará tu padre por sus clientes, pero tiene que funcionar. Dejamos el vestíbulo de entrada y entramos en el salón, que tiene el tamaño de una cancha de baloncesto con ventanas desde el suelo hasta el techo.

Manhattan se cuela dentro de la habitación a través de esas ventanas. Central Park, con su césped esmeralda y sus lagos azules. Al norte, Harlem. El Empire State Building señala el camino al sur. Los edificios del lado este destacan al otro lado del parque, y el East River destella tras ellos.

–¡Guau! –exclamo–. La vista debe de valer un millón de dólares.

–Después de un rato –dice Rye–, ni te das cuenta. Justo ahí debajo está Strawberry Fields. El monumento a John Lennon. Me encanta su música. Le dispararon justo un poco más allá, fuera del Dakota. Fíjate en la pista de *footing* que rodea el estanque. Es el sitio más bonito del mundo para correr al atardecer, cuando empiezan a encenderse las luces de la ciudad. ¿Te apetece comer algo?

Un perro ladra en alguna parte. No es un ladrido juguetón o alegre. Más bien un gruñido grave, de enfado. Esperemos que el chucho esté atado. Puede que yo sea un chico de campo, pero nunca me gustaron los perros. Nunca tuve uno. Nunca quise uno. No valen la pena. Y el que está gruñendo en algún rincón del apartamento de Reilly suena particularmente desagradable.

–Puede que más tarde. Aunque una ducha me parece bien.

Instantes más tarde, me libero de la suciedad y el estrés. Rociado de minúsculas gotas. Jabones y champús caros. A través de la ventana, una vista lateral del parque. ¿Qué estoy haciendo aquí? ¿Ocultándome? Bonito sitio para pasar el rato. Pero ¿qué será lo próximo que haga? ¿Estoy poniendo a Reilly en peligro relacionándome con ella? Mientras yo trato de borrar mi propia identidad, ¿tengo derecho a señalar a desconocidos con mi presencia?

No pienses demasiado. Ya has tenido bastante. No puedes controlarlo todo, aunque por ahora parece que lo estás haciendo bastante bien.

Relájate. Disfrútalo, Jack. Te lo has ganado.

Se termina la ducha. Mis ropas están en la lavadora de Reilly. Me pongo la bata que me ha dejado ella. Seda azul. Tras la ducha, el cuerpo entero me hormiguea. La seda, en contacto con el hormigueo de la piel, me hace sentir francamente bien.

Me paseo por el apartamento.

–¿Reilly? ¿Dónde estás?

–Estoy aquí. En el dormitorio.

¿El dormitorio, eh?

Suena música jazz en la habitación de Reilly. Vista al parque. Pequeña terraza propia. Ositos de peluche encima de la gran cama con baldaquino.

–Estás muy limpio –comenta Reilly–. Incluso hueles bien.

–Supongo, gracias. ¿A qué clase de fiesta vamos a ir? Espero que sea una con comida.

Se echa a reír.

–Lo siento, Meredith nunca tiene comida, pero estoy segura de que podré desenterrar por aquí alguna cosa para ti. ¿Te apetece un masaje de espalda, Jack?

Lo pregunta como si fuese la cosa más inocente del mundo.

Acuérdate de P. J.

–De verdad, no creo que...

–Doy buenos masajes. Recibí unas clases en el Club Reebok. Es un gimnasio del que son socios mis padres. Venga, túmbate.

Una chica guapa me ofrece un diestro masaje. Una de esas cosas en la vida a las que es difícil resistirse. Me tumbo boca abajo. Reilly se inclina sobre la cama. Se arrodilla a mi lado. Pequeñas, cálidas manos sobre mi espalda se deslizan por la seda. Dedos juguetones, sorprendentemente fuertes.

–Trata de relajarte, Jack. ¡Guau, menudos músculos tienes! Debes de entrenarte mucho.

–Cuando no estoy leyendo a Dickens.

–¿Qué deporte haces?

–Algo de fútbol, de vez en cuando.

–Me cuesta creerlo, por tus músculos. El problema es esta bata. Deja que te la quite...

Detengo sus manos.

–No llevo nada debajo.

–Qué recatado, ¿no? Como si nunca le hubiese visto la espalda a un chico. Pongámonos cómodos, Jack –se echa hacia atrás y ella misma se quita la camiseta. Ahora solo lleva puesto el sujetador.

Recobro la respiración. Guau. Esto va demasiado rápido, pero no logro encontrar el pedal del freno.

Ella me despoja de mi bata de seda. Reflexiona sobre eso, amigo, pero no ahora precisamente. Ahora las cosas están demasiado empañadas para dar entrada al diccionario. Las manos de

Reilly se deslizan por mi espalda. Extiende aceite por sus palmas. Masajea mis omóplatos en círculos. Ahora se arrodilla encima de mí. Sus mechones rubios barren mi columna de arriba abajo. El jazz está vibrante.

–Deja que se vaya –me dice.

–¿El qué?

–Tu tensión. Trata de relajarte. Escucha la música. Estira los brazos hacia delante.

Yo estiro mis brazos.

–Bien. Ahora cierra los ojos y relájate.

Cierro los ojos. Han sido doce horas delirantes, trágicas, alucinantes. Necesitaba contacto humano. Quizá no tan íntimo, pero ¿qué importa?

–Mucho mejor –comenta Reilly con tono aprobador–. ¿Tienes los ojos cerrados? Buen chico. Te voy a contar un secreto. Mientras estabas durmiendo en el parque pasé a tu lado y te estuve observando de cerca. Estabas tan guapo... Y mientras dormías, parecías tan inocente... Por eso confío en ti.

Se mueve a mi alrededor encima de la cama.

Fuera de la cama. Subiendo el volumen del jazz. Yo tengo los ojos cerrados. Estoy escuchando la música. Tratando de no pensar demasiado.

Te lo mereces, me digo.

–Estira un poco los brazos –dice Reilly–. Esto es una técnica especial para conseguir que tu espalda se relaje.

Está en el cabecero de la cama, tirando de mis muñecas. De pronto noto algo metálico. *Click.*

Abro los ojos de inmediato. Trato de apartar las manos. Me ha esposado a la cama.

–Reilly, ¿qué estás haciendo?

Su garganta emite un sonido gutural. No es lo que uno espera de una refinada chica Drearly del Oeste de Central Park. Un brutal rugido de triunfo. Como un cazador después de abatir su primera presa.

Giro la cabeza para mirarla.

Ya no hay ninguna Reilly. Está teniendo lugar algún tipo de transformación. La piel se le está poniendo verdosa. Los ojos estrechándose. Los colmillos se alargan.

Me oigo a mí mismo suplicando.

–¿Quién eres? Yo no te he hecho ningún daño. Por favor, déjame marchar.

Ella lo toma en consideración mientas sus colmillos refulgen. Se relame sacando la lengua cuatro pulgadas fuera de la boca. El ente-Reilly se aproxima. Su voz, un agudo siseo.

–Dicen que una insignificante Gorm. Salgo de caza sola. Ahora verán lo insignificante que soy. Nada menos que el príncipe, y nadie me ha ayudado. Aquí está. Bien atado, con su sangre jugosa y listo para ellos.

Se inclina sobre la cama. Me da un mordisco en la pantorrilla. Una dentellada profunda, dolorosa. Grito. Nunca me habían mordido. Trato de sacar las manos de las esposas con todas mis fuerzas. Ceden algo, aunque no lo suficiente. No puedo romper el poste de la cama. Soy fuerte, pero un poste de acero es demasiado para mí.

Ella me observa divertida.

–No vas a ir a ninguna parte. Solo quería probar el gusto de la sangre real. Dulce. ¿Quieres que te dé una última oportunidad? Pues dímelo. ¿Donde está?

Me vuelvo a mirarla. Me obligo a concentrarme. «Última oportunidad» no presagia nada bueno.

–¿Qué? ¿Dónde está qué? –consigo preguntar.

Ella baja la mano. Las uñas curvadas como garras rastrillan mi espalda. Grito otra vez. El jazz lo ahoga.

–A mí podrías contármelo –sisea–. Te queda poco de vida. La única incógnita es cuánto dolor serás capaz de soportar hasta que se acabe. Puedo entregarte a ellos, aceptar mis honorarios y marcharme. Pero quiero más, y lo que es bueno para mí es bueno para ti. Así que te lo voy a preguntar una segunda vez: ¿dónde está?

Vuelvo a mirar sus ojos amarillos. Crueles, fríos. Piensa, Jack. El tiempo se acaba.

–Quiero cooperar, pero no puedo decirte dónde está si no sé de qué se trata. Te juro que no tengo ni idea de qué va todo esto. Así que, si quisieras explicármelo...

Dejo de hablar. Reilly no se traga lo que le estoy vendiendo. Lo intento de nuevo con las esposas. Estoy a punto de liberar mis manos. A punto no basta.

¿O sí? Solo necesito lubricante. Es la única posibilidad.

Mi sangre. Hay mucha en mi espalda, en mi pantorrilla. No sirve. Incrusto la correa de metal oscuro en la piel de mi muñeca izquierda. Los duros rebordes de la correa metálica seccionan la piel suave. Duele. No puedo dejar que ella vea lo que estoy haciendo.

–Vete al infierno –le digo–. No me das miedo.

–Tú ya estás cerca del infierno –me asegura. Se inclina aún más. He respirado alientos más agradables–. ¿Sabes lo que te harán para encontrar lo que ellos quieren? Arrancarte las neuronas. Ni siquiera yo lo haría. Aunque he visto hacerlo. La gente chilla como si los estuvieran devorando vivos. Duran horas y horas. Se lo dirás todo. Dímelo a mí primero. Te mataré ahora. Les contaré que moriste intentando escapar. Te ahorraré todo ese tiempo de tortura. Es tu única oportunidad. ¿Dónde está? ¿Dónde está Tormenta de Fuego?

Hay sangre en mis muñecas. Deslizo despacio mi mano derecha a través de las esposas. Libre.

–Acércate y te lo diré.

Se acerca.

–Cuéntamelo –sisea con impaciencia–. Te prometo que tendrás una muerte rápida.

–Gracias, pero no las mereces –le digo, y la agarro. A continuación me siento. La golpeo con un derechazo que la lanza de espaldas contra la pared. Nunca antes he pegado a una chica. Aunque tampoco se trata precisamente de la pequeña Miss Modales.

Rebota en la pared. No cae. Los colmillos a la vista. Gira sobre sí misma dando una patada. Algún tipo de movimiento de kung-fu. Me atrapa por el pecho y me saca de un golpe fuera de la cama.

No hay tiempo para recuperarse. Está encima de mí. Ágiles manotazos con sus garras. Cegadoras patadas en estómago e ingles. Es demasiado rápida para mí. Demasiado diestra. No podré aguantar mucho más.

Aprovecha tus cualidades, Jack. El tamaño. La fuerza. La agarro por la cintura y la empujo en dirección a la cama a la manera de un placaje. Estiro la manta por encima de su cabeza para que no pueda ver. Ella se revuelve salvajemente. La envuelvo entre mantas y sábanas y la ato fuerte con el cinturón del albornoz y con el cable eléctrico.

La arrastro en el hatillo de sábanas y mantas hasta el vestidor. La descargo dentro. Cierro la puerta. Arrastro y coloco delante una pesada cómoda. Luego, la cama, delante de la cómoda. Ante la cama un escritorio. Una barricada de más de doscientos kilos de peso. Incluso si se liberase de su envoltorio sería incapaz de abrirse paso a empujones.

Apago el jazz. Me froto suavemente la sangre de la muñeca izquierda y deslizo fuera las esposas, que caen al suelo. Me quedo allí parado. El corazón acelerado. Viéndome desnudo en el espejo. Estoy hecho un desastre, lleno de sangre.

Mi primer impulso es coger mis ropas y echar a correr antes de que Reilly consiga salir del vestidor. O antes de que su padre vuelva a casa. Si es que tiene padre. Si es que alguna vez lo ha tenido. Si es que ella es ella. No sé a qué me estoy enfrentando, pero sé que no es fácil de catalogar.

Lavo mis heridas y las vendo. Encuentro mis ropas. No las metió en la lavadora. Las dejó tiradas en el suelo de la cocina. No había necesidad de lavarlas: ella sabía que no iba a necesitarlas.

Me las vuelvo a poner. Qué bien se siente uno vestido de nuevo. ¿Debería salir corriendo? No. *Porque ella era una de ellos.*

Sean quienes sean ellos. De modo que ahí puede que haya alguna pista sobre lo que de verdad está sucediendo. No me apetece quedarme demasiado tiempo. Probablemente cada segundo que pase en este ático sea peligroso. Pero tengo que echar un vistazo. Mi necesidad de información sobrepasa el urgente deseo de salir de este infierno.

6

INSPECCIONO el apartamento habitación por habitación. Todo vacío. Ningún objeto personal. La mayor parte imitaciones. Como una especie de decorado para una película.

Una trampa. Este era el señuelo para hacerte caer en la trampa. Ella estaba esperando cerca del río por si daba la casualidad de que pasabas por allí. Una araña tejiendo su red para una mosca muy previsible. Tú te metiste dentro de cabeza. Oh, una chica preciosa y yo le gusto, así que me iré con ella a su casa. Tan confiado y tan idiota. Si no espabilas pronto, Jack, no vas a sobrevivir mucho tiempo más.

Estas son las malas noticias. Sean quienes sean, sea lo que sea lo que está sucediendo, la gente que te está buscando es capaz de prever tu comportamiento. Poseen recursos ilimitados. Son creativos. Conocen tu mundo desde el mercado de valores hasta los clubes Reebok, y eso que tú ni siquiera sabes de dónde demonios vienen ellos.

Pueden jugar contigo, buscarte las vueltas. Ella misma te hizo bailar como un trompo a su alrededor preguntando si eras un asesino en serie. Fingió ser precavida contigo para apartar de ella tus posibles sospechas. Qué lista. Te dejó fuera de juego, Jack.

Aunque cuando te tuvo bien seguro dentro de su telaraña, supongo que dijo la verdad, y la verdad sonaba muy rara.

¿A qué venía todo ese rollo de que eras un príncipe? Nadie te puso nunca el calificativo de real, excepto un profesor de segundo curso que dijo una vez que eras más pesado que un real grano en el culo.

¡Pero tú eres el príncipe! ¡La gran esperanza!

¿Quién ha dicho eso? Nadie. Es solo un extraño pensamiento que se me ha metido sin más en la cabeza. Deja de buscar, Jack, y márchate en seguida.

No hay nada en el apartamento que aporte el más mínimo indicio de la identidad de Reilly. El dormitorio principal está amueblado, pero debajo del edredón no hay sábanas. Nadie ha dormido aquí jamás. Álbumes de fotos vacíos en las estanterías. El frigorífico vacío, excepto cuatro o cinco envases de gelatina de color violeta. Por lo que parece, cuando no succiona sangre, Reilly se preocupa de la dieta. En los armarios no hay ropa. Todo es decorado, una quimera. Una trampa bien adornada. Un intrincado plan. Guau, alguien se está tomando muchas molestias para atraparme.

Estoy a punto de darme por vencido y huir. Paso delante de una puerta cerrada. Dentro se oye un gruñido. Oh, oh, aquí está el chucho. Hora de largarse.

No, idiota. Déjame salir. Podemos huir juntos.

¿Quién ha dicho eso?

Yo.

¿Quién?

¡Yo!

Miro la puerta cerrada.

Bingo.

Espera un minuto. Yo no he dicho nada. No he pronunciado una sola palabra. Solo estaba mirando la puerta.

Exacto. Pero estabas pensando que la mirabas. No tengo tiempo para dar explicaciones. Abre la puerta. La Gorm les ha hablado de ti. Ya vienen. Si nos encuentran aquí, nos arrancarán las neuronas a los dos. Y yo no sé tú, pero a mí me gusta tener las neuronas en su sitio.

Interesante, pienso. Es hora de huir. ¿Pero por qué habría de hacerlo contigo, quienquiera que seas?

Porque tú tienes preguntas y yo tengo respuestas, la respuesta llega alta y clara. *Ahora abre la puerta y déjame salir. Cada segundo que pasa es precioso.*

Dudo un instante más y luego abro la puerta y la hago crujir muy levemente. Me asomo dentro.

Un dormitorio pequeño. Probablemente la habitación de la criada. Que ahora se usa como prisión de animales. Murmullo de pájaros y chillidos de roedores en jaulas. Ratones, ratas, hámsteres.

Una silueta grande. Cuando digo grande quiero decir grande. ¿Perro u oso? Perro. Encadenado al radiador.

Casi un metro de alto. Pelo oscuro. Grandes carrilleras. Ojos caídos. Patas del tamaño de un yeti. No es un gran danés. Ni un *newfoundland.* No soy experto en razas de perros, pero nunca antes había visto uno así.

No me gustan los perros en general. Especialmente los perros grandes. Y en particular no me gusta el aspecto de este monstruoso can greñudo. Empiezo a cerrar la puerta.

Espera. No puedes dejarme aquí.

¿Por qué no?

Porque eres demasiado inocente para sobrevivir por tus propios medios. Ella te atrapó en un tris tras. Lo volverán a hacer.

A ti también te atrapó, bola de pelo, le respondo mentalmente. Ahora mismo uno de nosotros está libre y el otro está encadenado a un radiador, así que vigila a quién llamas incompetente.

Cierto. Pero yo sé cosas que tú no sabes. Cosas importantes. Cosas útiles.

¿Como qué?

No te lo puedo decir.

Será mejor que me lo digas, o te quedarás sin neuronas.

No puedo. No vas a dejarme aquí. Tienes un buen corazón.

Cierro la puerta. Empiezo a alejarme.

Sé quién es tu padre.

Yo también sé quién es. O era. Mi padre está muerto. Ellos lo mataron cuando venían a por mí. Adiós, chucho.

No, tu verdadero padre. Le conocí. El más grande honor de mi vida. Sé por qué estás aquí. Y por qué ellos te están dando caza.

Me detengo. Doy media vuelta. Deshago mis pasos con rapidez. Abro la puerta. Murmullo de pájaros. Chillidos de roedores. Solo el perro está callado. Grandes carrilleras. Dentadura enorme. Ojos chispeantes. *Ahora sácame de aquí.*

¿Cómo sé que no vas a atacarme?

Los perros son el mejor amigo del hombre.

Eso es una frase hecha.

No, es verdad. Fuimos los primeros animales domesticados. Al menos así es como TÚ *expresarías la relación. Por supuesto, yo lo diría en términos más igualitarios. Empezamos nuestra asociación hace veinte mil años. Perro y hombre. Hombre y perro. Los mejores compañeros. Estamos perdiendo el tiempo. Es la única oportunidad que tenemos. Déjame salir. Pero si no tienes el valor de hacerlo, al menos ponte tú a salvo. Porque ya vienen. Los siento cada vez más cerca. De hecho, están fuera del edificio. Ponte a salvo. Márchate ahora.*

Eso es. El hecho de que me esté diciendo que me ponga a salvo a mí mismo hace que me decida a quedarme y ayudar. Me acerco al enorme perro y observo la cadena que conecta su pata trasera derecha al radiador. No son esposas como las que usaron conmigo. Es más parecido a unos grilletes. No hay cerradura visible, pero como tampoco tengo la llave... Con un cincel probablemente tardaría unos veinte años en quitárselos. Pero no disponemos de veinte años. Puede que ni de un minuto siquiera. Oigo a alguien llamando al timbre de la puerta.

Ellos. No sé cómo, pero lo sé. Siento un escalofrío en la piel.

Vete. Salvate tú.

Ya no hay remedio, greñas. Una vez que decido ayudar a alguien, no me rajo y salgo corriendo. ¿Cómo te quito eso? Ella te lo puso. Tiene que haber alguna manera de abrirlo.

Solo una. Derritiéndolo.

¿Cómo?

Silfor.

¿Qué demonios es eso?

Disolvente. Se lo come todo. Tienes razón. Tiene que tener algo por ahí.

¿Qué aspecto tiene? ¿Dónde puede estar?

Violeta. Se debe almacenar en frío. Olvídalo. No lo encontrarás nunca. Sálvate tú. Te lo suplico.

Salgo corriendo hacia la cocina. Abro el frigorífico. Encuentro los recipientes de gelatina violeta. Comienzo la carrera de vuelta a la habitación del servicio. Entonces me detengo a medio paso, paralizado. Porque oigo un ruido intenso proveniente de la puerta de entrada, de doble cerradura. O bien la están echando abajo, o bien arrancándola de sus goznes.

Regreso a toda prisa al interior de la habitación. Aquí está. ¿Qué hago?

Derrámalo sobre las cadenas y apártate.

Abro el recipiente. Lo vierto sobre las cadenas. El líquido violeta cae. Cubre las cadenas. Una reacción química instantánea. Suena como un chisporroteo. Las cadenas se vuelven negras. El metal se convierte en un polvo parecido al hollín. El perrazo está libre.

Vale, chucho, ¿ahora qué? Tú eres quien tiene las respuestas.

No me llamo chucho. Ni tampoco bola de pelo o greñas.

¿Qué más da? No parece el momento adecuado para las presentaciones.

Los tipos esos que arrancan las neuronas están echando la puerta abajo.

Siempre hay tiempo para ser educado. La amabilidad es un rasgo universal de sofisticación cultural.

De acuerdo, yo soy Daniel Jackson.

Gisco.

¿Gisco? ¿Eso es un nombre de perro?

¿Jack es un nombre de príncipe?

¡KA-BUUM! El estruendoso desgarro que oigo en mi mente procede de la puerta de entrada cayendo dentro o partida en dos. Ruido sordo de pisadas en el vestíbulo. Más de un hombre. Grandes, poderosos y decididos.

Jack, propongo firmemente que salgamos de aquí ahora mismo.

No tienes que convencerme. ¿Pero cómo? Ya están dentro. No hay manera de llegar a la puerta sin pasar por delante de ellos.

Estamos en la habitación del servicio. Al lado de la entrada.

Buena observación, pedazo de hocico.

Gisco. Un poco de respeto, por favor. Por aquí.

Sigo al perro hacia la parte trasera del apartamento. Puerta cerrada. Giro el pomo. Cerrado. Intento abrir el cerrojo. Atascado.

Se aproximan pasos. Un terror helado estremece mi piel.

Ábrela.

Eso intento.

Sigue intentándolo.

Inténtalo tú.

No tengo dedos.

Están dos habitaciones más allá y se van acercando. Aporreo el cerrojo con el puño. Doy un último tirón con todas mis fuerzas. El cerrojo cede. Abro la puerta de golpe. Salgo disparado al hueco de la escalera. Empiezo a bajar.

No, idiota. Te están esperando ahí abajo.

¿Entonces adónde?

Arriba.

Gisco galopa escaleras arriba. Sé que «galopar» suele aplicarse a los caballos, pero eso es lo que parece ese enorme perro greñudo mientras sube a saltos los empinados tramos de la escalera. Lo sigo a la máxima velocidad.

Llegamos a la parte más alta. Trampilla cerrada.

Llegan voces de abajo. Han encontrado la puerta de servicio.

Golpeo la trampilla con el borde de mi puño. Una y otra vez, hasta que salta. Salgo trepando al tejado del edificio.

Ayúdame. Los perros no pueden trepar.

¿Cómo?

Échame tu camisa. Espero que esté relativamente limpia.

Me quito la camisa. La pongo a su alcance. Gisco hinca sus dientes en la tela.

Me apuntalo y tiro de él hacia arriba. Pesa una tonelada.

No te has saltado muchas comidas, pedazo de hocico.

Alcanza el tejado y escupe fuera mi camisa.

Un solo apodo ofensivo más y te arranco las gónadas.

Cierro y echo el cerrojo de la trampilla desde arriba. La buena noticia es que no pueden seguirnos por este camino. La mala es que estamos atrapados. Me giro lentamente. No hay salida desde el tejado.

De acuerdo, Gisco. Lo he pillado. Si vas a andar por ahí con humanos, deberías tratar de desarrollar tu sentido del humor cuanto antes. Y ahora ¿cómo vamos a salir de este tejado?

Solo hay una manera.

¿Cuál?

Esta.

Gisco cruza el tejado corriendo a toda velocidad. A medio camino entre un caballo de carreras y una locomotora. Llega al borde del tejado. Se impulsa por el aire. Un misil canino. El hocico señalando el camino. Las patas dobladas contra el vientre. Curiosamente aerodinámico. Se dirige al tejado de otro edificio a más de seis metros de distancia.

Imposible que lo consiga. Los perros no son conocidos por su capacidad para transportarse por el aire. En unos pocos segundos será una víctima más del tráfico del oeste de Central Park. Adiós, Gisco.

Pero de alguna manera consigue aterrizar encima del alejado tejado. Se desliza por él hasta que decide detenerse. Mira atrás.

Tu turno.

Me estás tomando el pelo.

Solo hay una manera de salir. No hay tiempo para dudas. Eres un hombre, no una gallina.

Puedes insultarme todo lo que quieras. No puedo hacerlo.

No tienes otra elección. Están subiendo por las escaleras.

Tiene razón. Un frío estremecimiento. Puedo sentir su proximidad.

Pienso en las últimas palabras que me dijo mi padre. «Durante años te he estado diciendo que ocultaras tus habilidades. Ahora debes usarlas todas. Vuela, hijo mío, vuela como el viento».

Empiezo a correr por el tejado. El edificio pasa volando. Impulsándome con los brazos. La brisa neoyorquina me azota por un lado. Diez yardas hasta el borde. Diez.

En mis buenos tiempos hice algunos saltos largos. La clave está en poner bien el pie para el despegue. Sin margen de error. Alcanzo el borde. El pie derecho baja de manera que el dedo gordo queda al borde del abismo. Lo planto y me elevo. El peso es crucial. Los brazos estirados delante del pecho. Las piernas estiradas. Dispuestas a alcanzar el lejano tejado.

Estoy volando entre dos edificios de Manhattan. Toda la ciudad está en torno a mí. Arriba nubes. Abajo la acera. No lo voy a conseguir. Ningún chico lo haría.

Caigo en picado.

Dieciséis historias. Mientras estoy cayendo veo aparecer las ventanas como en un flash. El mismo rostro me está observando desde cada una de ellas. Un rostro que no he visto jamás, pese a que me resulta conocido y terrorífico. ¿Acaso es el rostro de la muerte? Impresiona sobre todo el pelo blanco, como la melena de un viejo león. Rasgos apuestos, aristocráticos, con un deje de crueldad. Mandíbula fuerte. Nariz aquilina. Labios rojos apenas entreabiertos para mostrar una brillante dentadura afilada. Los ojos penetrantes de un depredador, mirando sin apasionamiento, mientras yo voy al encuentro de mi muerte. Mirándome todo el rato mientras estoy cayendo. Un grito sordo sale de mi garganta como una larga cuerda escarlata. El asfalto elevándose para engullirme en la oscuridad eterna.

Un golpetazo.

Mis pies chocan contra la cornisa del lejano edificio. Lo he hecho. Voy dando tumbos y resbalando sobre la grava y el revestimiento de alquitrán del tejado. Nunca me he sentido tan feliz de lograr algo.

Buen salto. Aterrizaje forzoso.

Salgamos de aquí.

Encontramos las escaleras para bajar. Dieciséis eternos pisos hasta el portal. Uno más hasta el sótano. Encontramos una salida lateral. Ambos estamos sin aliento. Pero no hay tiempo para descansar. Nos lanzamos afuera hacia una calle arbolada.

Y corremos. Chico y perro. Codo con codo. Manzana tras manzana a máxima velocidad. Huyendo juntos. Atrayendo miradas extrañadas de neoyorquinos acostumbrados casi a cualquier cosa. Hasta que ya no podemos seguir corriendo.

En una esquina, lejos del edificio de Reilly, nos dejamos caer en la acera. El perro está jadeando. Yo recuperando el aliento. Lo conseguimos, Gisco.

No, no lo hemos conseguido. Esto es solo el principio. Será mucho peor a partir de ahora.

7

DIME lo que está pasando. Ahora mismo. Habla. O piensa. O lo que sea que hagas.

No puedo. Tenemos que marcharnos.

Nos hemos marchado. Estamos libres gracias al gran salto, ¿lo recuerdas? Ahora nos estamos paseando por Broadway, perdidos en una ciudad de ocho millones de habitantes, sin mencionar los montones y montones de perros. Quienesquiera que sean ellos, no nos encontrarán por aquí. Así que relájate y dime lo que está pasando. Empieza por quién me persigue. Rellena alguno de los espacios en blanco diciéndome de dónde venís todos. Y me encantaría que incluyeras una pequeña información personal, como quién soy yo y por qué hay tanta gente que quiere matarme.

No es el momento. Tu curiosidad es comprensible, pero te equivocas. No estamos a salvo. Están rastreando la ciudad en nuestra busca y llamamos mucho la atención. Nos encontrarán. Solo hay una alternativa. Tendremos que salir de la ciudad.

Espera. Yo no llamo para nada la atención. Soy un chico americano corriente. Tú eres el único que llama la atención por tu tamaño, y no digamos el volumen.

¿Insinúas que tengo un problema de peso?

No te ofendas, pero no eres precisamente un tierno cachorrito. Si tuvieras un cuerno podrías pasar por un rinoceronte. Además, no es por acomplejarte, pero no actúas como un perro.

¿Y qué sugieres que haga?

Echa una meada en una boca de riego de vez en cuando.

Menuda sugerencia. Es asquerosa.

¿Qué tal si te relacionas de forma normal con otros perros? No seas tan distante. Vas llamando la atención.

Me olisquean el trasero. ¿No pretenderás que yo haga lo propio?

Es lo que hacen los perros para conocerse.

Prefiero un poco de conversación y jazz suave.

¿De verdad crees que nos están buscando?

Por supuesto que sí. Y nos encontrarán en cuestión de horas.

En este momento hay una señora que nos está mirando.

Ya la veo.

Fijamente.

Sí.

¿Echamos a correr?

No. Viene hacia nosotros. Nunca se expondría así si fuese uno de ellos.

Es una mujer grande, con peinado voluminoso, unas aparatosas bolsas y una boca enorme que se abre con una empalagosa sonrisa.

–Perdone, pero ¿de dónde ha sacado ese perro tan magnífico?

Una mujer sumamente inteligente. Trátala con respeto.

Cállate y deja de meterte en mis pensamientos. Lo último que necesitamos ahora es el interrogatorio de una boba amante de los perros.

–De la perrera.

–¡No! No puedo creérmelo. La hermana de mi marido es entrenadora de perros y he visto las exhibiciones que hace. Pensaba que conocía todas las razas. Pero nunca he visto uno como este. ¿Cuál es exactamente?

–No es más que un chucho grande –le digo–. Un cubo de basura de genes caninos.

¿Cómo te atreves a insultar a mis ancestros?

–¿Está seguro? Parece tan puro...

–Puro mestizo –respondo–. Parte de gran danés, parte de *newfoundland*, parte de rinoceronte. Y muda de pelo como una alpaca.

Ella se echa a reír.

–Y necesita un buen baño, también.

Tienes razón. Es una idiota. Deshazte de ella.

–Siempre huele así. Hoy tiene un buen día.

–Necesita un collar y una correa o le pondrán una multa. Se lo toman muy en serio. ¿Lo puedo acariciar?

Ni se te ocurra dejarla que me toque.

Adelante. Le gusta que lo rasquen detrás de las orejas. Escarbe con las uñas.

Le arrancaré el brazo de un mordisco, hasta el codo.

Puedo oír sus uñas escarbando mientras lo rastrilla detrás de las orejas.

–Oh, qué perrito mestizo tan simpático.

Apártala de mí antes de que le arranque la yugular.

De pronto siento un frío hormigueo en la nuca. Una furgoneta negra. Está pasando por el otro lado de Broadway. Ventanillas coloreadas. No puedo ver el interior. Pero puedo sentir que están buscándome. Retrocedo un paso detrás de la señora tratando de usarla como parapeto para no ser visto. ¡Esa furgoneta, Gisco!

Lo sé.

Ahora Gisco la está restregando con el hocico. Prácticamente lamiéndole las rodillas. Las bolsas de la compra lo protegen.

Sucede una cosa extraña. En mi mente registro el flash de una imagen de la calle. Gente caminando a cámara lenta. Coches que pasan. La furgoneta oscura. Haces luminosos disparados desde la furgoneta y que alcanzan a cada uno de los peatones. Como rayos X.

Dos haces de luz nos alcanzan a Gisco y a mí. No puedo esquivarlos. Nos identificarán. No hay manera de esconderse de eso.

Repentinamente, mi muñeca izquierda empieza a vibrar y después se calienta. Echo un vistazo abajo. Mi reloj está emitiendo un destello azulado. Los dos tentáculos de luz nos alcanzan y son refractados por el destello azulado. La furgoneta continúa su marcha por Broadway, calle abajo.

No estoy seguro de lo que ha sucedido con exactitud, pero tengo la sensación de que el reloj de mi padre nos acaba de salvar la vida.

Mientras tanto, la señora del peinado voluminoso está encantada de que Gisco se haya acurrucado con ella. No sabe que está escondiéndose. Cree haber encontrado un auténtico camarada con cuatro patas.

–Oh, qué perrito mestizo tan cariñoso. Déjame que te rasque una vez más detrás de tus orejas.

Sus uñas se hunden a una profundidad de veinticinco milímetros.

Que te arranquen las neuronas no puede ser mucho peor que esto.

La furgoneta se ha marchado. ¿Crees que volverán por el otro carril?

Cada segundo que sigamos aquí es peligroso.

Me has convencido. Vamos a darles esquinazo.

–Perdone, señora, pero tengo que llevarlo al veterinario a desparasitarle.

Rápidamente echa la mano atrás.

–Ha sido una charla muy agradable. Adiós.

Adiós y hasta nunca.

Salimos de Broadway hacia una arbolada calle lateral. Vale, ¿cómo salimos de Nueva York y adónde vamos?

¿Me preguntas a mí? ¿Quieres que sea el cerebro de la operación después de todos tus insultos?

Mientras sean capaces de anticiparse a cada uno de mis movimientos, estoy abierto a sugerencias.

Causa y efecto son su especialidad. Así que invirtamos la causalidad con el viejo juego de la gallina y el huevo.

¿Y eso cómo funciona?

Observa cualquier cosa. Rápido, escoge una.

Me quedo totalmente en blanco. Miro al cielo en busca de ayuda. Veo un avión.

Avión.

Bien. Eso es el huevo. Ahora, ¿dónde está la gallina?

No te sigo.

¿Dónde empollan los aviones?

No los empollan. Los construyen. En fábricas.

¿Dónde los ponen en marcha por primera vez?

En Wright Brothers. Kitty Hawk.

Bien. Ahí es adonde vamos.

Vale, pero primero entremos en esa tienda de animales.

De eso nada. Es un sitio horrible. Como un barco de esclavos. Alzaos, hermanos y hermanas. No tenéis nada que perder, excepto vuestras cadenas.

Perros y gatos en pequeñas y sucias jaulas empiezan a ladrar y a maullar.

Un dependiente aburrido mira inquieto a su alrededor.

–Vaya, se han despertado todos a la vez. ¿Puedo ayudarte?

–Necesito una correa y un collar grande.

–De su talla, solo tengo dos. Uno con pinchos y otro con *strass*.

Pinchos.

–Nos llevaremos el de *strass.*

¿Por qué?

Tú no eres de esos que llevan pinchos, ¿vale?

No vale. ¿Tú qué sabes? Ya veis cómo me trata, queridos hermanos y hermanas. ¡Desdichada raza de idiotas! ¡Descargad toda vuestra furia sobre ellos!

Perros y gatos enloquecidos. Canarios parloteando. Loros lanzándome insultos en inglés y español. Incluso los peces tropicales nadan trazando furiosos zigzags.

Una vendedora asoma su peluca.

–¿Qué demonios está pasando?

–No lo sé –le digo, pagando. Le coloco a Gisco el collar de *strass* alrededor del enorme cuello y le engancho la correa de cadena–. A lo mejor necesitan que les den de comer o algo así. Adiós.

Tiro del perro fuera de la tienda. Ya basta de tanta arenga.

Ese sitio era una vergüenza.

¿Y qué? ¿Acaso es de nuestra incumbencia? Deja de llamar la atención.

Él se sorbe la nariz.

Y pensar que la palabra «humano» tiene que ver con «humanidad».

8

LA estación Penn en hora punta. Trillones de gente estresada. Residentes de la periferia. Viajeros. Es difícil divisar o recordar a alguien en este caos. Incluso a un chico ciego que lleva una gorra de béisbol y gafas oscuras, que va tanteando con su bastón mientras su perro guía le indica el camino. El perro va delante dando saltos y el chico está a punto de caerse en un tramo de escaleras de piedra.

Lo siento.

Ve más despacio. Casi me matas. Se supone que soy ciego y se supone que tú eres un perro entrenado, ¿recuerdas?

En primer lugar, en realidad tú no eres ciego, así que por qué demonios no te fijas por dónde vas. En segundo lugar, estoy un poco nervioso, ¿de acuerdo? Probablemente andan por aquí buscándonos. Me relajaré en el tren.

¿Qué quieres decir con que están aquí buscándonos? Pensé que los habíamos despistado al invertir la causalidad. El juego de la gallina y el huevo. ¿Lo recuerdas?

No saben adónde vamos. Pero puede que prevean que vamos a huir en tren.

Estupendo. ¿Entonces, qué hacemos?

Actuar con cautela. Aquí está la cola para los billetes. A propósito, yo solo viajo en primera.

Puede que tengan un vagón para perros.

Un viejo taquillero.

–¿Qué va a ser?

–Quisiera reservar un coche cama individual, en primera clase, para el de las cinco y dieciséis, a Raleigh.

Ya que hablas, pregúntale si tienen servicio de habitaciones.

–No se permiten mascotas sin jaula.

–Soy ciego. Este perro es mis ojos.

–Venga, chico. Ni lo intentes.

–¿Que no intente qué?

–Llevo treinta y dos años haciendo esto. ¿Te crees el primer listillo que quiere llevarse al perro en el tren y que se ha comprado un par de gafas oscuras? Te he visto subir. Y reconozco a un perro guía entrenado cuando veo uno. Son superinteligentes. No como ese estúpido peludo.

¿Qué es lo que me ha llamado?

–Para su información, señor, no soy ciego del todo, aunque legalmente soy ciego. Y este es un perro guía superinteligente y muy bien entrenado.

–Sí, vale –dice el hombre, mirando por encima a Gisco.

–Se lo voy a demostrar. Dele una orden. Cualquiera.

–Siéntate –dice el hombre.

Gisco se vuelve a mirarle. Una mirada de perro despectiva. Altanera. Condescendiente.

¿Es lo mejor que sabes hacer?

El enorme animal aparca con delicadeza su trasero sobre el suelo, amablemente, en una pose decididamente de perro. Su vientre cae sobre sus patas traseras dobladas y levanta un ojo e inspecciona al vendedor de billetes con la ecuanimidad de un Buda.

El viejo taquillero se queda boquiabierto.

–Vaya. Nunca he visto a un perro sentarse así –teclea en su ordenador y estudia la pantalla–. Tengo un coche cama, pero hay dos camas.

–Estupendo. Me quedaré con las dos.

–¿Tu perro duerme en una cama? –pregunta el hombre con sarcasmo.

¿Tu madre come con cubiertos de plata?

–Tenemos prisa. ¿Cuánto es? –saco el dinero de mi fajo. A la vista de tanto billete, deja de reír y de hacer chistes y nos da nuestros billetes.

–Será mejor que os apresuréis. El tren sale en diez minutos.

Nos dirigimos a las escaleras que van a los andenes. Oh, oh. Me detengo en ese mismo instante. Le he reconocido de inmediato. Será mejor que te fijes en eso. Va vestido de guardia de seguridad. El que está en las escaleras. Vigilando a la muchedumbre. No creo que nos haya visto.

Eso creo yo también. Pero será mejor que cojamos otro tren.

¿De qué estás hablando?

El perro guía tira del chico ciego escaleras abajo, cambiando de rumbo.

Este es el tren que va a Montreal. Sale en dos minutos.

Lo sé.

No quiero ir a Montreal.

Ni yo tampoco. Demasiado frío.

Nuestro tren sale dentro de siete minutos.

Seis. Está más allá.

Otro escalofrío. Gisco, nos ha visto. Ya viene.

Echa a correr. No mires atrás.

Miro atrás. Capto a un guardia de seguridad que sube al tren y va detrás de nosotros. Es rápido.

–TODO EL MUNDO A BORDO.

En cuanto diga «ya», salta por la puerta.

Vuelvo a mirar atrás. Nos está alcanzando. Está levantando una especie de pistola. Mala puntería. Dispara.

¡FIIIU! A nuestro lado, un asiento azul vacío se derrite como la cera de una vela.

¡Ahora!

Gisco salta del tren justo cuando las puertas empiezan a cerrarse. Yo me tiro tras él. Las puertas me enganchan el tobillo derecho, pero lo consigo. Caigo al andén con poca elegancia.

El guardia de seguridad se ha quedado atrapado en mitad del vagón. Para cuando consigue llegar a la puerta, el tren ya está en marcha.

Un hombre alto. Cara desagradable. Trata de separar las puertas. Sin éxito. El tren coge velocidad. Nos mira con un gesto feroz. No le culpo: va camino de Montreal.

Subimos corriendo las escaleras. Bajamos el tramo siguiente. «Última llamada, cinco y dieciséis a Filadelfia, Washington D. C., Raleigh y todas las estaciones dirección Miami».

Amigos y familiares de los viajeros a punto de salir están subiendo las escaleras. Gisco pierde el equilibrio y sale rodando como una bola de nieve por la ladera de una montaña. La gente se aparta de su camino. Avalancha canina.

Le sigo y bajo de un salto los últimos veinte escalones. Salimos disparados por la plataforma y entramos en el tren a toda prisa en el momento en que se cierran las puertas.

Lo conseguimos. *Guau.* Entonces vemos unos zapatos negros. Y un uniforme.

Justo delante, una revisora baja la mirada hacia nosotros. Es mona. Un poco rellenita. Pelirroja. Gafas.

–Lo siento. No se permiten mascotas sin jaula.

–Soy ciego, y este es mi perro guía.

–Te he visto corriendo por el andén.

–Sí, pero legalmente soy ciego. Mi perro está entrenado para alcanzar trenes. Lo conseguimos por los pelos.

Se queda pensativa.

–¿Dónde está tu equipaje?

–Alguien nos lo robó del taxi. Al infierno con Nueva York. Volvemos a casa, donde la gente es más agradable.

Ella se encoge de hombros.

–En todas partes hay gente mala. Déjame ver los billetes.

Se los doy.

–Por aquí –nos indica.

Recorremos el tren. Llegamos a nuestro pequeño compartimento de coche cama. Pequeño pero confortable. Simulo que no puedo ver. Dejo que Gisco me guíe. Tanteo el asiento. Me siento con cuidado.

–Gracias –digo. Abro la cartera y le doy una propina.

–Gracias –responde ella–. Vendré más tarde para enseñarle a sacar las camas.

–No se moleste –le respondo.

–No es molestia. Disfrute del viaje, señor...

–Smith –le digo, vacilante.

Menuda imaginación tienes.

–Yo soy Jinny. Hasta luego, señor Smith. Hasta luego, perro del señor Smith –sonríe.

O bien le has dado demasiada propina o bien le gustas.

Jinny cierra la puerta.

El tren atraviesa a toda velocidad un largo túnel.

Sale a la luz del día con estruendo. Nueva Jersey. Swampland. Los rascacielos de Nueva York se desvanecen entre las sombras del atardecer.

Por fin estamos solos. Y a salvo.

Ahora sí. Necesito unas cuantas respuestas.

9

EL cerrojo del compartimento está echado. Hombre y perro ruedan por los páramos de Nueva Jersey. Plantas químicas, refinerías de petróleo y gas, prados polvorientos y marismas contaminadas.

El perro está ensimismado mirando por la ventana, como si observase un intricado puzle. El chico, mirando impaciente al perro.

Háblame.

¿Cómo pueden vivir ahí con semejante peste? Y encima no lo limpian. Y aguantan y aguantan...

Tiro de la cortina para cerrarla. Adiós, paisaje. La contemplación de las vistas de este viaje comenzará después de la conversación. Ahora dame algunas respuestas.

El gran chucho se mueve inquieto.

¿Qué quieres saber?

Empieza por lo básico. ¿Quién soy? ¿Por qué hay gente que quiere matarme? ¿Quiénes son?; y, lo más importante, ¿quién eres tú? ¿De dónde sales: del Lado Oscuro, o eres producto de algún experimento secreto del Gobierno? ¿Y qué diablos es Tormenta de Fuego?

Lo siento. No te puedo contar nada de eso.

No me fastidies, perro.

No lo hago, humano. Te compadezco.

¿Entonces no conoces las respuestas a mis preguntas?

Conozco las respuestas. Solo que no puedo dártelas.

Pierdo los estribos. Salto adelante. Trato de agarrar al perro por el cuello.

Gisco gruñe. Se me sacude de encima.

Yo le agarro una pata delantera y otra trasera y trato de voltearlo.

Él enseña los dientes. Un gruñido de advertencia.

Déjalo ya.

¡Habla! Trato de tumbarlo.

Los dientes se ciñen alrededor de mi brazo derecho. Aún no me ha mordido. Aún no me ha rasgado la piel. Pero puedo sentir cómo aprieta los músculos de las mandíbulas. Como una mordaza de acero.

Última advertencia. Déjalo.

Aporreo a Gisco con el puño izquierdo. Al infierno contigo. ¿Quién soy? Tengo derecho a saberlo.

El perro levanta la delantera. Un empujón inesperado. Debe de tratarse de la parte perro-trineo de sus ancestros. Soy propulsado hacia delante. Mi cabeza impacta con tanta fuerza contra la pared metálica que casi pierdo el conocimiento.

¿Estás bien?

No.

Siento haber tenido que hacer eso. Nunca agarres a un perro por el cuello. Es un impulso muy antiguo para proteger la vena yugular. Tampoco agarres a un perro por las patas. Tenemos un instinto igual de arcaico para permanecer en posición vertical.

Al parecer eres mi amigo. Ahora mismo, mi único amigo. ¿Por qué no quieres contarme lo que necesito saber?

Ni siquiera debería haberte dicho eso. Pero me das pena.

Vale. ¿Por qué?

Porque el cerebro humano es un poderoso mecanismo, aunque notoriamente delicado e inestable.

¿Lo que significa?

Que no podrías afrontar la verdad.

Compruébalo.

No puedo arriesgarme.

¿Qué es lo peor que podría ocurrir?

Dislocación brusca de tu propio pasado. Pérdida de identidad. Profunda traición. Podrías derrumbarte.

Puede que sea humano, pero no me derrumbo fácilmente.

He leído «Edipo».

¿Vas a decirme que estoy destinado a matar a mi padre y a casarme con mi madre?

Los ojos tristes del perro se quedan mirándome.

Mucho peor que eso. Lo siento, chico. ¿Crees que no te lo diría si pudiera?

Lo terrible del caso es que le creo. Me dejo caer sobre la sucia alfombra azul del compartimento. Me encojo en posición fetal. Rompo a llorar. Este derrumbamiento hace tiempo que se veía venir. El dolor es ahora como una tormenta eléctrica. Imágenes horribles. Papá reventándose el pie de un disparo. Su rostro retorcido por la agonía. Apuntando la pistola a su cabeza. «¿Tengo que volarme los sesos para que te marches?». El ente Reilly con mi sangre en sus labios. El rostro de la muerte vigilándome. Constantemente perseguido y acosado por un ejército sin nombre, sin rostro. No puedo confiar en nadie excepto en un perro, una gran bola de pelo que no contesta a ninguna pregunta porque dice que averiguar la verdad de mi destino podría ser peor que lo que llevó a Edipo a sacarse los ojos.

Toc, toc.

Márchate. Déjame solo. No sé cuánto tiempo llevo tumbado en el suelo, llorando y temblando.

Gisco está a mi lado. Acurrucado contra mí.

Tranquilo, chico, tranquilo. Lo siento por ti. Tan perdido. Tan solo. Lo entiendo, de verdad. La mayoría de nosotros tiene los mismos problemas...

¿Nosotros?, ¿quiénes?

Olvídalo. Ha sido un lapsus.

No lo ha sido. ¿Quién es «nosotros»? ¡Vamos!

Yo. La gente que te persigue. La gente que te ayuda. Los Gorm. La pareja que te crió.

Sé que no puedes contestar a todas mis preguntas, pero contéstame solo a una. ¿De dónde habéis salido todos vosotros? Dímelo, te lo suplico.

El gran perro vacila.

Del Lado Oscuro no. Ni tampoco de un experimento gubernamental.

Toc, toc, toc.

¿Entonces, de dónde?

De aquí, y no de aquí.

Por ahora no me has contestado a nada.

Una larga lengua húmeda me lame la mejilla. Puede que quiera consolarme.

Podría provocar una fuerte impresión en tu mente. Y no es el momento. Hay alguien en la puerta. Tú eres la única esperanza. Sobreponte. Mucha gente cuenta contigo.

¿Sí? Pues diles que se tiren a un lago. Quiero recuperar a mis padres. Quiero recuperar mi vida. Quiero dormir en mi habitación con los pósteres de deporte pegados en la pared y mi estéreo sobre la mesa, junto al escritorio, con la foto de una sonriente P. J., y la ventana con vistas al jardín de mamá.

Toc, toc, toc.

–¿Se encuentra bien? Abra.

Mira, chico, puedes deshacerte en un mar de lágrimas, pero no puedes volver a tener esas cosas. Han pasado a mejor vida. Tenemos problemas aquí y ahora. Alguien está intentando entrar.

Grúñeles. Captarán el mensaje.

No, vas a abrir la puerta y a convencerles de que estamos bien. La cuestión cardinal que estoy tratando de hacerte entender es que no es el momento más apropiado para derrumbarse. No debemos arriesgarnos llamando la atención sobre nosotros.

La palabra «cardinal» lo consigue. Un perro usando una palabra rebuscada del SAT[2]. Como un soplo de brisa que disipa la niebla. Tiene razón.

---

[2] Abreviatura de «Scholastic Aptitude Test». Sería el equivalente a nuestras pruebas de acceso a la Universidad.

Una llave se está introduciendo en nuestra puerta. Allí está Jinny, con su uniforme de revisora.

–¿Se encuentra usted bien?

–Claro –respondo con una amplia sonrisa.

–¿Qué hace en el suelo?

–Echando un sueñecito.

Entra dando un paso. En su voz, preocupación.

–¿Algo va mal?

–Nada –levanto la vista hacia ella–. Siempre me echo un sueñecito en el suelo.

–Tiene las mejillas llenas de lágrimas. Y los ojos enrojecidos.

Busco a tientas mis gafas de sol y me las pongo. Vuelvo a mirarla a través de las lentes oscuras.

–Ahora ya no están enrojecidos. Pagamos por un compartimento individual porque no queríamos que nos molestaran. Si a usted no le importa.

–¿Nosotros? ¿Se refiere a usted y a su perro?

–Me parece que ya he contestado a suficientes preguntas, Jinny.

–De acuerdo –responde, y su mirada se endurece–. De acuerdo, señor Smith. Es solo que tenía cierta información para usted.

¿Qué información? Eso no me suena nada bien.

Ella retrocede un paso y se dispone a cerrar la puerta.

–Deténgase, Jinny. ¿Qué información?

–Olvídelo. No quiero robarle su intimidad.

Cierra la puerta.

Me levanto para seguirla.

¿Adónde crees que vas?

A averiguar lo que sabe.

Si vas solo, se dará cuenta de que no estás ciego.

Puede que el cerebro humano sea delicado e inestable, pero al parecer soy capaz de detectar matices significativos que el cerebro del perro no distingue.

¿Significativos?

Ella ya sabe que no soy ciego, cara de Purina. La cuestión es qué más sabe.

10

PRESCINDO de la farsa del bastón y las gafas oscuras. Atravieso el tren corriendo. ¿Donde está usted, Jinny? ¿Qué iba a contarme? Llego al vagón de cafetería. Gente comiendo sándwiches. Leyendo periódicos. Hedor a pan añejo y cerveza. No es el olor más apetecible del mundo, pero mi estómago responde.

Ruido de tripas. La última comida fue un perrito caliente en el parque Riverside. Un sándwich pasado seguro que taparía el agujero.

Avisto a un revisor viejo, encorvado. Cansado y aburrido. Cutis cerúleo. Está picando billetes.

–Perdone, señor. Estoy buscando a Jinny. Trabaja en el tren y tengo...

–Rawlings –dice, arrastrando la palabra por un lado de su boca, como si contestara a miles de preguntas estúpidas a lo largo del día y no se molestara en abrir más que esa parte de los labios.

–¿Perdón?

–Virginia Rawlings. Siguiente coche, última puerta a la izquierda.

Me dirijo aprisa al siguiente vagón. Encuentro la última puerta. Llamo con los nudillos. Nadie contesta.

Abro la puerta una rendija.

–¿Jinny?

–Váyase –responde una voz proveniente de la penumbra.

–Soy yo, el señor Smith.

–Sé quién es usted. Váyase al infierno, gilipollas.

Me asomo dentro. Es un espacio de almacenamiento. Mantas. Ropa de cama.

Jinny está apoyada contra un montón de almohadas junto a la única ventanilla. Con sus grandes ojos castaños bañados en lágrimas.

Entro en el almacén. Cierro la puerta tras de mí.

–En realidad no me llamo señor Smith. Y no soy ciego.

–¿Y eso es de mi incumbencia?

Un refrescante sarcasmo. Doy un paso en su dirección.

–Sé que suena mal, pero no soporto ver llorar a una mujer.

–¿Entonces por qué no se marcha?

–¿Algo va mal?

–No –responde.

–Siento haber sido tan brusco antes. ¿Puedo sentarme junto a usted?

–No.

–¿Es usted una de esas chicas que dicen no cuando quieren decir que sí?

Se me queda mirando.

–No. Quiero decir, sí. No me confunda. Ya me siento bastante miserable.

–Entonces ya somos dos –le digo y me siento a su lado.

Nuestros hombros se tocan. Jinny deja de llorar. Miramos por la ventanilla hacia el paisaje que pasa a toda velocidad.

Las marismas contaminadas han dado paso a bosques y tierras de labor. Me recuerdo a mí mismo que a esto lo llaman el Estado de los Jardines. Por encima, una bonita puesta de sol de octubre. Surcos de nubes de color violeta se extienden por el horizonte, como si hubieran arado el cielo.

–*Nubes enrejadas florean el dulce atardecer del día* –murmuro.

–¿Qué?

–Nada.

–Sonaba como un poema.

–Sí –titubeo–. «Oda al Otoño». John Keats.

–He oído hablar de él –dice Jinny. No sabría decir si está siendo sarcástica. No lo creo.

–Es uno de mis favoritos –le digo–. A mí me parece que ha sido el poeta inglés con más musicalidad que ha existido. Escribió un poema dedicado al otoño como si estuviera hablando con la estación. Tenía un verso sobre las «nubes enrejadas». Esta vista me lo ha recordado. Lo siento. No pretendía exhibirme.

Jinny se relaja ligeramente. Ahora su hombro se apoya contra el mío. Puedo sentir su calor a través de su uniforme de revisora.

–Siga –dice–. Siga hablando.

Estoy percibiendo algo en ella. No sé lo que es. ¿Tristeza? ¿Enfado? ¿Arrepentimiento? No soy capaz de distinguirlo.

Así que sigo con mi charla sobre el poema.

–Keats le dice al otoño que no tiene por qué tener celos de la primavera, porque el otoño tiene su propia música especial. Mosquitos pequeños que se lamentan. Grillos que cantan. Corderos crecidos balando en las laderas de las colinas –escucho el ruido de mis tripas y me encojo de hombros–. Suena mucho mejor cuando lo describe Keats.

–Suena bien como lo describe usted –dice Jenny con dulzura–. Por favor, siga hablando.

–Eso es todo –le digo–. Keats solo escribió unas cuantas odas. Las escribió en uno de sus arranques de genialidad, al poco de cumplir los veinte. Luego enfermó. Viajó por Italia con la intención de recobrar su salud. Murió en Roma a los veinticinco. Antes solía pensar en lo joven que era. ¿Se imagina morir a los veinticinco? Sin haberse casado nunca. Ni haber tenido hijos. Ahora, sin embargo, me parece tan mayor... Yo mismo considero que tengo suerte de haber cumplido diecinueve.

Mi voz se quiebra. Me callo. Estoy hablando demasiado.

Se hace el silencio en el vagón. La respiración de Jinny. Los ruidos del tren. Fuera de la ventana, las nubes enrejadas florean el suave atardecer sobre un bosque de pinos de Nueva Jersey.

–Sabía que estaba en apuros la primera vez que le vi –susurra Jinny.

–¿Cómo lo supo?

–A mí también me han perseguido –admite. Chica honesta. No le resulta fácil, pero quiere hablar.

–¿La policía?

–No. Un chico.

–¿Estaba enamorado de usted? –la sondeo con amabilidad.

Ella mueve la cabeza, algo entre una afirmación y una negación.

–Quería casarse conmigo. Luego quería matarme. Casi consigue las dos cosas. Así que cuando le vi, me di cuenta.

Estoy percibiendo algo muy fuerte y personal en ella, que no logro descifrar. Cierto tipo de conexión. ¿Simpatía? Más profundo que eso. ¿Empatía? Algo más sombrío. ¿Miedo?

–¿Por eso escogió este trabajo en el tren? –pregunto–. ¿Para alejarse de él?

Me mira de nuevo. Húmedos ojos castaños, abiertos como platos. Cabellos rojizos que brillan como una deslumbrante veta de oro bajo la luz del anochecer.

–Abrázame –susurra.

Estoy a punto de hacerlo cuando me retiro.

–¿No serás un Gorm?

Ella parece sobresaltada y perpleja.

¿Eso es una carcajada?

Nadie puede ser tan buen actor. Me río y la abrazo con cuidado.

–No tiene importancia –le digo.

Es agradable rodear con mis brazos a Jinny. Es una gran chica. Hay mucho que abrazar y ella me devuelve el abrazo. Su pelo barre mi cuello. Los dos hemos estado llorando hasta hace poco, de modo que nuestras mejillas están frescas y algo húmedas cuando se rozan.

No se trata precisamente de atracción. Ni de camaradería amigable. Es algo intermedio, no menos interesante.

–¿Quién te está persiguiendo? –susurra ella.

–No te lo creerías jamás.

–Apuesto a que sí.

–Yo llevaba una vida normal en aquel pueblo pequeño.

–Oh, oh.

–Entonces vinieron unas personas para asesinar a mi padre.

–Oh, Dios mío –dice ella, succionando aire.

–Él me pidió que huyera. Desde entonces, unos extraños seres han intentado atraparme. Algunos de ellos parecen murciélagos gigantes. Luego fue esa chica que me llevó a su casa, pero averigüé que se trataba de un Gorm. El perro y yo escapamos de su apartamento, pero no es un perro corriente. Nos comunicamos telepáticamente. Y lo más extraño es que no sé por qué está ayudándome y tampoco sé por qué me están persiguiendo, pero al parecer desempeño algún importante papel en alguna clase de gigantesco secreto de guerra.

Jinny se echa a temblar. La abrazo más fuerte. ¿Tiene miedo? ¿Está asustada por lo que le he contado? No, se estremece de risa. Está tratando de reprimirse, pero su cuerpo se agita alborotado.

–Vale, listillo –consigue decir por fin–. No tienes por qué contarme quién te persigue. No es de mi incumbencia.

No puedo culparla por no creerme. Pero decido aprovechar la ventaja de este cambio de humor.

–Jinny, ¿qué querías contarme cuando viniste a mi compartimento?

Ella deja de reírse.

–No tiene importancia. No pasa nada. Ya me encargo yo de eso.

–Por favor, necesito saberlo.

–Alguien ha estado haciendo preguntas sobre ti –dice, titubeando.

–¿Qué quieres decir? –me apresuro a preguntar. Jinny nota que empiezo a ponerme tenso–. ¿Quién?

Ella se aparta. Estudia mi rostro. Se da cuenta de que no voy a dejar de insistir.

–Llamó alguien de seguridad desde Nueva York. Habló con el revisor jefe. Quería saber si había un hombre ciego en el tren. Y un perro guía. El revisor jefe nos estuvo haciendo preguntas sobre los pasajeros de nuestros respectivos coches. Yo te encubrí.

–¿Por qué?

–Ya te lo he dicho, a mí también me han perseguido. Yo ya sabía que en realidad no eras ciego, así que estaba diciendo la verdad. Apuesto a que llamaron a todos los trenes que salieron de la estación de Penn alrededor de esa hora. Oí al revisor decirles que había preguntado y que no había ningún ciego en nuestro tren. Lo cual es cierto ¿verdad?

–Cierto. Gracias, Jinny. Te debo una.

Ella se pone en pie. Me da la espalda. De su garganta sale un sonido. Sea lo que sea, la tiene realmente preocupada.

–No me debes nada –dice con suavidad.

–Sí que te lo debo. Puede que me hayas salvado la vida. Y lo hiciste sin conocerme siquiera. Solo porque eres una buena persona.

Se gira hacia la ventana y simula atusarse el uniforme en el reflejo.

–Sí, bueno, ahora tengo que volver al trabajo.

Qué extraño, pensé que yo le gustaba. Me salvó. Ahora ni siquiera quiere mirarme.

Entonces lo comprendo. No, estúpido, es que *no puede mirarte.* No se trata de un disgusto. Ni de empatía. ¡Se trata de culpabilidad! *Es* una buena persona, y se siente fatal porque te ha traicionado.

Jinny se dirige a la puerta.

–Voy a volver a mi trabajo.

La sujeto. La empujo al interior del trastero.

Ella trata de gritar.

Le tapo la boca con mi mano.

–Les dijiste que estaba en el tren. Y luego te sentiste mal por haberme vendido. Así que viniste a buscarme para averiguar en qué clase de lío andaba metido.

Aparto la mano.

–No, yo nunca haría... –se apresura a mentir, desesperada.

–O puede que no fuera así. Puede que vinieras a vigilarme. ¿Eso era parte del trato? ¿Te pagan más por eso? ¿Cuánto te ofrecieron?

–Ellos no... Yo no... Nosotros nunca...

Tras varios intentos, Jinny está hecha un lío. Entonces trata de darme un pisotón en el empeine, pero yo soy más rápido. Está a punto de emitir un imponente chillido, pero le corto el suministro de aire.

La miro a los ojos. Está asustada. Cree que voy a estrangularla. No voy a hacerlo, pero no le va a doler dejar que lo piense.

–¿Cuánto? Es tu última oportunidad.

Ella coge aire.

–Tres mil dólares. Más de lo que puedo ganar en un mes. Supuse que habías hecho algo realmente malo. Lo siento. Me caes bien. Necesitaba el dinero...

–¿Dónde van a subirse al tren para atraparnos?

–En Philly.

–¿Cuánto falta para que lleguemos?

–Menos de treinta minutos.

–¿Cómo puedo salir de aquí antes?

–No puedes.

–Tiene que haber alguna forma.

Me quedo mirando los asustados ojos castaños de Jinny.

–No. Es un trayecto directo a Filadelfia –responde–. Vamos a sesenta millas por hora. No hay modo de salir del tren en marcha.

La suelto. Controlo mi rabia.

–Encontraré un modo de hacerlo –le prometo–. Y cuando me vaya, adiós a tu recompensa. Seguro que encontrarás otro modo de conseguir algún dinero extra. Ah, otra cosa, Jinny. Si yo fuese tú, me largaría en cuanto el tren llegue a Filadelfia. La gente que me persigue no es muy compasiva. Cuando se den cuenta de que he desaparecido, vendrán a buscarte para averiguar quién me dio el chivatazo. Tienen una técnica que consiste en arrancar las neuronas, que al parecer es bastante desagradable. Buena suerte con tu nueva fuga.

Se me queda mirando. Los ojos desesperados.

–Espera. Déjame ir contigo. Puedo serte útil. No me dejes sola.

–Me gustaría seguir charlando –le digo–. Pero tengo prisa.

11

HORA de cenar en el tren. Coche cafetería a tope. Lectores de periódicos abriendo bolsas marrones y desenvolviendo sándwiches mientras echan una ojeada a la sección de deportes. Madres dándoles el biberón a sus bebés.

Gisco y yo tratando de buscar el modo de salir de este expreso al infierno. No queda mucho tiempo. Filadelfia emerge ante nosotros entre el resplandor nocturno. Aviso de los altavoces. Veinte minutos para la estación Calle 30. Tengo el fuerte presentimiento de que nos espera un mundo de sufrimientos en la Ciudad del Amor Fraternal si no encontramos cuanto antes un modo de salir de aquí.

Treinta minutos y el tictac del reloj avanza. Diecinueve.

No tienes que recordármelo. Puede que los perros no llevemos relojes, pero somos muy sensibles a nuestra muerte inminente. ¡Ahí está!

Nos encontramos de pie en un reducido espacio entre dos vagones. Enfoco la linterna. Una escalerilla de hierro negro conduce al techo.

¿Por qué no te decides?

Porque no me gusta trepar escaleras de noche entre vendavales para subir al techo de un tren en marcha.

No hay más remedio, habichuela.

No me llames así.

Dieciocho minutos, habichuela. Será mejor que lo hagas.

Así que me agarro a la escalera de hierro y me impulso hacia arriba.

Trepo peldaño a peldaño. Un frío viento otoñal me fustiga. Quince latigazos. Zas, zas. Mi cara, mis ropas, arañando los dedos que sujetan la escalera. Mi vida depende de ello.

No te detengas.

Para ti es fácil de decir. ¿Cómo es que soy el único que tiene que hacer todo el trabajo duro? Ya que los perros sois tan listos, tendrías que darte cuenta de que estamos en una situación en la que tú podrías...

Sigue trepando. Diecisiete minutos.

Sigo trepando. Alcanzo el techo y, no sé cómo, me impulso arriba. Nunca antes he estado encima de un tren. Parece chulo. Puedes sentir su velocidad bajo tus pies. Como galopar encima de un gigantesco caballo súper rápido. Los oscuros campos pasan volando. Debemos estar por los barrios más periféricos. Casas de dos plantas, espaciadas entre sí. Luces encendidas. Niños haciendo los deberes. Aquí y allá espeluznantes lagunas negras. ¿Campos? ¿Parques? Grupos de árboles junto a los caminos, como si estuvieran manteniendo conversaciones privadas. Sus ramas emborronan la luna.

Date prisa.

Me quito el cinturón. Se lo alcanzo a Gisco. Vamos, mandíbula parlante.

Él aferra sus dientes alrededor del nudo. Trato de izarlo. Es como tirar de un saco de patatas de doscientos kilos por la pared de un acantilado.

Qué patéticas son las zarpas. ¿Por qué los perros son incapaces de trepar?

Los perros tienen muchas capacidades que no poseen los humanos. ¿Acaso yo te pregunto por qué eres incapaz de oler nada? ¿Acaso te pregunto yo...?

Vale, vale, he captado el mensaje. Pero lo mismo no te vendría mal saltarte un par de comidas...

Ya me he saltado la comida y la cena. Si me salto una más puede que te arranque de un mordisco tu pierna de palillo.

Recojo al perro y lo coloco sobre el techo. La buena noticia es que ahora estamos los dos juntos en lo alto del tren. La mala noticia es que no parece que haya modo de salir de aquí. No hay cómodas pacas de heno a los lados de la vía para amortiguar nuestra caída. Ni disminuye la velocidad del tren en las curvas como para facilitar el salto. Reflexiona sobre eso, amigo, pero no ahora mismo. Ahora tenemos que salir de este furgón en marcha.

A lo lejos, las nubes resplandecen de forma antinatural. ¿Eso es Filadelfia?

Desafortunadamente, me parece que vas a tener razón en una cosa. Quince minutos. Es ahora o nunca.

Nunca. Si saltamos de aquí a esta velocidad nos mataremos.

Si no lo hacemos nos matarán ellos.

Podemos intentar escaparnos en la estación.

No sabes a quién te enfrentas.

Eso es porque no has querido decírmelo.

Te diré una cosa, chico.

Sigue.

Túnel.

¿Qué? ¿Dónde?

El perro se tira en plancha sobre sus propias patas. *¡ALLÍ!*

Me echo boca abajo justo cuando desaparecemos en las fauces de un oscuro túnel. Apenas hay espacio. La sensación es como si el túnel me estuviera cortando al rape. Me abrazo con desesperación al techo del tren, está en juego mi vida. Con la nariz aplastada contra el frío acero. El traqueteo del tren se multiplica con el contacto. Como si un oscuro y furibundo estómago me estuviese devorando y digiriendo.

No lo estoy disfrutando, precisamente.

Yo tampoco. Los perros somos muy sensibles al ruido.

Una vez atravesado y fuera, al otro lado, nos hallamos de nuevo en el espacio abierto y relativamente tranquilo de una noche con luna.

Guau, ha sido espantoso.

De la sartén al fuego, como decís los humanos.

¿Lo que significa?

Ahí está Filadelfia.

Podemos verla en la distancia. El horizonte de la ciudad recortado sobre la luz de la luna. Edificios altos que se van acercando.

Diviso a través de la oscuridad una serpenteada cinta dorada. La luz de la luna sobre el agua. Un río. Justo en nuestro camino. Una ocasión única.

Los perros saben nadar, ¿no?

Eso es quedarse corto. Somos nadadores innatos. Y no hablemos del buceo. ¿Crees que el agua estará fría?

Esa, cara hocico, es la menor de nuestras preocupaciones.

El tren llega a un viejo puente, que no es tan sólido como parece. De pie sobre el techo del tren, podemos sentir las sacudidas rítmicas del puente. Debajo, el oscuro destello del río, a unos nueve metros seguramente, aunque desde aquí parece un abismo. Ahora empezamos a cruzar el puente. Ya estamos en el centro.

Doy tres pasos y salto. La velocidad del tren me propulsa bien lejos. ¡YAAAAAAAA! Agito los brazos. Intento volar. Caigo miserablemente. Me precipito en la oscuridad.

Gisco cae conmigo. Tampoco le agrada. Aullidos de pánico canino. *¡YA-BA-UAAA, YA-BA-UAAA!* Un sonido nada agradable.

Bola de pelo, si no lo conseguimos, has sido lo mejor que me ha pasado estos dos días, lo cual no es que sea decir mucho...

Gracias, habichuela. El sentimiento es mutuo.

Entonces, caemos con un chapoteo. No es el río más limpio del mundo, aunque puede que sí el más frío. El impacto inicial me golpea como un puñetazo en la mandíbula. Casi me deja sin sentido. Antes de darme cuenta, ya me estoy hundiendo, lejos de las estrellas que se desvanecen en distantes puntas de lanza. El hielo se transforma en punzantes agujas. La temperatura glacial me inyecta de vuelta al estado de conciencia. Estamos a finales de octubre. ¿Por qué tiene que parecerse esto a un océano polar?

Me impulso a la superficie. Llego arriba como un surtidor.

De modo que lo conseguiste. Pensé que tendría que sumergirme y buscarte entre el fango.

Gracias por esa amable reflexión, pero no te he visto nadando en círculos para buscarme. Por cierto, ¿dónde estás?

Aquí arriba, en la orilla. Ese río está algo frío.

Apresuradas brazadas hasta que mis pies tocan tierra. Me arrastro fuera sobre el lodo y los cantos rodados. Náuseas, ahogo y toses. Aspiro bocanadas de aire frío. Compruebo si estoy bien. Brazos y piernas se mueven. Todos mis dientes parecen pegados con chicle. ¡Lo conseguí!

Me pongo en pie. Tiemblo. Tendremos que buscar cuanto antes algo de comida y refugio sin llamar la atención.

Estoy de acuerdo. Buenas noticias. Más arriba hay luces. Voces. Alguna clase de reunión en el exterior. Puede que sea una barbacoa.

Estupendo.

Malas noticias. Me parece que alguien nos está apuntando con un arma.

12

Un tipo gordo. Una barriga del tamaño de un refrigerador. Una enorme cabeza greñuda con una barba descuidada. Sostiene una escopeta, ligera como un mondadientes. Un vozarrón ordena:

–Ahí quietos.

Lo cual, por supuesto, hacemos. Yo trato de mantenerme inmóvil, pero me estremezco dentro de mis ropas mojadas bajo un viento helador.

La escopeta apunta a mi nariz.

–¿Qué te crees que haces husmeando por aquí? Debería volarte los sesos.

Buenas noticias, Gisco. No creo que se trate de uno de ellos.

Cierto, pero sigue apuntándonos con un arma.

En realidad, me está apuntando a mí. ¿Qué sugieres?

Haz que se calme. La inestable capacidad de los humanos de no provocar violencia está bien documentada.

–Eh, oiga –digo, en el tono más amigable posible–. No estábamos husmeando por aquí.

–¿Entonces, cómo demonios has llegado aquí?

–Por accidente. Saltamos al río desde un tren.

El hombretón pone mala cara.

–No me mientas, chico.

–Las vías del tren pasan por ese puente. Toque mis ropas: están mojadas, del río. Me limité a salir nadando.

Unos dedos regordetes me agarran la camisa. Sus ojos recelosos recorren el inestable puente y descienden luego al oscuro río. Después vuelven de nuevo a mí.

–¿Por qué saltaste?

–Decidimos que no queríamos ir a Filadelfia –le cuento, y me echo a temblar–. El caso es que me estoy quedando congelado.

–No es problema mío –responde con una admirable falta de simpatía–. Sube por la orilla. Y no intentes nada o te vuelo tu estúpida cabeza. Lo mismo digo del asqueroso culo de tu perro.

Trepamos por la orilla en dirección a las luces.

No quiero parecer estirado, habichuela, pero creo que preferiría no reunirme con los compañeros de este caballero.

No nos queda más remedio. Si echamos a correr, nos disparará por la espalda. Pasamos dando trompicones por la maleza del cenagoso campo. Aneas. Hierbas que llegan a las caderas. Zarzas. Un árbol raquítico aquí y allá.

Más adelante, voces masculinas. Discutiendo sobre algo serio. Tiene que ver con dinero. Acabamos de meter las narices en un asunto de negocios. El gigante era un vigía.

–Hola, Hayes.

–Espera a que acabemos –es la respuesta que recibimos.

El dinero cambia de manos. Contrabando, sin duda. ¿Armas? ¿Drogas? Ni me molesto en comprobarlo. Tres motos se alejan con un ruido infernal.

–Vale –grita el que se llama Hayes.

La escopeta me aguijonea la columna.

–Muévete.

Subimos hasta el claro. Una docena de motos nos rodean como un Stonhenge de Harley-Davidson. Cromo bajo la luz de la luna. Hombres fornidos se me quedan mirando. Cuero, melenas y tatuajes. Una banda de motoristas. No parecen especialmente cariñosos con adolescentes temblorosos y peludos perros sabelotodo.

–¿Quién diablos eres tú? –demanda una voz autoritaria.

Echo una ojeada alrededor. Hayes. El manillar jefe o como se llame el líder de una pandilla de motoristas. Facciones de halcón. Piel morena. Músculos marcados. Astuto y malicioso. Puedes comprobarlo con solo mirar a sus ojos duros como un pedernal. Que es lo que hago mientras estoy allí de pie, tiritando.

–¿Dónde has encontrado a Dorothy y a Toto? –pregunta.

–Abajo, junto al río –responde el gigante–. Dice que iban a Filadelfia y saltaron del tren. Aunque yo no los vi saltar. Podrían estar husmeando por ahí.

–No parecen de la bofia –señala Hayes–. El memo este debería estar en casa haciendo sus deberes, y ningún perro policía está así de gordo.

Algunos de sus colegas se echan a reír.

Ni tú deberías estar en la playa, cara pichón.

Hayes baja la mirada hacia Gisco.

–No me gusta cómo me está mirando.

–Solo tiene hambre –me apresuro a decir–. Se quedó sin cena.

–Sí, bueno, no tengo comida para perro, así que dile que mire a otro sitio antes de que convierta su pellejo en alfombra.

–Abajo, chico –digo–. A no ser que quieras terminar como manta para la moto, tranquilízate.

Gisco tiene el lomo arqueado, en posición de ataque. Se relaja lentamente y baja la mirada, como si quisiera contar briznas de hierba.

–No queremos problemas –empiezo a explicar.

Una voz impaciente procedente del borde del círculo me interrumpe.

–Hay que deshacerse de ellos. No tenemos alternativa.

–Deshacerse de ellos es también una alternativa, Cassidy –indica Hayes.

Cassidy da unos pasos adelante. Cabeza rapada. Nariz como una coliflor aplastada. Quien se la rompiera hizo su trabajo a conciencia. Una automática. La navaja asoma abierta en su mano derecha.

–Nadie salta de un tren a media noche. Quién sabe lo que han oído o visto. Salieron del río. Echémoslos dentro otra vez.

Hayes escucha su consejo y espera a ver mi reacción. ¿Suplico o intento salir corriendo?

Sé que los miembros de esta pandilla admiran la fuerza y detestan la debilidad. Presiento también, que aunque sospechan de mí, tampoco parecen muy devotos de Cassidy. La única manera de salir de esto es enfrentarme a él y convertirlo en una cuestión personal. No nosotros contra ellos. Él contra mí. Mano a mano.

–Si vas a llamarme mentiroso –le digo a Cassidy–, ¿por qué no lo demuestras como un hombre?

Silbidos alrededor del círculo.

–¡Te está retando!

–Ya le has oído, Cassidy –dice Hayes–. Suelta la hoja o dale una.

Cassidy no se esperaba esto. Dirige su mirada hacia mí. De mala gana entrega su navaja a un amigo.

–Esto va a ser divertido –gruñe, y se encamina hacia mí arrastrando los pies.

13

¿Sabes lo que estás haciendo, habichuela?

No intentes ayudarme. Te dispararán.

Cuidado. ¡Ahí viene!

Cassidy finta con su derecha y, en cuanto me agacho, me pega una patada en las pelotas. No sigue precisamente las reglas del marqués de Queenberry.

La mala noticia es que yo no me esperaba esta patada directa a las joyas de la familia. Dejo escapar un gemido y me hinco de rodillas. Él continúa con una patada aún más fuerte, dirigida a mi sien.

Esto hubiera acabado conmigo, pero la buena noticia –por decirlo así– es que te pueden patear las pelotas y puedes soportar el dolor si te lo han hecho antes. Por desgracia, a mí me lo han hecho. Defensas tratando de derribarme en los campos de fútbol. Codazos de los compañeros de lucha.

La punzada de dolor es intensa pero empieza a remitir casi instantáneamente. Me tiro hacia atrás y evito la patada en la cabeza.

El calvo no se esperaba fallar. Me lo quito de encima haciéndole perder el equilibrio. Lo agarro por el tobillo, se lo retuerzo y se derrumba en el barro.

Luego forcejeamos, y rodamos y rodamos por el claro. Eso se me da bien. Tengo dos diplomas de lucha libre. Podría haber sido campeón del condado si mi padre no me hubiese sugerido que dejara ganar al otro tipo. Me coloco en posición de control y lo inmovilizo por la espalda.

Él se levanta y me arranca de un mordisco un trozo de oreja. Maniobra Mike Tyson. Eso no se hace entre compañeros de lucha del instituto. Le oigo gruñir y luego noto cómo sus dientes se hunden en mi lóbulo derecho. Escupe algo fuera y ahí, en el suelo, queda un pedazo que me solía pertenecer.

Decir que «duele» no le hace justicia. Se aproxima más a un «tormento intolerable». Casi me vuelvo loco. Recobro fuerzas. De rodillas, levanto a Cassidy del suelo y lo lanzo hacia atrás contra el tocón de un árbol. El impacto lo deja sin resuello, pero él sigue pegándome puñetazos. De modo que vuelvo a levantarle en vilo. Un segundo golpazo le rompe un par de costillas. Él intenta arrancarme los ojos, pero yo escondo la cara en su pecho mientras lo levanto de nuevo. El tercer golpazo deja su cuerpo inerme y sus ojos vidriosos.

No está muerto, tal vez ni siquiera inconsciente, pero durante un rato ya no hablará de tirar a nadie al río.

Vuelvo a ponerme en pie. El corazón palpitante. La sangre resbalando por el lado derecho de mi rostro.

¿Te encuentras bien?

¿No lo parece?

Parece como si te hubieran pasado por un triturador de basuras.

Un par de miembros de la pandilla se llevan a Cassidy a rastras. Hayes ni siquiera se digna a mirarlo. Centra su atención en mí.

–No está mal, memo. ¿Cómo te llamas?

–Jack.

–¿Dieciocho?

–Dentro de unos meses.

–Alto para tu edad. Y duro. ¿Cómo es que no estás en casa con mami y papi?

–No tengo casa –y ya no tengo mami y papi, pero esto me lo callo.

Mi respuesta conmueve de algún modo a Hayes. Una conexión momentánea. Algo me dice que él mismo no tenía un hogar estable a los dieciocho años.

–Podrías haberte matado saltando de un tren. ¿Por qué demonios hiciste esa tontería?

–Porque de habernos quedado, también nos habrían matado.

–¿Alguien va detrás de ti?

–Tengo que detener esta hemorragia –le digo con voz temblorosa.

–Responde a mi pregunta.

–Alguien va detrás de mí. Necesito ropa seca.

–No dirijo una casa de beneficencia.

–Puedo pagar.

Sus ojos brillan.

–¿Llevas dinero encima?

Cuidado con él, habichuela.

–Suficiente para comprar ropas –le digo–. Y una moto.

–¿Qué has dicho? –Hayes parece divertido.

–Nada extraordinario –continúo diciendo–. Una moto usada con un par de ruedas estaría bien. Con tal de que funcione.

¿Has olvidado que los perros no podemos montar en moto? Nuestras patas no están preparadas para agarrar un manillar. Te sugiero que adquieras otro tipo de vehículo. Yo escogería un lujoso sedán, pero estoy dispuesto a considerar un...

El hombre fornido vestido de cuero me mira como si estuviera loco.

–En efectivo –le digo a Hayes–. Sin escrituras de venta, documentos de traspaso o cualquier cosa de esas. Dime el precio.

Hayes reflexiona un instante.

–¿Y qué me impide quedarme con tu dinero, sin más?

La sangre resbala por mi mejilla como una pintura de guerra. Tengo los brazos separados del cuerpo, los dedos apretados en puños. La mirada fija en aquellos ojos como el pedernal.

–¿Qué te lo impide? –le pregunto yo a él.

Tengo la sensación de que Hayes no sonríe a menudo, aunque ahora lo hace.

–Este memo me recuerda a mí –les dice a sus colegas–. Conseguidle algo de ropa seca antes de que se le congelen esas pelotas tan grandes que tiene. Screech, ¿no tenías una moto que querías quitarte de encima?

–Sí –asiente un tipo con voz aguda–, pero, coño, ese trasto...

–Servirá –concluye Hayes–. ¿Y qué hay del chucho?

Qué considerado de tu parte acordarte de mí. El caso es que chucho no es un apelativo al que yo respondo. Señor Chucho, quizá. Deja que saque de nuevo a colación la opción del sedán de lujo...

–Tengo una idea –dice uno de los compañeros, que parece preferir la tela vaquera al cuero. Se parece más a un granjero que a un motorista–. He visto algo en el granero de mi tía Rachel que podría funcionar. Uno de esos viejos sidecares de hace por lo menos cien años.

Hayes se lo piensa un segundo y luego me ofrece su trato.

–Cuatrocientos pavos para Screech por la moto. Cien para tía Rachel por el sidecar. Y otro billete de cien para mí por la ropa seca y el placer de tu compañía. ¿Tienes seiscientos dólares, memo?

¿Seiscientos? Eso es un atraco a mano armada. Regatea a la baja. Yo sugeriría en esta negociación que es mejor dar la impresión de que estás dispuesto a marcharte.

–Hecho –digo, y ofrezco mi mano, que se bate bajo el frío viento como una bandera solitaria.

Hayes la ignora.

–Enséñame la pasta –dice.

14

–FUNCIONA bien casi siempre –me asegura Screech–. Si empieza a ahogarse, le das una patada aquí–. Hace una demostración. El motor empieza a soltar petardazos y se pone en marcha.

Menuda moto. Sí que sabes escogerlas.

No seas tan insolente. Estás ridículo.

Eso dicho de forma suave. Después de una hora buscando en el granero de tía Rachel, los miembros de la pandilla encontraron un viejo sidecar. Parece salido de una película de Laurel y Hardy, un cacharro de hace un siglo. A continuación, improvisan el modo de engancharlo a la Harley de Screech, que está oxidada y tiene más manchas y desconchados que escamas tiene una carpa.

Me colocaron un tosco vendaje en la oreja, y me vistieron con vaqueros parcheados y cuero, hecho unos zorros. El vaquero, dos tallas mayor. Me remangué las perneras, pero la cintura y el trasero se inflan como un balón. La chaqueta de cuero con una manga larga y la otra rasgada a la altura del hombro. Y otro toque socarrón: algún bromista le ató a Gisco una badana roja en la cabeza.

De modo que aquí estamos, despidiéndonos de los moteros, que han venido a vernos con un cómico alivio.

–Buen viaje, memo.

–No dejes que esos pantalones salgan volando.

–La próxima vez le haremos unos tatuajes a ese perro.

–¡Miradlos, Dorothy de cuero y Toto con su trapito de fiesta!

Sonrío y me despido con un gesto y a punto estoy de meter gas y salir pitando de allí, cuando se acerca Hayes. Oh, oh. ¿Qué querrá?

–Pareces un idiota –me dice.

–Gracias a ti y a tus colegas –replico.

–¿Te estás quejando?

Ahora se agarra al manillar.

–No, estoy seco y esta moto funciona –le digo, encogiéndome de hombros–. No necesito más. Gracias. Hasta luego.

No me deja marchar. Un trance incómodo. El chico duro quiere decir algo, pero no es capaz de expresarse bien. Extiendo la mano para sacudir la suya y obligarle a soltar mi moto.

Esta vez sí que coge mi mano. Se engancha como una anaconda furiosa. Soy incapaz de soltarme.

–No es mi estilo ofrecer consejos –dice, inclinándose hacia delante–, pero sea quien sea quien te persigue, es mejor hacerle frente que huir.

–Tú huiste –le digo, contemplándole de nuevo.

Gesto impasible. Chico duro. Entonces, ¿cómo es que de repente parece triste y vulnerable?

–Mira adónde me ha llevado –y escupe en el suelo, como si con un escupitajo de saliva alejase de sí toda su vida–. Sigue corriendo y bien pronto ya no serás capaz de dar marcha atrás. Lo mismo que yo. Vuelve a casa con aquello que conoces y los que te quieren.

–No puedo –quisiera decir más, pero estoy recordando aquello que conozco y a aquellos que me quisieron. Se me hace un nudo en la garganta.

Él me mira y lo capta. Después de todo, sí que tenemos algo en común.

–De acuerdo entonces. Feliz viaje.

¡ZAA-ZAA-ZUM! Suena como un cañonazo. La vieja moto sale disparada, rugiendo, y casi salta por encima del terraplén. El sidecar se queda colgando por encima del borde del precipicio.

Los moteros lanzan consejos a gritos.

–¡Tira de ella hacia atrás! No te olvides de mantener la dirección. ¡Vas a perder al perro!

Gisco está de acuerdo.

¡Pensé que habías dicho que sabías conducir este trasto! No es que me crea el copiloto, pero ¡DEBAJO DE MÍ NO HAY CARRETERA! ¡HAZ ALGO AHORA MISMO! ¡¡¡JACK!!!

Una maniobra de lucha con una moto vieja. Como montar un potro oxidado. Sobre el borde de un precipicio. Las ruedas escupen arena. Quince metros de caída en picado. El peso del sidecar nos está arrastrando. Gisco se tapa los ojos con las zarpas.

Le meto un último impulso al manillar. Las ruedas asoman fuera de la arena. De vuelta al asfalto. *¡ZAA-ZAA-ZUUUUM!*

Nos dirigimos al sur por una carretera de dos carriles. El frío viento me azota, pero la vieja cazadora de cuero es una especie de armadura. Rugidos roncos de moto. Vibraciones que sacuden mis huesos.

No está mal. En realidad, es divertido. Acelero.

Ya siento fluir el subidón de adrenalina. Sin mencionar la pelea con Cassidy. Una noche violenta. Mientras acelero en la oscuridad más absoluta, me pregunto quién será el próximo que me dé caza. ¡Provócalos!

Fragmentos de poemas pasan por mi mente como un flash. «Carga de la Brigada Ligera», de Tennyson. Segunda estrofa:

¡Adelante, Brigada Ligera!
¿Algún hombre al desaliento cede?
No, aunque el soldado sabe
De quien ha errado:
Ellos no son quién para argüir,
Ellos no son quién para inquirir,
Ellos han de hacer y morir:
Al valle de la Muerte
Seiscientos han cabalgado.

Sí, esa es la forma apropiada de afrontarlo. Como Lord Cardigan conduciendo a la caballería británica a una muerte segura en Balaclava. ¡Sin inmutarse! ¡Limitarse a galopar al frente! Por todos lados acecha el peligro desde que papá me propuso dar un paseo en coche en Hadley-by-Hudson. Apenas han pasado algo más de veinticuatro horas. Parece una eternidad.

¡Maravilloso, sigamos, adelante! ¡Si la muerte aguarda, saldaremos la cuenta entonces! Todo este asunto es demasiado turbio para comprenderlo. ¡No soy quién para entenderlo! ¡Solo he de hacer y morir!

¿Estás bien?

Mejor que nunca, cara piojo. Empiezo a disfrutar con esto.

Quiero decir, si estás seguro de que no se te han revuelto los sesos durante la pelea con alguno de los puñetazos en el coco.

Mis sesos funcionan perfectamente, muchas gracias. ¿Por qué lo preguntas?

Porque he captado todo ese rollo. Parece una película de una antigua guerra británica o algo así. ¿Seguro que te encuentras bien?

Absolutamente. Tú quédate ahí sentado y disfruta del viaje. Espera un minuto. ¿Me estabas leyendo la mente? ¿Mis más profundos pensamientos?

No, solo he percibido tu estado de ánimo. Olvídalo.

No, no voy a olvidarlo. Dios, ha sido mucho más que percibir mi estado de ánimo. Si hasta has dado en el clavo con lo de la parte británica. No estaba tratando de comunicarme contigo. Tú no tenías nada que ver con ello. Pero sabías exactamente lo que yo estaba pensando.

Jack, déjalo estar.

¿De modo que puedes mirar dentro de mi cabeza? ¿Igual que yo le leí la mente a Jinny y averigüé que nos estaba traicionando?

Hiciste un gran trabajo.

No cambies de tema. Y leí las mentes de los moteros. Me di cuenta de que el tal Cassidy no les caía bien y que tendría que enfrentarme a él mano a mano.

Y eso hiciste. ¡Bravo! Ahora, por qué no...

¿De modo que puedes leerme la mente como yo leía la de ellos? Mejor, incluso. Hasta eres capaz de leer detalles específicos...

Soy un gran defensor de la intimidad personal. Pero el hecho, querido muchacho, es que tú no proteges tus pensamientos. Los cuelgas fuera como la ropa interior en una cuerda.

¿Y cómo puedo protegerlos?

En lugar de mandarlos fuera o dejarlos flotar como barcos, interiorízalos. Apenas te ha costado aprender a enviarlos. Tendrías que ser capaz de protegerlos.

Me pongo a buscar un mecanismo de protección. Ahora que lo estoy buscando, creo que sé a lo que se refiere Gisco. Y dónde encontrarlo.

Ahí. Eso es.

¿Por qué no me lo dijo nadie antes?

Bueno, nadie te leía antes la mente. Te criaron entre una generación no telepática muy feliz. Tus compatriotas de infancia no sintonizaban con tu onda.

Pero mis padres sí. ¿Verdad? Eran como tú, así que sabían hacerlo tan bien como tú. ¿Correcto?

Me temo que sí, viejo pensador. Pero ellos te querían y deseaban lo mejor para ti. Supongo que saber en qué pensabas era una buena forma de protegerte.

De modo que así es como lo hacían. Siempre me extrañó. Las pocas veces que traté de saltarme sus normas.

Una vez escondí un par de porros de marihuana en una bota vieja en el fondo de mi armario. Dio la casualidad de que mamá los encontró.

–Nos has decepcionado, Jack –dijo. Y un mes castigado sin salir.

Otra vez, un grupo de chicos del equipo de fútbol salieron a medianoche a dar una vuelta en coche. Yo bajaba las escaleras a hurtadillas para reunirme con ellos en el sitio que habíamos convenido.

Resultó que papá estaba despierto, tomándose un vaso de leche.

–¿Adónde vas a estas horas, hijo?

–Oh, solo... venía a beber un vaso de leche, como tú, papá. Qué noche tan húmeda ¿eh? Me ha dado sed.

–Tú lo has dicho. Deja que te sirva un vaso. Vamos a sentarnos en el sofá. Vamos a ver qué ponen en *El último, último show.*

–¿Cómo es que siempre me pillas? –le pregunté una vez a mamá.

–Tu cara es transparente –me contestó, riéndose–. Es que eres un chico tan ingenuo. Forma parte de tu encanto.

Qué tonto soy, mamá, la cara transparente. Me leías los pensamientos. Algo fuerte, ¿no? Como leerme el correo.

Oh, Dios mío, todas esas fantasías sobre P. J. en aquellas calurosas noches de verano.

Y otras fantasías sobre el equipo de animadoras. Ese tipo de cosas ridículas que se les meten en la cabeza a los chicos tan a menudo. Mamá y papá lo leían todo.

Me detengo cerca de un cruce de carreteras. Lord Cardigan nunca tuvo que enfrentarse a cosas así. De repente ya no me siento tan bien. No me siento enfermo, solo traicionado. Triste. Enfadado. Violado. Indefenso. Completamente indefenso y manipulado.

¿Estás bien?

Lee mi mente y ya me lo dirás.

No te pongas así.

Vete a la mierda. Echo una ojeada a la señal. Me desvío de la carretera a otra mayor, en dirección a Washington D. C.

¿Qué estás haciendo? Íbamos por la carretera correcta.

Esta también va en dirección sur.

Pero no es tan directa. Estamos perdiendo tiempo.

¿Y qué? Nadie nos está esperando en Kitty Hawk. Nunca he visto Washington D. C. y me apetece echarle un vistazo. Quiero ver la Casa Blanca. Y el Capitolio. ¿Tienes algún problema con eso?

Te lo prohíbo. Es un error.

Puede, pero es mi error. Mío. Yo. ¿Me recuerdas? Jack Danielson. Estoy cansado de seguir las normas de todo el mundo y de hacer lo que los demás dicen que debo hacer y dejar que se aprovechen de mí y me manipulen. Aquí soy yo quien lleva el control. Si quieres acompañarme en el viaje, te callas tus prohibiciones e intentas disfrutar como un turista.

De no ser así, con gusto dejaré que te apees aquí mismo.

15

WASHINGTON D. C. a las tres de la mañana. Ciudad dormida. Ciudad vacía. Y lastimosamente desprovista de indicaciones. Una ciudad que se supone, cuando menos, meticulosa, totalmente interconectada, centro de la macro-información. FBI. CIA. Pentágono. Hervidero de inteligencia de vanguardia. Baluarte de la seguridad. Que protege a los ciudadanos de toda amenaza, exterior y local.

Lo cierto es que aquí nadie tiene la menor idea. He aparcado en la avenida de Pennsylvania. Y contemplo la Casa Blanca. Muy bonita a la luz de la luna. Lincoln, Teddy Roosevelt, F.D.R., J.F.K..., todos durmieron aquí.

El actual presidente, roncando allá dentro. ¿Con qué estará soñando?, me pregunto. ¿Con la próxima cena de gala con el primer ministro de Quién-sabe-dónde? ¿O con otro estúpido discurso que tendrá que soltar en Dubuque en las próximas elecciones primarias?

Siento una imperiosa urgencia de llamar a la puerta y despertarle. Eh, señor Presidente. Soy yo, Jack Danielson. De Hadley-by-Hudson. Abra los ojos. Ponga su culo en posición vertical. Están aquí. Entre nosotros. Gorms. Criaturas murciélago. Vigilantes en la estación de Penn con pistolas de rayos láser. ¡Están en guerra unos con otros en sus cincuenta estados! ¡Haga algo!

¿Que qué puede hacer usted, señor? Caray, pues no lo sé. Usted es el presidente. Yo me limito a cumplir con mi obligación como ciudadano americano. Trayéndole una información clave. Ahora haga su trabajo y protéjame. Porque la policía de Hadley no me protegió, y los polis de nueva York tampoco pudieron hacerlo, pero usted es el presidente, y si alguien puede hacerlo, es usted, señor.

Por supuesto, no llamo a la puerta, porque sé que no puede ayudarme. No tiene la menor idea. Por eso está roncando. Sí, hay una guerra que está teniendo lugar dentro de sus fronteras, pero es una guerra de sombras, lidiada por gentes y criaturas mucho más avanzadas que él. Un indicio de su superioridad es que ellos conocen este mundo, pero él no tiene ni la más remota idea de que ellos siquiera existen.

Así que me quedo quieto, resistiendo a duras penas la tentación de correr hacia allí y pegarle a la puerta una fuerte patada. Despierte, señor presidente, ¡AYÚDEMEEE!

No tiene sentido intentarlo. Sería en vano. Me despacharían como a un chiflado. Seguro, Gorms y criaturas murciélago. A los Servicios Secretos les encantaría meterte en una bonita celda limpia, señor Danielson. Vamos. Chaqueta de cuero raída y, por cierto, ¿qué le ha pasado a tu manga derecha?

La brisa nocturna se agita. Estoy de pie junto a la moto. Gisco está sentado en el sidecar, mirando también la 1.600 de la avenida Pennsylvania. Agita la cabeza cuando lo miro.

¿Estás bien, chico?

Eres tú el que parece triste.

¿Quién está leyendo ahora la mente de quién? Solo estaba pensando en oportunidades desaprovechadas, habichuela.

¿Qué oportunidades, y quién las ha desaprovechado?

Olvídalo. ¿Ya nos podemos ir?

Salimos de la avenida en dirección sur. Calles oscuras y en su mayor parte vacías. Doy una vuelta alrededor de las plazas que custodian nuestros más preciados iconos. Los reflejos de las fuentes brillan con un millón de estrellas. Paso junto a diversos monumentos. Lincoln, que parece triste pero sabio. El monumento a Washington, que sobresale entre una exhibición no demasiado sutil de gloria nacional. Continuamos cuesta arriba a lo largo del lado este del Bulevar hasta que la gran cúpula del edificio del Capitolio emerge en el cielo nocturno.

Aparco en una esquina del graderío sur. Detrás de mí se encuentra el Capitolio con sus esplendorosas columnas. Bajo de la moto y echo a andar. Gisco viene trotando a mi lado.

Me detengo al borde de la escalinata. Un millón de pronunciados escalones conducen al bulevar allá abajo. Me quedo parado, contemplando la ciudad dormida. Hace dos mil años se decía que todos los caminos conducían a Roma. Ahora todos los caminos desembocan aquí.

Ahora esta es la Roma de mi mundo, el nexo de poder, el centro de nuestra seguridad nacional y mundial. Desde aquí es donde se soluciona cualquier problema. Desde aquí es desde donde se puede repeler cualquier ataque.

A lo lejos hay luces dispersas de casas, edificios de oficinas e instalaciones gubernamentales. De algún modo extraño me siento conectado con todas las personas y todas las cosas que hay aquí afuera: con la Casa Blanca, que acabo de visitar, y con el edificio del Capitolio, a mis espaldas, con el Pentágono y con el cuartel general del FBI, y las miles de personas que contribuyen a que la vasta maquinaria de esta nación funcione y que en estos momentos están durmiendo allá en Georgetown, Arlington y Bethesda.

Yo formo parte de ellos. Me educaron para creer en ellos. Y ahora ellos no pueden ayudarme. En cierto modo estoy yo solo metido en este lío.

Gisco también está mirando abajo y sacudiendo su cabeza.

–¿Por qué te disgusta tanto esto? –le pregunto.

Durmiendo. ¡Qué idiotas! Podrían haberlo resuelto. Tuvieron la ocasión y el poder y en vez de eso no hicieron nada. ¡Idiotas cortos de vista!

¿De qué estás hablando? ¿Quién podría haber resuelto el qué?

Gisco no contesta. Pone cara triste de perro. Aún lleva la badana. Algo de lo que acaba de decir, y el uso del tiempo pasado, casi me permite imaginarlo.

Y entonces escucho un ligero chasquido, un chisporroteo, un estallido, y algo parecido a un cordel de petardos rojos sale disparado con ráfagas de luz de color cereza.

¡Atento, Jack! ¡Dardos paralizantes!

16

DEMASIADO tarde. Un doloroso disparo en la cadera derecha. Luego quedo como inmovilizado.

Vamos, perro. Ponte a salvo. Yo no puedo correr.

Súbete en mi lomo.

¿Y qué conseguimos con eso? Aprovecha la ocasión y huye. Es a mí a quien quieren.

¡Sube y cállate!

Se aproximan sombras corriendo hacia nosotros. Arrojando algo. Centelleantes telas de araña azules.

Redes de plasma. Si nos alcanzan, estamos perdidos. ¡Sube de una vez!

Lo hago. Me aferro a su lomo peludo.

El enorme perro avanza por la oscuridad dando brincos. Una agilidad sorprendente.

Rojos dardos paralizantes y redes de plasma azules centellean a nuestro alrededor como los fuegos artificiales del Cuatro de Julio.

El perro consigue llegar a la moto.

¿Puedes conducir?

Con un torpe balanceo paso de su lomo a la Harley, Gisco se mete en el sidecar.

BROOOOM. Por una vez, la vieja moto arranca a la primera.

Con gran estruendo trato de salir del graderío en dirección este, pero va a ser imposible. ¡Vienen aún más sombras de aquella dirección! ¡Y también del oeste! Haciendo fuego desde tres frentes. ¡Como los británicos en Balaclava!

Conduzco como loco en círculos sobre la plataforma de mármol, en busca de una salida. El semicírculo de sombras se cierra cada vez más.

Podrían abatirme definitivamente de un disparo, pero no lo hacen, así que supongo que quieren cogerme vivo. Para averiguar lo que sé. Arrancándome las neuronas. Y no hay manera de escapar.

Excepto una.

Acelero y me dirijo al sur, hacia los peldaños del Capitolio.

¿Qué estás haciendo, Jack?

Coger la única salida.

Nos vamos a matar.

Ellos no son quiénes para inquirir. Ellos han de hacer y morir.

¿Te has vuelto loco?

No me inmuto, carrillitos.

Nos precipitamos por el borde del graderío. Moto y sidecar se abalanzan a toda marcha por la pendiente de interminables peldaños. *Bumpita-zumpita-bumpita.* Sacudida de huesos. Repiqueteo de dientes.

No sé cómo, pero la vieja moto se mantiene en pie. El sidecar sigue enganchado.

Gisco despatarrado, cubriéndose los ojos con las zarpas. *OH, GRAN DIOS PERRO, SALVA A TU HUMILDE SERVIDOR.*

Yo murmuro una plegaria desesperada semejante a la suya, aunque no dirigida al Gran Dios Perro.

Aceleramos. No más sacudidas y bamboleos. Ahora tiene lugar una conmoción cerebral *BAM, BAM, BAM.* Ahora estamos bajando bruscamente por los peldaños del Capitolio a más de cincuenta millas por hora. Seguro que la moto no va a aguantar entera. Seguro que el sidecar no soportará este tormento. Pero lo hacen, y nosotros conseguimos llegar abajo, y de pronto nos encontramos en el Bulevar Nacional, cruzando el césped a toda velocidad.

Gisco destapa sus ojos. Se asoma entre las patas apoyadas en el borde superior del sidecar.

¡Lo conseguimos! ¡Estamos vivos! ¡Sabía que lo harías!

No has estado precisamente muy valiente que digamos. Aunque supongo que es difícil armarse de valor cuando se está muerto de miedo.

Para tu información, me he tumbado para disminuir la resistencia del viento.

Ah, ya veo.

Pero ya que estamos vivitos y coleando, pongamos cierta distancia entre ellos y nosotros.

No es mala idea.

Nos abrimos camino en zigzag fuera de D. C. a máxima velocidad.

17

Extrarradio de la ciudad. Estoy tumbado sobre la hierba. Gisco me inspecciona la cadera. La tantea suavemente con su zarpa. Para ser perro, no cuida mal de los pacientes.

No es demasiado serio.

Está totalmente insensibilizada. No puedo mover la pierna.

Parálisis sináptica temporal. Te pondrás bien.

Me quedo sentado en la hierba. Estupendo. Pero hay algo que no entiendo. ¿Cómo fueron capaces de encontrarnos y tendernos una emboscada? No podían saber que habíamos saltado del tren. No podían imaginarse que le íbamos a comprar una moto a esos moteros, o que nos encontrarían en alguna carretera local. Así que, ¿cómo podían suponer que íbamos a venir aquí?

Perfil psicológico. ¿Sabes por qué querías venir a Washington D. C.?

Curiosidad. No la había visto nunca.

Esa no es la razón. No la razón subyacente. Has sido entrenado para actuar de ese modo.

¿De qué modo? ¿De qué estás hablando?

Se trata de un comportamiento adecuado a tu época. A los niños de tu generación se les enseña a confiar en la autoridad. Si ocurre algo malo, llamas a tus padres. Llamas a tu profesor. Llamas a la policía. ¿Cierto?

Sí, eso es lo que nos enseñan.

De ese modo, después de todo lo que te ha sucedido, es natural que sientas la necesidad de alertar a una autoridad superior. Ellos pensaron que podrías tratar de ponerte en contacto con un congresista, un senador o incluso el presidente. De modo que nos estaban esperando. Pero no volveremos a cometer ese error, ¿verdad?

Cierto, asiento. Hay algo en la respuesta de Gisco que me preocupa. Más que preocuparme, me está respondiendo a algo que venía fastidiándome desde hacía ya bastante tiempo. Cierto, repito, no volveremos a cometer ese error porque vas a decirme lo que está pasando.

¿Dónde?

Aquí. Ahora. Ha llegado la hora de la verdad. ¿De dónde vienen los tipos que nos tendieron la emboscada? Que supongo será el mismo sitio del que vienes tú.

No puedo contestar a esa pregunta. No serías capaz de asimilarlo.

No estoy buscando una respuesta. Solo confirmación. Me lo he imaginado.

Los ojos del perro se quedan estudiándome.

Lo dudo, la verdad.

Tú dices ser de aquí y no ser de aquí. Hablas de que mi generación no es telepática. Las tecnologías que usáis vosotros –pistolas láser, dardos paralizantes y redes de plasma– están muy por encima de cualquier cosa en la que esté trabajando el gobierno, incluso en programas secretos. Y usas el tiempo pasado cuando describes el presente.

La gramática nunca fue mi punto fuerte.

Algunas veces te he pillado observando este mundo con nostalgia, tal como creo que miraría yo el Jardín del Edén si pudiera retroceder hasta allí. Y no creo que vengas del Lado Oscuro. Está claro que no eres de este mundo. No obstante, al mismo tiempo pareces encajar aquí con mucha naturalidad. De modo que... sé de dónde tienes que venir.

Los ojos del perro me están observando. Esperando. Vuelvo a fijar mi vista en ellos y completo mi reflexión. El futuro. El futuro de este planeta. Mi futuro. Por eso encajas y no encajas. Perteneces aquí y no perteneces. Y toda esa gente que está tratando de matarme también pertenece al futuro.

Gisco no lo niega.

Todos habéis retrocedido en el tiempo, supongo que cientos si no miles de años, y ahora lo estáis resolviendo en mi mundo. Tú quieres hacer una cosa. Ellos la contraria. Yo estoy en medio y no sé por qué estáis peleando. Pero presiento que algo muy terrible ha tenido que suceder en tu futuro mundo para que hayas vuelto aquí. ¿Estoy en lo cierto? ¡Dímelo!

Gisco titubea. Sus orejas caídas se estremecen bajo la badana roja. Por fin asiente.

Sí, Jack, lo has entendido, admite. *Estás en lo cierto, pero también te equivocas.*

¿En qué? No hables en clave.

Es que no solo yo vengo del futuro. Nosotros venimos del futuro. Los dos, tú y yo, chico. Deja de acusarme de regresar a tu mundo. Este mundo es tan tuyo como mío. Ambos nacimos dentro de casi mil años.

Me siento mareado, pero él continúa.

También te equivocas en cuanto a lo de que algo terrible está sucediendo en el futuro. Es, pero no es así. O al menos no tendría que ser. Ahí es donde entras tú. Tienes que encontrar Tormenta de Fuego. Eres la única esperanza. De verdad que no puedo decirte nada más hasta que lleguemos a Kitty Hawk y tengamos tiempo para darle vueltas a esto y pensar en el siguiente paso. ¿Jack? ¿Te encuentras bien?

Pues no, no me encuentro bien. Me siento desfallecer. Al borde del desmayo. La ligazón que me une al estado de conciencia queda reducida a un hilo de plata. Estoy perdido entre mis pensamientos. Porque sé que lo que acaba de decir Gisco tiene que ser cierto. Desde que el Gorm me llamó príncipe, he tenido un presentimiento. Solo que nunca quise admitirlo.

No quiero. No podré asumirlo.

No es que ellos fuesen los intrusos mientras yo pertenecía a este mundo. Aquello fue un débil intento por mi parte de aferrarme a algo que me era vagamente familiar. Lo cierto es que no pertenezco a este espacio, ni siquiera a este tiempo. ¡PERTENEZCO AL TIEMPO Y AL ESPACIO DE ELLOS! Soy uno de ellos. Y al mismo tiempo no sé nada de ello o de ellos.

Mi ignorancia sobre mí mismo se me estrella encima como una ola y siento que me ahogo. Vengo de un futuro que está vacío para mí, ya que lo único que conozco es un presente del que en realidad no formo parte. Me colocaron aquí con un propósito que desconozco, y me persiguen enemigos que pretenden matarme por razones que nadie quiere explicarme.

Lo único que sé con seguridad, mientras estoy aquí tumbado sobre la hierba, es que ese perro grande me está lamiendo la cara para que recobre el conocimiento, y que me está enviando mensajes telepáticos no muy reconfortantes:

Oye, oye. Seguro que al final todo sale bien. Después de todo, hasta ahora hemos evitado que nos arranquen las neuronas.

¿Cómo va a salir bien? Mis padres están muertos. Y no eran mis auténticos padres. Todos mis amigos han desaparecido. Nada me une a nada.

Al menos sigues vivo. Hay un viejo refrán canino que dice: Mejor un perro sin correa, que correa sin perro.

¿Se supone que eso es un consuelo?

Lo estás haciendo muy bien, Jack. No pensé que fueses capaz de asimilar la verdad, pero eres mucho más duro de lo que aparentas, querido muchacho. Ahora será mejor que nos marchemos. Porque cuanto más averigües sobre ti mismo, más cuenta te darás de lo importante que es para ellos no solo capturarte o torturarte, sino borrarte de la faz de la Tierra.

18

FELIZ Halloween. Las espeluznantes horas previas al amanecer. La luna amarilla, una mandíbula de duende mascando niebla a su paso. Virginia rural, oscura y silenciosa. Aún duermen los del «truco o trato». Este año no necesito una máscara. Tengo algo mejor. Buu. Vengo del futuro. Buu, criaturas murciélago. Buu, perros telepáticos. ¿Quieres un susto de verdad? Buu, Gorms y extirpación neuronal.

Asfalto despejado, en dirección sur. La vieja Harley galopa al frente, soltando de vez en cuando ruidos ásperos y arcadas.

A mucha más velocidad de la permitida, pero ¿a quién le importa? El viento hace lo que puede para arrancarme los cabellos pajizos del cuero cabelludo. El polvo convierte mis ojos azules en surtidores de lágrimas. Me inclino hacia delante. Bien agarrado al manillar. Más rápido aún. *BROOOM.*

He aquí lo más increíble: el perro telepático que viaja a mi lado viene del futuro. Mi futuro. Pero según parece, yo también vengo de ese futuro. De hecho nací en él. Así que, en cierto modo, en realidad viene de mi pasado. Buu. Feliz Halloween. Soy lo mismo que un Gorm. Soy lo mismo que una criatura murciélago.

¿Estás bien, chico?

Uh-oh. No estarás leyendo nada, ¿no? Tenía puesta la pantalla.

Solo una pizca. Sé que estabas pensando en mí. No sabría decir el qué. Cada vez lo haces mejor.

En realidad es una especie de necesidad. La intimidad craneal no se valora como es debido. Me pregunto si en ese mundo futuro son todos telépatas. Tiene que resultar bastante lioso.

Lo raro es que parece que no puedo dejar de pensar en ese mundo futuro. Al principio no, no creas. Desde que salimos de D. C., durante las primeras cien millas estaba demasiado atontado para pensar en nada excepto en la línea blanca de la carretera. Ahora discontinua; ahora continua.

Puede que fuese el dardo de parálisis sináptica. O mi desmoronamiento al enterarme de la verdad.

Aunque la parálisis está desapareciendo. Y el desmoronamiento atenuándose. Me veo capaz de reflexionar sobre ese futuro mundo. No creas, aún me horroriza la idea de que ese es mi verdadero mundo. Aún no me siento uno de ellos. Como paisano, ¿cómo no voy a tener un poco de curiosidad?

¿Cómo es ese tiempo futuro desde el cual fui enviado aquí? ¿Siguen estando allí mis padres biológicos? Si alguna vez me los encuentro, será mejor que tengan una razón convincente para haberme enviado lejos y haberme metido en este embrollo.

Estoy intentando no darle demasiadas vueltas. ¿Qué se gana con eso? Pero no consigo ahuyentar las preguntas. Como decía

Dorothy, no hay nada como el hogar. De modo que, si no conoces tu hogar, probablemente sea normal especular sobre él. ¿Hay escuelas? ¿Deportes de alta competición? Resulta difícil creer que haya chicos corriendo por los campos de fútbol dentro de diez siglos.

Y si no, ¿con qué los han reemplazado? ¿Qué preocupaciones tienen? ¿Siguen creyendo en el amor? ¿En la familia?

Si yo soy una especie de príncipe, será que mis padres pertenecen a la realeza. ¿Rey y reina? ¿De qué? ¿Viven en un palacio? Si alguna vez vuelvo, ¿los desconocidos se inclinarán y me harán reverencias? ¿O tratarán de matarme, como parece que intentan hacer ahora?

¡Mil años! ¡Para este mundo y para mí vienen a ser una escala parecida a lo que yo sería a Carlomagno y las Cruzadas!

Pero han vuelto para luchar por algo en este mundo. ¡Seguro que los mirarán por encima del hombro, a toda esta gente ignorante y atrasada que lo puebla!

Mientras rodamos por el sur de Virginia y entramos en Carolina del Norte, apenas avistamos un semáforo y un pueblo de mala muerte. Grandes nombres para lugares pequeños. Littleton, Boykins, Scottland Neck, Hobgood.

Restaurantes y cadenas de tiendas que jamás había visto. Stuckey's, Hardee's. Rótulos anunciando auténticas barbacoas de leña del sur. La figura de un cerdo de plástico del tamaño de dos pisos.

Nunca había estado en el Sur. Siempre me había intrigado. Me gusta su acento. Especialmente cuando suena en los labios de alguna belleza sureña. Me encantan sus escritores. Faulkner, Flannery O'Connor, Tennesee Wiliams. Encuentro la historia fascinante. Personajes exuberantes. John C. Calhoun. Frederick Douglass. Robert E. Lee. Martin Luther King.

Aunque todo está salpicado de sangre y fantasmas. Los buenos hombres de Flannery O'Connor, a los que era difícil encontrar porque terminaron convirtiéndose en unos psicóticos. Blanche DuBois con sus letales tarántulas y Laura Wingfield con su colección de animales salvajes de cristal. Lee en Gettysburg, enviando a sus hombres a cargar contra un fuego de rifles. Ahí va la flor del Sur, nacida entre ráfagas de pólvora.

Ten cuidado, Jack. Hay buena gente aquí, pero también hay mucho dolor oculto.

Empieza a llover. Es difícil conducir una moto en una noche lluviosa. Eh, orejas de platillo. Quizá deberíamos buscar refugio y esperar a que amaine.

No. Ya casi hemos llegado. Y no va a amainar.

¿Tú qué eres, el hombre del tiempo?

El perro del tiempo. Confía en mí. Los perros entendemos de estas cosas.

Bien. A mí no me importa calarme hasta los huesos. Has estado bastante callado estas últimas horas.

Estaba recordando todo lo que hemos pasado juntos. De no haber pasado tú por allí, ese Gorm de Nueva York me hubiera entregado para someterme al arranque de neuronas. Nunca olvidaré que me libraste de ello.

Tú me devolviste el favor. Me salvaste en D. C. Estamos en paz.

Bueno, está bien. Pero si algo nos sucediesea alguno de los dos, quiero que sepas...

El perro es incapaz, literalmente, de concluir el pensamiento. Tiene un atasco telepático.

No tienes por qué decirlo. O pensarlo. Sé que siempre vas a estar de mi lado, Gisco. Eres mi único amigo.

Un lluvioso amanecer se despierta mientras cruzamos Raonoke Sound en dirección a la barrera de islas de Outer Banks. Pasamos por Kill Devil Hills [3]. Me pregunto a qué demonio matarían allí. Justo al lado se encuentra Kitty Hawk. Señales de dirección indicando por dónde ir al Museo de los Hermanos Wright, y otras que señalan hacia las grandes dunas.

Restallido de truenos. El cielo se está cerrando. Deberíamos ir a un motel. Tenemos dinero.

---

[3] Kill Devil Hills vendría a traducirse como «Colinas del Diablo Muerto».

No. Tendríamos que registrarnos. Enseñar el D.N.I. El hecho de venir aquí era para pasar inadvertidos.

Cierto, pero pasar inadvertidos no será necesario si morimos ahogados.

¡Ahí!

¿Dónde?

Un viejo granero. ¡Exactamente lo que necesitamos!

Sigo sin verlo.

Te has pasado la desviación. Parecía perfecto.

Giro con cuidado sobre la carretera mojada. Retornamos por donde hemos venido. El camino conduce entre dunas de arena y pinos silvestres hasta una estructura tenebrosa. Recortada entre el destello de un relámpago. Ahí está, un viejo granero, suficientemente seguro.

Sin luces encendidas. Sin signos de vida. Es admirable que Gisco haya podido avistarlo con este chaparrón mientras pasábamos a toda pastilla. Buena vista, cola taladro. Será por tus genes de pastor.

Mis ancestros no se dedicaban al pastoreo. Estaba por debajo de su categoría.

Bueno. Como quieras. Vamos, hay que entrar en calor. ¿Crees que podremos entrar? Espero que a los caballos no les importe tener compañía.

No huelo a caballos. El granero debe de estar vacío.

Vacío pero seguro. No veo forma de entrar. A lo mejor puedo trepar hasta la segunda planta...

Espera. Aquí hay una puerta.

Gracias a Dios. Esto parece el Diluvio Universal. Oh, oh...: cerrado.

Démosle un buen empujón.

El perro embiste. Golpea la parte inferior. En el mismo instante yo arremeto por arriba con el hombro. La vieja puerta no lo resiste. Cede hacia dentro.

¡Ta-chan! Ya estamos dentro.

Agradable y seco. Y también hace calor. Aquí hay un interruptor para la luz. ¡Qué te parece, funciona! Limpio para ser un granero, ¿eh?

Resulta un poco extraño que este granero perfecto estuviese aquí situado entre las dunas, esperando a que nosotros diésemos con él. Aunque ya hemos tenido bastante mala suerte. Ya iba siendo hora de que ocurriese algo bueno. Tenías razón con lo de los caballos. No parece que lo hayan usado para animales desde hace años.

¿Quieres un consejo gratis, habichuela?

Si me lo vas a dar.

Eres demasiado confiado. Puede que eso te mate.

¿Qué?

Au revoir. O tal vez debería decir adieu.

El perro se da media vuelta y sale galopando por la puerta, la cual se cierra tras él con un portazo.

No sé lo que está pasando, pero no me gusta.

¿Qué estás haciendo, aliento carroñero? ¿Se trata de alguna clase de broma canina? Vuelve aquí. ¿Adónde vas?

De repente estoy aterrorizado. Echo a correr detrás de Gisco. La puerta de madera es endeble. Si no hay problema para entrar, no habrá problema para salir. Bajo el hombro. *¡BLAM!* Es como estrellarse contra una pared de ladrillos. Algo la refuerza desde el exterior. Cruzo el granero corriendo y aterrizo sobre mi trasero. Me incorporo temblando. Ahora miro el lugar con otros ojos.

POR QUÉ ME HAN TRAÍDO AQUÍ. No hay más ventanas ni puertas a la vista. Tan solo una luz, una bombilla desnuda que cuelga de un cable en el techo alto. Balanceándose ligeramente, atrás y adelante.

Mientras contemplo cómo se balancea, la luz se apaga.

Total oscuridad.

Me quedo allí quieto y me estremezco, pese a que hace calor en el granero.

Feliz Halloweeen.

Truco o trato.

Acaba de engañarte el mejor amigo del hombre, Jack.

19

GRANERO oscuro. Cerca del océano. Puedo oír las olas.

Jamás me sentí tan traicionado. Es muy distinto a sentirse solo. Me sentía solo mientras navegaba río abajo por el Hudson, lejos de Hadley y de P. J. y de mis padres. Una terrible sensación de vacío.

Ahora me paseo de un lado del granero al otro. Maldito perro. Yo lo salvé del Gorm. Estuve bromeando con él. Pensé que era mi único amigo. Le abrí mi corazón y le mostré mis miedos más profundos. Todo el tiempo estuvo jugando conmigo. Utilizándome. Tendiéndome una trampa.

El viejo juego de la gallina y el huevo. Echando la vista atrás, ahora me doy cuenta de que me tomó bien el pelo. Gisco debió de ver el avión volando en el cielo. Me enviaría algún tipo de mensaje telepático o sugestión hipnótica para que lo mirara. Y luego todas esas pamplinas de la causalidad invertida.

Él eligió Kitty Hawk.

Me trajo aquí.

A este granero vacío.

¿Por qué? No lo sé. Pero no puede haber sido por una razón noble, o no se habría largado.

El mejor amigo del hombre. ¡Ja! ¡Veinte mil años de camaradería! Deja que agarre a esa bola de pelo tan solo cinco minutos. Es todo lo que pido.

Cálmate, Jack. Intenta concentrarte. Se trata de una situación peligrosa. Más vale que asumas que estás en manos de tus enemigos. Aparecerán en cualquier momento. Trata de analizar lo que sabes. Antes de que te hagan daño. También es muy posible que intenten matarte. Así que deja a un lado tu rabia y planifica tu próximo movimiento.

Dejo de pasearme. Comienzo a andar en círculos. Tanteo las paredes del granero milímetro a milímetro. No hay grietas, ni ventanas, ni salientes.

Una caja fuerte, en cuyo interior me encuentro solo yo.

Manchas de luz en el tejado, a la altura de unas tres plantas. Fuera está saliendo el sol.

Dentro soy yo quien empieza a resquebrajarse. Pasan minutos. Horas eternas. Esperando un interrogatorio. O una ejecución. No hay nada que hacer y ningún sitio adonde ir, salvo quedarse a la espera. Lo cual es terrible. Aumenta la ansiedad. El miedo empieza a hacer mella.

Puede que esto sea una especie de guerra psicológica. Me están debilitando. En cuanto estén listos para hacerme daño, vendrán y me darán de porrazos.

O eso, o me están vigilando. Estudiando mis reacciones como un niño estudia a una araña aprisionada en una jaula.

No va a funcionar. No les voy a dar ese gusto.

Me siento en el suelo. Despliego mi desafío telepático contra las cuatro paredes. ¡No os tengo miedo! ¡No me convertiré en un espectáculo para vosotros! ¡Si queréis algo de mí, venid y cogedme, cobardes! ¡Os arrepentiréis si lo intentáis!

Casi de inmediato escucho un sonido. Oh, oh. Espero no haber cabreado a nadie. Miro arriba. A cuatro metros y medio por encima del suelo, una puerta se abre. Puede que sea una ventana. No sabría decirlo. La luz del atardecer se filtra abajo.

Un gran pájaro negro entra volando y planea sobre el suelo.

No, no es un pájaro. Es una persona.

Mira eso. No es una persona. Es una figura enmascarada, toda vestida de negro.

¿Demonio? ¿Ninja?

Aterriza sin apenas hacer ruido y se queda allí, los pies descalzos desplegados coincidiendo con la vertical de sus hombros. Una máscara negra con aberturas en los ojos. Ojos oscuros que me contemplan.

Truco o trato. Algo me dice que no va a ser un trato. No hay mucha calidez en esa máscara muerta o en esos ojos sobrecogedores.

–¿Quién eres? –pregunto. Mi voz se quiebra.

Silencio.

–¿Eres humano? ¿Me entiendes? Te lo advierto, estoy de mal humor. No me gusta que me encierren. Eres más bajo que yo. El último chico que se las tuvo que ver conmigo acabó con un puñado de costillas rotas. Así que a ver si te enteras con esa horrible máscara: No-Me-Fastidies.

El ninja no responde verbal ni telepáticamente, pero sus ojos oscuros brillan amenazadores.

Entonces extiende los brazos en toda su envergadura. Extraña forma de moverse. Ni muy deprisa ni con calma, sino con una asombrosa gracia. Medio paso adelante; luego, rápidamente, a un lado. Me recuerda al baile de un boxeador. Sin perder nunca el equilibrio. Una diana en movimiento.

Siento miedo de golpe. Las rodillas se me aflojan. Lo cual es extraño. He participado en montones de luchas y nunca sentí tanto miedo.

–No te me acerques.

Advertencia ignorada. Adelante y a un lado. Como una danza en círculos, cada vez más cerca de mí.

Mi nivel de miedo se amplifica. Pánico. ¿Me lo está haciendo él a mí o me lo estoy provocando yo mismo? Mis puños se cierran.

–Te lo advierto. Te mataré...

La amenaza queda interrumpida cuando la figura negra pega un brinco hacia mí, sin esfuerzo aparente, levantando la pierna derecha. Esperaba este ataque, pero reacciono con mucha más lentitud para bloquear el puñetazo.

Porque no es un puñetazo. Es una veloz patada. Realizada desde el vértice del salto, de modo que el ángulo de ataque es perfectamente horizontal.

Un salto con la pierna derecha, y la patada con la izquierda, para confundirme. Las ropas negras giran detrás de él como una nube de humo mientras se eleva en el aire. La rodilla chasquea como un látigo. Puede que sea la tela del traje ninja. Puede que la patada sea tan veloz que, literalmente, rasga el aire. Difícil de decir.

No es momento para pensar. Su pie izquierdo estalla en el centro de mi pecho. ¡BUF!

Como una bala de cañón.

Ya me han pateado anteriormente a lo largo de mi vida. Y pegado puñetazos. Una vez incluso me golpearon con una silla durante una pelea en el gimnasio. Gozo de buen equilibrio. Tengo el centro de gravedad bajo. Normalmente no consiguen impulsarme hacia atrás. Casi nunca caigo.

Esta patada me arroja a través del recinto. Caigo rodando. Me recuerda a lo que sentí en el coche cuando mi padre lo giró bruscamente.

Mareo.

Pérdida total de control.

Me golpeo bruscamente contra la pared más alejada del granero. Aturdido. Casi sin sentido.

El ninja no sigue atacando. Me deja allí tirado para que me recupere. Bastardo impertinente. Como diciendo que no necesita insistir en su ventaja.

Puede acabar conmigo en cuanto quiera. Está disfrutando con mi dolor, así que desea prolongarlo.

Gran error, colega.

20

AÚN grogui, me pongo en pie.

Vale, cara cuervo. Ya he visto la patada. No está mal. Ahora, basta de defensa. Intentémoslo con un ataque a la antigua usanza.

Me muevo en su dirección, brazos en alto. Cuando me pongo a tiro, amago con la derecha y lanzo mi izquierda. Buen puñetazo. Sin avisar. Acompañado de todo el impulso de mi cuerpo. Derecho a la mandíbula de esa máscara ninja.

BUUM. El puñetazo impacta sobre la mandíbula. El ninja se encoje como si estuviera hecho de papel de origami.

Eso es lo que espero. Pero no es lo que sucede.

Él se agacha. Una inclinación de reconocimiento y un movimiento giratorio. Su barbilla se aleja flotando de mi puño. Yo termino perdiendo el equilibrio y cayendo de bruces. Él avanza rápidamente y me agarra por la muñeca. Tira y cambia su centro de gravedad y, de repente, me encuentro otra vez volando por los aires, esta vez del revés.

La patada era un movimiento de kárate, pero esto es un lanzamiento de judo. Todo un repertorio de lucha. Impresionante. Pienso en ello mientras vuelo boca abajo, agitando manos y piernas.

Golpazo contra la pared. Resbalo al suelo. Allí desplomado como un pelele. Me deja que me recupere. Lentamente me incorporo sobre mis pies.

Ahí viene de nuevo. La danza. Adelante y a un lado.

Piensa, Jack. Si dejas que vuelva a darte una patada, se acabó. El puñetazo tampoco funcionó. Aquí cuentas con la ventaja del tamaño y la fuerza. Poco espacio, como un ring de boxeo. No tiene sitio para correr. Así que inmovilízalo y acorrálalo contra una pared.

Y no esperes o él te golpeará primero. Hazlo ya.

Me preparo para retomar la lucha. Lanzo una pierna. Solo necesito tumbarlo de espaldas. Lo he hecho cientos de veces en competiciones de lucha. No es una auténtica maniobra defensiva.

El ninja me ve venir y se aleja corriendo en dirección a la pared más cercana. Le doy caza. Puedes correr, pero no puedes esconderte.

Salta sobre la pared y da una voltereta mortal. Antes de que yo pueda pivotar sobre mis talones, ya está detrás de mí, colocando sus brazos alrededor de mi cintura en posición de control. Me ha engañado hábilmente. He luchado con campeones estatales bastante menos ágiles que él. Me tira al suelo montándose encima. Yo trato de sacudírmelo de encima. Como si tratara de quitarme de encima mi propia piel. Su mano izquierda se desliza para agarrarme por el cuello. Esto le hace perder el control sobre mí durante un segundo.

Estoy seguro de que ahora me podré deshacer de él.

¡ZAAAAAPPPP! Electrocución.

Esa impresión me produce. Como un cable conectado inyectándome cien mil dolorosos voltios. No es un cable, es su pulgar presionando alguna terminación nerviosa de mis cervicales. Mi cuerpo se sacude entre espasmos.

Me libera y, mientras me derrumbo, vuelve a agarrarme, se arrodilla detrás de mí y me sujeta firmemente por la garganta.

Llave de estrangulamiento. Con el borde de su mano derecha me ciñe la tráquea, mientras se asegura de tenerme bien agarrado con la izquierda. Este es de los que llegan hasta el final. Quiere matarme.

Soy incapaz de hacer nada. La urgencia de mantenerme con vida me obliga a revolverme como un salvaje. Me inviste de una fuerza casi sobrehumana. De hecho lo levanto del suelo desde atrás, como un búfalo de agua con un león sobre su lomo. Lo lanzo con fuerza contra una pared. Fuera de su control durante un segundo.

Pero entonces, el león hunde sus garras. Su mano aprieta sin piedad. Me derrumbo sobre mis rodillas. Luego me doblo sobre mi estómago.

Que te ahoguen hasta morir no es nada divertido. Luchas por ese último aliento. Luego sientes que las luces se apagan. Una vocecita proveniente de lo más profundo del alma me repite: «Te mueres, Jack, te mueres, te mueres, te mueres definitivamente».

Pero no puedo hacer nada para evitarlo. Indefensión. Arrepentimiento. Adiós.

Papá.

Mamá.

P. J.

Oscuridad.

21

LA pesadilla se repite incesantemente. Variaciones sobre el tema del dolor. Palizas a la luz del día y a oscuras. ¿Es este un nuevo sufrimiento o ya ha sucedido? ¿Son mis gritos reales o tan solo ecos del último combate?

Una constante. Mi adversario. Distintas ropas. Máscaras variadas. Pero el mismo tipo bajito. La misma complexión de una boca de riego, con la gracia de una gacela. Arrastrando los pies con ese baile de costado. Lanzando patadas como una peonza. Realizando esas terroríficas llaves de *jiu jitsu*.

Yo lucho contra él empleando todos los métodos que conozco. Puñetazos. Patadas. Placajes de fútbol. Incluso pruebo a morderle.

Me quito la chaqueta de cuero y la giro como una red para atraparle.

Le arrojo encima mis zapatos.

No sirve de nada. Es demasiado bueno.

Cada golpe me deja aturdido o inerme. El pequeñajo tiene una docena de oportunidades para matarme. Pero no lo hace. Simplemente desaparece y vuelve más tarde para seguir repartiendo castigo.

No es que yo me haya dado por vencido. Sencillamente busco nuevas formas de contraatacar. Él tiene respuesta para todas las técnicas que conozco.

De modo que por fin opto por la última alternativa que me queda.

Empiezo a imitarle. Trato de aprender de él.

Siempre he aprendido rápido. Veo una sola demostración de lo que sea y nunca la olvido. Una cola larga de entrenadores alucinados: ¡Caray, Danielson, te acabo de enseñar el driblete cruzado y ya lo haces mejor que yo! ¡Caray, Danielson, has hecho ese lanzamiento tal y como te lo enseñé ayer!

Así que observo al ninja. Me abro de piernas hasta colocar los pies alineados con los hombros. Ese deslizar de pasos arrastrando los pies. Sin perder nunca el equilibrio. Un blanco en movimiento. Así consigo que mis movimientos sean imprevisibles.

Ah, ¿así es como lanzas esa patada? Primero levantas la rodilla y luego disparas el pie hacia delante.

Ah, ya veo, o sea que cuando das un puñetazo la potencia la generan tus piernas y tus caderas.

Así que ese es el punto de presión que usaste para inmovilizarme. Puedo buscarlo y encontrarlo en mi propia columna vertebral. Diablos, sí que duele. Y si me duele a mí, también te dolerá a ti, compadre.

Voy haciendo progresos. Aún recibo golpes, pero ya meto de vez en cuando una patada aquí y un puñetazo allá. Los combates están convirtiéndose más bien en sesiones de *sparring*. Más largos. Interminables. Competitivos.

Me he dado cuenta de una cosa extraña. El sádico este que me está pegando no me está causando daños irreversibles. No duda en asfixiarme o noquearme hasta perder el sentido, pero nunca me rompe un hueso o algún diente.

Tiene que hacerlo a propósito.

Tal vez me pueda aprovechar de ello.

Recibo mi merecido, y como y bebo las pequeñas cantidades de comida y agua que aparecen mientras estoy inconsciente, y le analizo. Sufro pero aprendo. Estoy mejorando. Pronto el estudiante matará al maestro. Le odio. A él le debo todo un mundo de dolor.

Ya soy capaz de repeler el miedo que este tipo transmite telepáticamente. He encontrado una pantalla que lo bloquea.

Un último combate espantoso. Logro unos cuantos impactos buenos y él parece resentirse. Cuando consigue abatirme, me propina palizas tremendas. Se lanza a estrangularme. Antes de desvanecerme le atizo un sólido codazo en la máscara ninja. Juro que oigo un aullido de dolor. Toma eso, bastardo.

Me despierto al amanecer. He estado dormido un buen rato. Ahora conozco sus pautas de conducta. Estará esperando a que me levante. En cuanto empiece a recuperarme, él volverá.

Así que no me levanto de inmediato. Me quedo un rato allí tendido, en silencio e inmóvil, maquinando.

Porque ya estoy listo para enfrentarme a él. Ha llegado el día D.

Solo hay un momento en que es predecible. Cuando realiza su salto inicial. Puede que se vista como un pájaro, pero no puede volar. Así que, desde que salta por la ventana hasta que aterriza aquí, hay una breve oportunidad.

Espero hasta que me encuentro mejor, y preparado, y me incorporo. Actúo como si estuviese grogui, aunque tengo la cabeza despejada y fría como un arroyo de montaña. Me balanceo atrás y adelante. Tendiéndole una trampa. Envío una andanada telepática de ira, como sin pensarlo. Vamos, bastardo. Te voy a partir en dos.

Aunque por dentro estoy calmado. Calculando.

La ventana se abre. Cae, planeando, un buitre gris castaño.

Corro directamente a sus pies.

No puede patearme, porque si lo hace, tendría que ser a la cara, y con el peso de su salto reciente se arriesgaría a matarme. Algo que no va a hacer.

De modo que cae justo encima de mí y trata de desenroscarse.

Yo le agarro. ¿Reconoces este movimiento? Pues me lo enseñaste tú, bastardo.

Es como agarrar una anguila eléctrica. Está tratando de llegar a algún punto de presión, retorciéndose y manoteando, pero yo le mantengo encerrado entre mis brazos. No podré seguir sujetándole así mucho más. No hay necesidad.

Dos pasos en dirección a la pared. Otra de las lecciones que él me ha enseñado. Usar la superficie del muro. Mucho más dura que cualquier puño.

Dejo caer de improviso mi centro de gravedad. Él no se lo esperaba. Lo arrastro conmigo encima hasta caer de espaldas. Luego le pateo con ambas piernas, lanzándole sobre la pared.

¿Quieres volar, ninja? Pues no faltaba más.

¡BAM! El ninja golpea el tabique del granero como un buitre volando contra un rascacielos. Resbala sobre el suelo, aturdido. En seguida trata de levantarse. Impresionante capacidad de recuperación.

Pero no la suficiente. Doy un salto, levantando el pie izquierdo, y vuelo a través del aire. Y atornillo al ninja de una patada con el derecho en la zona de la barbilla enmascarada. *¡PAF!*

Cae de espaldas. Se revuelve, pero no es capaz de despabilarse a tiempo para siquiera intentar levantarse antes de...

Estoy encima de él. Mis dos rodillas se estrellan en su esternón. Otra cosa que me ha enseñado. Usar la gravedad. UUUFFFFF. El aire sale disparado de sus pulmones.

Ya estoy listo para acabar con él. Nunca antes he estado lo bastante rabioso para matar. Ahora lo estoy. ¿Te apetece sufrir? Yo te voy a hacer sufrir. Jack es un chico simpático, pero tú te lo has buscado.

Una oleada de sangre estalla en mis oídos. Él trata de quitarme de encima pateándome. Golpeo bruscamente su cabeza en el suelo. ¿Cuántas veces me ha dejado él sin sentido? Ahora es él quien ve estrellas.

Mi puño izquierdo se cierra para dejar caer un golpe mortal. Intento arrancarle la máscara con la mano izquierda. No sale con facilidad, pero tiro de ella y las correas de cuero ceden. La libero de un tirón y empiezo a descargar un brutal golpe final con mi mano derecha.

Y entonces me detengo.

Porque sus ojos están abiertos. Mirándome. Ojos grises. Ojos que asienten. Ojos humanos. Él sabe lo que le espera. Y, truco o trato, finalmente ha optado por el truco.

¡Él es ella!

Rasgos femeninos. A su manera, incluso es atractiva. Si a uno le gustan las mujeres sádicas con una complexión tipo buzón de correos.

Casi estoy lo bastante rabioso como para estropear esa cara con un despiadado puñetazo. Casi. Mi puño se abre. No puedo hacerlo.

Mis dedos se aferran alrededor de su garganta. Puedes matar a una persona así en medio segundo. Le bloqueo la tráquea.

–¿Quién eres? –me escucho preguntándole–. Habla o morirás.

Sus labios se abren. Tiene voz dulce.

–Me llamo Eko.

–¿Por qué me has estado haciendo daño?

–Para eso me enviaron –jadea–. Queda poco tiempo. Era la única manera.

–¿De hacer qué? –pregunto, más tranquilo. La dejo aspirar una bocanada de aire.

–Asegurarnos de que podrías defenderte solo –explica con un susurro–. Antes de enseñarte las otras cosas que necesitas aprender. Ahora ya estás preparado.

–Ah, ¿o sea que en realidad estás de mi parte? Pues me resulta difícil de creer.

Aquellos ojos grises se me quedan mirando. Sin temor.

–Si quieres matarme, adelante. Tienes todo el derecho. Puedes hacer cualquier cosa. Tú eres nuestra única esperanza. Si no vas a hacerlo, vamos. Tenemos mucho trabajo que hacer, y apenas queda tiempo.

Oh, cómo me gustaría matarla. O por lo menos hacerle daño. Pero, al contemplar en profundidad aquellos ojos grises, me doy cuenta con horror de que en realidad estoy empezando a creer en ella.

Es una locura. Después de lo que me ha hecho, ¿cómo es posible que confíe en ella?

Entonces veo la imagen de la joya que lleva colgada al cuello. Una hermosa mujer de largos cabellos alborotados.

Ya he visto antes ese rostro femenino. Mis padres tenían un broche antiguo. En su dormitorio, allá en Hadley-by-Hudson. Los mismos cabellos alborotados. El mismo rostro hermoso, inconfundible. Decían que no era más que una antigüedad que habían encontrado en una vieja tienda.

–¿Quién es esa? –le pregunto a Eko.

Sus ojos grises titubean un instante.

–Tu madre –susurra–. Tu verdadera madre.

Me pongo en pie y retrocedo; la cabeza me da muchas más vueltas que cuando estaba recibiendo patadas o puñetazos.

–¿Está viva? –digo con voz entrecortada–. ¿Cómo se llama? ¿Dónde está? ¿Cómo es que la conoces?

Eko se toma unos pocos segundos para recobrarse de los golpes y luego se incorpora despacio.

–Más tarde –susurra–. Ahora tenemos que irnos. Es peligroso quedarse aquí. ¿Vas a venir?

Nos miramos uno a otro, en silencio, incómodos.

–Iré –respondo, asintiendo con la cabeza–. Pero la próxima vez que quieras enseñarme algo, Eko, procura encontrar una manera más delicada de hacerlo.

22

Un vehículo con tracción a cuatro ruedas. Más potente que un tanque. Mi cuerpo magullado por los golpes recientes. Cada bache de la carretera es una punzada de dolor. Ay, mis piernas. Ay, mis costillas. Ay, ay, mi cuello.

No tiene mucho sentido por mi parte permitir que una joven dama, que se ha pasado los últimos días atizándome, ahora haga de chófer y me conduzca a un destino desconocido. Aunque nada ha tenido mucho sentido en mi vida desde que los ojos de aquel extraño se fijasen en mí en la cafetería Hadley.

Confía en tu instinto, Jack. Si no puedes confiar en alguien que te dice que eres su única esperanza, ¿en quién vas a confiar? ¡Y ese colgante con la imagen de mi madre! Eso ha sellado el trato.

Eko se lo ha quitado del cuello y me lo ha dejado ver. Aprovecho para dispararle una docena de preguntas. Ella las esquiva.

–Ahora no. Corremos peligro. Nos están siguiendo la pista. Necesito concentrarme en ponernos a salvo, lejos de aquí.

–¿Quién nos está siguiendo? ¿Por qué? ¡Dime solo el nombre de mi madre!

–Mira –susurra ella–. Es el nombre de una famosa estrella de brillo inestable. A veces brilla con intensidad. Otras veces apenas se distingue.

Me quedo sentado contemplando el hermoso rostro del colgante y pienso en el misterioso nombre, nuevo en mi vida: Mira.

Eko ha cambiado sus vistosas ropas ninja por unos sencillos pantalones cortos blancos y una camiseta de color turquesa. Le das una cámara y parece una turista.

Conduce del mismo modo que lucha. Las manos sobre el volante, con elegancia y seguridad. Las mismas manos con las que me golpeó y me estranguló. Los ojos grises rara vez se apartan de la carretera. No son ojos asiáticos, ni caucasianos. Alguna exótica mezcla. Piel almendrada.

La carretera de dos carriles desemboca en mitad de la barrera de islas, las Outer Banks. Puedo ver el océano al este y distinguir su sonido cristalino al oeste. Luego, la isla vuelve a ensancharse.

Le devuelvo el colgante.

–¿Cómo pueden estar siguiéndonos, Eko? Nadie sabe que estoy aquí, así que ¿cómo es que corremos peligro?

–Porque sí –mujer parca en palabras. Me recuerda a Gisco en sus poses de esfinge. Buscando razones prácticas para no contestar a mis preguntas. Además, si viajas en un jeep con una chica que te ha estado pegando durante días hasta dejarte hecho unos zorros, puede que no sea tan mala idea tomarse las cosas con calma.

Atravesamos Duck y Corolla. Lujosas casas de playa en urbanizaciones cerradas. Antenas parabólicas colocadas como arañas gigantes en lo alto de los tejados. Piscinas relucientes. *Jacuzzis* en marcha. Ciclistas montando Spandex. En temporada alta, apuesto a que este lugar está atestado de ricos adoradores del sol.

Más al norte de los comercios de Corolla apenas hay casas. El paisaje se vuelve más escarpado. Hay un faro encima de las dunas.

–¿Para qué necesitan un faro? –le pregunto a Eko para romper un largo silencio. Quizá esté más dispuesta a hablar de cosas que no son grandes secretos futuristas.

–Naufragios –responde.

–¿Qué tipo de naufragios?

–Naufragios de barcos –luego, como ve que no quedo satisfecho, añade–: A las Outer Banks solían llamarle el cementerio del Atlántico. En especial al lugar al que vamos.

Muy apropiado, en cierta manera, dada toda la gente que intenta matarme. Jack Danielson, de camino al cementerio del Atlántico para pasar unas vacaciones en la playa con una desafiante y locuaz chica ninja.

¿Qué puedo esperar de todo esto?

Eko vuelve a quedar en silencio. Sigue con ese asunto zen. Reserva. Introspección. Como si yo no estuviese en el coche. Podríamos estar viajando quinientas millas sin despegar ella los ojos del volante, y no pasaría nada.

¿Acaso no siente curiosidad por mí? ¿No siente la necesidad de explicar su reciente extraño comportamiento?

La carretera llega a su fin. Se desvía a la derecha y se acaba al lado de una cerca de madera. Supongo que también nosotros nos detendremos.

Te equivocas, Jack. El cuatro por cuatro blanco se dirige directo a la arena y continúa en dirección norte, como si fuese la cosa más natural del mundo conducir por una playa.

Otros vehículos han seguido este camino antes. Nosotros seguimos sus huellas. Pasamos de largo ante jeeps y camiones aparcados en las dunas. Gente nadando. Olas que se estrellan. Niños recogiendo conchas. Pero no nos detenemos. Eso sería demasiado normal. Seguimos adelante.

Empieza a anochecer. Llevamos horas viajando por las dunas. Ya no hay bañistas ni pescadores. Solo arena y olas, y nosotros.

El sol se está poniendo. La brisa levantándose. Olas como hileras de dientes rechinantes. Empiezo a asustarme. ¿Hacia dónde nos dirigimos? No lo sé. ¿Por qué? No tengo ni idea.

Por lo menos he salido de aquel granero. Aquí el paisaje es más interesante. Sin mencionar la fauna. Hay un ave revoloteando en círculos por encima de nosotros. Gran envergadura. ¿Un águila? ¿Un albatros? No soy ornitólogo, pero sin duda es majestuoso.

–Una garza azul –me informa Eko. La primera cosa que dice sin contestar a preguntas directas.

¿O no lo ha sido? Oh, oh.

En ningún momento ha apartado los ojos de la arena. ¿Entonces cómo sabe que estaba mirando al pájaro? Tenía mis pantallas desplegadas, pero toda precaución es poca.

–¿Me has leído la mente?

–No –responde–. Enmascaras tus pensamientos.

Debe de ser cierto. Si pudiera leer mi mente, habría conocido de antemano mis estrategias de lucha en el granero. Jamás habría podido sorprenderla.

–¿Entonces, cómo sabías que estaba mirando el pájaro? No me estabas mirando.

–El pájaro te vio a ti mirándole a él –dice.

–¿O sea que leíste la mente del pájaro? Me cuesta creer que puedas leerle la mente a un albatros azul que está revoloteando a quinientas yardas por encima de nosotros.

–Garza azul –me corrige–. El gigante de las marismas.

Es lo más que ha dicho Eko durante horas. A lo mejor le apetece hablarlo todo de una vez. O tal vez sea una amante de las aves.

–¿Qué marismas? –pregunto–. Esto es una playa.

Eko asiente con la cabeza en dirección a las dunas.

–Más allá. Ya lo verás. Ahora lo que importa es llegar adonde vamos.

–¿Y dónde es eso?

–Un sitio seguro.

–¿El granero no era seguro?

Ella se encoge de hombros. Adiós. De nuevo se ausenta.

Sus ojos giran hacia la garza azul y se elevan con ella entre las nubes violáceas que nadan hacia la puesta de sol. La observo con atención. Su rostro es inexpresivo, aunque detecto fuertes emociones despertándose en ella mientras observa el vuelo de la garza.

Sobrecogimiento. Ansia. Profunda ira, a punto de estallar.

Basta de esperar. Lleva horas aplicándome el tratamiento de silencio. Ya es hora de tomar la iniciativa.

Agarro el volante y tiro de él en dirección al agua.

–¿Qué estás haciendo? –Eko forcejea conmigo por el volante. Rodamos por las dunas en zigzag–. Nos vamos a quedar atascados –advierte.

–Entonces detente y habla conmigo. ¡AHORA!

Ella pisa el freno. Nos detenemos con una sacudida a metro y medio de la centelleante marea.

No está mal obligarla a seguir mis indicaciones, para variar.

–Me lo debes, Eko. He confiado en ti y he venido contigo, y ahora necesito unas cuantas respuestas. El granero estaba a salvo y suficientemente aislado como para mantenerme allí encerrado mientras tú me sacabas a golpes toda esa mierda. ¿Por qué de repente tenemos que hacer un safari playero?

–Para protegerte –responde de mala gana.

–Nadie sabe que estoy aquí –señalo–. Excepto tú y ese saco de pulgas, que supongo aceptó tu dinero para traicionarme. Entonces,

¿por qué hemos tenido que salir de un lugar seguro? ¿Adónde vamos ahora? Por aquí no hay casas. Está oscureciendo. Y, además, ¿quién eres tú cuando no te dedicas a atacar a desconocidos en graneros? ¿O es que es ese tu trabajo?

Los labios de Eko comienzan a moverse. Tengo la extraña sensación de que va a sonreír ante mi expresiva agudeza. Incluso tengo la sensación aún más extraña de que podría tratarse de una sonrisa agradable.

Pues no. Congelada. Carente de calidez.

–Hay gente que continuará persiguiéndote –dice–. Te darán caza hasta que mueras

–Si estás tratando de animarme, no estás haciendo un trabajo muy bueno.

–Eso ya lo sabrás; si no, serías un idiota. Te llevo a un lugar seguro, o al menos más seguro. Pero mientras viajamos somos vulnerables.

–¿Pero por qué andan tras de mí? –pregunto. No. Suplico. Igual que le suplico que me conteste esta pregunta–: ¿Por qué quieren matarme? ¿Por qué quieres ayudarme?

Sus ojos grises se quedan clavados en los míos. Ni amistosos ni hostiles.

–Porque tú guardas la llave –su voz es un susurro.

Abro mi mano. Vacía.

–Yo no guardo ninguna llave –bajo la tenue luz, las líneas de mi palma brillan como senderos divergentes. ¿Cuál es la línea de la vida? Probablemente ninguna de las largas.

–Tú eres la llave –susurra de nuevo, muy seria.

Analizo su rostro. No hay gran cosa allí que me sirva de ayuda.

–Venga. Acaba. ¿La llave de qué?

–Para encontrar Tormenta de Fuego –su voz se vuelve aún más solemne–. Y salvar el mundo. Solo tú puedes hacerlo. Así que todo depende de ti. El destino de todo el futuro.

¿Qué? ¿Cómo? ¿Por qué? ¿Yo?

–¿Cómo puede ser eso? –digo, entrecortadamente, asombrado y confuso por su tono y la magnitud de sus palabras–. Ni siquiera puedo votar. O comprar alcohol –o tener sexo, estoy a punto de añadir, aunque me contengo. O me contiene mi orgullo.

–Sin embargo –dice ella–, ahora, por favor, tenemos que marcharnos –sus dedos pasan rozando los míos sobre el volante. Su tacto es inesperadamente cálido. Comienza a apartar mis manos–. Eres nuestra única esperanza, pero hablas demasiado.

Yo suelto el volante, ella pisa el acelerador y nos ponemos en marcha en silencio.

23

UNA casa de veraneo a orillas de las marismas, apoyada precariamente sobre pilotes, como una vieja ave zancuda. Inadvertida y remota. Invisible desde la playa. Sin otras casas en los alrededores y sin gente. Ni calles. Ni puertos deportivos. Nada. No amueblada precisamente con todas las comodidades y servicios. Ni *jacuzzi*. Ni televisión por satélite. De hecho, ni siquiera televisión. Ni reproductor de CD, para poner algo de música playera cuando se pone el sol.

Supongo que debería estar agradecido por tener bombillas y agua caliente.

Una excepción de alta tecnología. En el cuarto de estar. Un geométrico cubo azul. En cuanto llegamos, Eko corre hacia él. Lo acaricia una vez y luego lo rodea con sus manos. Empieza a brillar. Más que una luz. Un aura. Se queda allí durante unos minutos bañada en el destello azul. Concentrada. Como si estuviese leyendo algo con todo su cuerpo.

–¿Qué diablos es eso? –pregunto cuando ha terminado–. ¿Una lámpara para teñir a la gente que quiere ponerse azul?

A ella no le parece divertido.

–No tienes formación científica. No lo entenderías.

–Explícamelo.

–Monitor de ecosistema y radar de seguridad –contesta, suspirando.

Reflexiono sobre ello un instante.

–¿Te da información sobre el tiempo y te avisa si hay gente buscándonos por aquí?

–Para eso no hace falta. Ya lo están haciendo y nos encontrarán pronto.

No hay nada como una actitud optimista, Eko.

La salpico con preguntas acerca de quién soy, quiénes son mis padres y cuál es mi papel en eso de salvar el futuro. No va a contestarlas. Me promete que ya llegaremos a eso en el momento apropiado.

–Dime solo si mi madre está viva –insisto.

Ella se me queda mirando, se compadece de mí, y finalmente responde con un suave susurro.

–Creo que sí. Lo estaba la última vez que la vi, hace tres meses y mil años a partir de ahora.

¡Así que está viva! Mira, la que se desvanece y brilla con más intensidad. Son buenas e inesperadas noticias de la chica ninja. Puede que algún día me la encuentre y tengamos una pequeña charla para ponernos al día. Hola, mamá, soy el hijo que sacaste de la cuna y dejaste caer en la máquina del tiempo. Desde entonces me han mentido, perseguido, traicionado y casi matado una docena de veces. Gracias. ¿Y tú, a qué te dedicas, mami?

Exploro la casa. Tres plantas conectadas por escaleras empinadas. La habitación de Jack, en el segundo piso. Cama. Escritorio. Aparador con ropa limpia. No elegante, aunque el estilo no es precisamente ahora máxima prioridad. Cuando has estado huyendo, no desprecias el valor de la ropa interior limpia.

¿Quién ha comprado todo esto? ¿A quién pertenece esta casa?

Le pregunto a Eko, pero ella esquiva las preguntas al igual que la lluvia resbala por el dorso de un pato de la marisma.

Sí, hay una marisma. Mientras estoy tumbado en la cama, oigo aves y millones de insectos. No hay forma de dormir. ¿Qué estoy haciendo aquí? No hay una sola persona en la que confíe, ni nada de lo que conozco es verdad. Excepto esa especie de trampa que se va cerrando alrededor de mí. Incluso en este aislamiento. El cerco se va estrechando.

Finalmente, me sumerjo en un mal sueño. Veo el malvado rostro que atisbé por primera vez cuando salté entre los edificios de Manhattan. La melena leonina de blancos cabellos. Dentadura reluciente. Los ojos de raptor ahora están inyectados en sangre. Y una voz como el grave rugido de un león hambriento. Que se repite como un eco en mis pesadillas.

–Jack, Jack.

Estoy en casa, en Hadley, en el porche trasero de nuestra casa. Leyendo *David Copperfield.* De pronto, los ojos colorados asoman por encima de los arbustos. Una voz llamándome de entre las sombras:

–Jack. Ya es la hora. He venido a buscarte. No puedes esconderte de mí. Date por vencido, Jack...

–¿Jack? *–bang, bang–*. ¿Jack? Despiértate.

Abro los ojos. Es la voz de Eko. Debe de haber algún error. Afuera ya es noche cerrada. Estudio el reloj. Las cuatro y media.

–Es de noche.

–Vístete. El desayuno está preparado.

24

ENTRENAMIENTO básico. No hay otra forma de describirlo. ¿Quién me ha reclutado? ¿En qué ejército? ¿Por qué razón? No preguntes. Solo obedece órdenes.

4 horas, 30 minutos. El toque de diana es Eko aporreando mi puerta.

–Despierta, Jack –me armo de valor para salir de la cama, imaginándome un gran desayuno. Huevos, bacon y patatas, y cebollas doraditas. Sigue soñando, Jack.

5 horas. El desayuno consiste en un zumo de manzana y muesli.

–¿Adónde vamos tan temprano? –pregunto, mientras doy un sorbo a mi zumo.

–A correr –responde ella. Gran conversadora.

–¿De noche, por una marisma? ¿Y qué hay de los caimanes?

–Termina y vámonos –no le ha hecho ninguna gracia.

Me termino la última cucharada de muesli. Mi estómago sigue vacío.

5 horas, 50 minutos. A correr. Por la densa oscuridad de la madrugada, con un cielo aún lleno de estrellas. No solo corremos. Trotamos a toda velocidad por las aguas de la marisma, que nos llegan hasta las rodillas.

Soy incapaz de ver por dónde voy. Piso rocas que cortan mis pies. Los arbustos me aguijonean. Las telarañas se adhieren a mi cara.

Recuerda, soy rápido. Y resistente. En cierta ocasión me hice hasta trescientas cuarenta yardas durante un partido de fútbol.

Pero Eko es más rápida. ¿Cómo puede una chica bajita conseguir tal velocidad? Estando en perfecta forma. Bombeando con los brazos e impulsando las rodillas como pistones. Jamás se golpea con un obstáculo. ¿Poseerá visión nocturna?

Cuando llegamos chapoteando al final de un sucio canal y alcanzamos el lugar donde la marisma pasa a ser bahía, todo lo que deseo es dejarme caer en la arena y vomitar mi muesli.

Hay dos kayaks de color naranja esperándonos. Eko empuja uno de ellos dentro del agua. Me ve de rodillas.

–¿Qué estás haciendo?

–Se llama descansar.

–Ese es tu kayak.

–Tranquila. Dame solo dos minutos.

La sargento Chica Ninja no se tranquiliza.

–Ahora –dice.

7 horas. La prueba del kayak.

El kayak de Eko sale disparado por el agua, impulsado por paladas controladas, sin chapoteo. La Pocahontas del futuro. Trato de seguirla. Exhausto de la carrera. Me arden las rodillas. La columna se subleva. Mi remo chapotea en todas direcciones.

De repente, ella se detiene y señala arriba a un pájaro blanco.

–Una garceta. Se alimenta de los bichos que revolotean alrededor de los caballos salvajes.

Embarranca su kayak. Trepa por la empinada ribera.

La sigo. ¿Qué tienen de especial las garcetas?

En la cima del ribazo, una explanada de hierba. Caballos pastando. Nunca antes había visto un caballo salvaje. Son muy especiales. Sus colores, sus movimientos. Patas musculosas y crines alborotadas. Grises y negros, y castaños.

–¿Una gran familia? –pregunto.

–Un harén. Este es el semental –señala con un movimiento de cabeza a uno un poco más grande que el resto–. No te acerques más.

Está mirándonos. Ya ha captado nuestro olor. Sus ojos se abren. Cuatrocientos kilos de cascos y testosterona.

Dejo de caminar. Tranquilo, señor del harén. No soy una amenaza.

Eko y yo nos quedamos mirando hasta que los caballos empiezan a alejarse a medio galope. Ella los sigue con la mirada. De nuevo percibo sus fuertes emociones. Sobrecogimiento. Ansia. Ira a punto de estallar.

Los caballos se lanzan al galope y se alejan con estruendo por entre las hierbas altas con la brisa del amanecer.

–Preciosos –digo.

–Sí –su voz, un susurro. Después, ruborizada por haber sido sorprendida mostrando emoción, ladra bruscamente–: Vámonos.

–¿Qué es lo siguiente que haremos? –pregunto.

–Lucha –responde.

9 horas. Ejercicios de lucha.

Eko me muestra una serie de movimientos ralentizados. Lanzar patadas. Volteretas mortales. Saltos en espiral. Golpes bruscos. Uno lleva al siguiente. Los ejecuta despacio para mí.

Yo lo hago lo mejor que puedo, pero ella nunca está satisfecha.

–No haces más que agitar los brazos y las piernas. Limítate a usar el cuerpo.

–¿Qué otra cosa se supone que debo usar?

Eko se alza a sí misma desde el suelo, usando a modo de propulsión una zambullida del revés. Aterriza en la rama de un árbol y se me queda mirando abajo.

Ensayo una proeza similar. Despegue abortado. Aterrizaje de cabeza en la arena.

–Tú eres nuestra única esperanza –me informa Eko, sacudiendo la cabeza–, pero eres igual de ágil que un pavo con una sola ala.

11 horas. Almuerzo. Una bonita playa apartada. Estoy hambriento. Eko saca una pequeña bolsa. Un taco de queso *cheddar* para cada uno. Manzana verde. Bolas de arroz.

Cuando terminamos esa comida de conejo, intento aprovechar el momento de descanso para conseguir algunas respuestas más.

–Me dijiste el nombre de mi madre y que está viva. ¿Y mi padre? ¿Sigue vivo? ¿Qué es lo que hace?

Eko se termina su última bola de arroz. Se pone en pie.

–Ahora no podemos hablar de eso.

–¿Por qué no?

–Porque ya es hora de despejar tu mente de todos los problemas y preocupaciones.

–Entonces ya no me quedará nada –bromeo.

–Exactamente –añade ella–. Ese es el objetivo.

13 horas. Zen boca abajo.

–En primer lugar, siéntate así –dice Eko. Dobla las piernas en una postura que obligaría a un contorsionista a tragar una buena dosis de aspirinas. Luego inclina su cuerpo y se levanta sobre su cabeza.

–Estás de broma, ¿no? No puedo hacer eso.

–Inténtalo –me dice.

Casi me disloco todos los huesos por debajo de las caderas.

–Vale, quédate sentado y quieto, y vacía tu mente.

De modo que me quedo sentado, quieto y en silencio.

Vaciar la mente resulta muy difícil de hacer. Es como obligarte a quedarte dormido. El acto consciente de obligarte a hacerlo lo hace casi imposible.

No pienses en comida. Aunque una chuletita y una patata asada seguro que me vendrían muy bien.

No pienses en sexo. Me pregunto si P. J. estará ya con otro chico. Estaba tan sexi en la piscina de Hadley el verano pasado...

Lanzo una mirada furtiva a Eko. Lleva un conjunto de dos piezas. Tiene los ojos medio cerrados. Su mente, no cabe duda, completamente vacía. Tiene la sensualidad de una lavadora.

Oh, oh. Ha abierto los ojos de repente. Espero que no haya oído eso.

–Tienes que intentarlo –dice–. Siéntate derecho. Palmas arriba, el dorso de las manos sobre tus rodillas. Respira despacio. Dirige toda tu concentración a una tarea muy sencilla.

–¿Como qué?

Se pone a dibujar una línea en la arena.

–Dobla esta línea, grano a grano.

–Estás de guasa, ¿no? Nadie puede hacer eso.

–Yo puedo.

–Yo no soy como tú. No puedo hacer las cosas que tú haces.

Cuando menos me lo espero, Eko sonríe. Por vez primera. Después de todos mis chistes y sarcasmos fallidos, por alguna razón esto la impresiona.

–Tú eres mucho más de lo que yo soy –responde.

Una inesperada sonrisa amable. Aunque no dura mucho.

17 horas. Prácticas de vuelo.

Una grieta entre las dunas. Se ha levantado una brisa vespertina. Eko me ha hecho correr con los brazos extendidos como alas abiertas. El viento me azota la cara con arena.

Ella está sentada en una roca y mira.

–Siente la brisa. Deja que te lleve. Déjate llevar con todo tu cuerpo. Tus piernas, tu tronco.

Lo intento durante unos minutos. Me siento ridículo.

–Ya basta, Eko. No soy un pájaro, así que no te pitorrees de mí.

Eko se baja de la grieta y viene hacia mí.

–Te estoy enseñando lo más bonito que aprenderás jamás. Vamos, hazlo conmigo –extiende sus brazos.

Echa a correr a través del túnel natural de aire. Parece de verdad un pájaro. Me recuerda a la primera vez que la vi, saltando con su indumentaria ninja.

–Vamos, Jack –me dice–, vuela conmigo.

Ninguna chica me había dicho eso nunca. Así que me pongo a volar con ella.

20 horas. Cena.

Berenjena guisada. Cuenco de arroz. Fresas.

21 horas. Luces apagadas.

Antes de irme a la cama recuerdo mi pesadilla y me asomo por la ventana. El rostro de la muerte no acecha entre las sombras.

¡Espera! ¡Hay un monstruo sentado en el tejado!

No, no es una gárgola. Es Eko. Contemplando el brillo de las estrellas sobre las marismas. Parece terriblemente triste.

Resisto un impulso de llamarla. De unirme a ella. No es tu amiga, Jack. Ella tiene su propia vida interior. En el granero te estuvo golpeando sin piedad. Te está instruyendo sin afecto. Y no parece preocuparle. Quizá le trae sin cuidado. Quizá ni se lo plantea.

Obedece sus órdenes. Aprende de ella. Pero, hagas lo que hagas, no te acerques demasiado.

Caigo en la cama. Hambriento. Cansado. Dolorido. No muy seguro de cuántos días como este podré resistir. Y sigo ignorando qué sentido tiene todo esto.

Nunca aprenderé a correr en la oscuridad.

Nunca doblaré arena.

Y seguro que nunca volaré.

25

—¿Por qué no te quitas la ropa? –pregunta Eko.

Estamos en una playa a las siete de la mañana. Estoy cubierto de sudor y respiro agitadamente. Ella parece fresca como una lechuga. Acabamos de correr cinco millas por profundas arenas.

Tan solo llevo unos cuantos días de entrenamiento básico, pero ya me noto mucho más fuerte. Con tono muscular. Al llegar al sur haremos una pausa. Ahora puede que esté sudando y jadeando un poco, pero arrastro a Eko a la última milla. Nos lanzamos a ello, codo con codo.

Lo conseguí. Guau. Descanso.

Pero, por supuesto, Eko quiere seguir adelante. Anuncia que la próxima actividad va a ser nadar una larga distancia.

Estupendo. Me lo he buscado.

A desnudarse.

–No te ofendas, Eko. No suelo pasearme desnudo con gente a la que apenas conozco.

–¿Te avergüenzas de tu cuerpo?

–Por supuesto que no. No se trata de mí.

–Ya he visto montones de hombres desnudos –dice con toda naturalidad–. No es nada del otro mundo.

–Entonces, ¿por qué has sacado el tema? –pregunto–. ¿Por qué quieres que me quite la ropa?

–Porque necesito enseñarte a nadar.

–Ya sé nadar –le digo. Bastante bien, estoy a punto de añadir. Dos medallas de oro en las competiciones de verano de la piscina de nuestro pueblo. Podría haber ganado más, pero papá estaba vigilante. ¿Por qué no dejas ganar a Tom Jennings la prueba de espaldas? Que su padre se sienta orgulloso.

Pero no alardeo de mis habilidades natatorias delante de Eko. La he visto correr y la he visto luchar, y algo me dice que en el agua es igual de buena.

–Estaré bien en ropa interior.

–Tú decides –dice Eko–. Pero es más fácil si no llevas nada que te estorbe. Especialmente en el lugar al que vamos.

Ella se saca la camiseta por encima de la cabeza. Se desabrocha el sujetador deportivo. Se quita los pantalones cortos. Luego, la ropa interior. Y se queda allí, desnuda, excepto por un collar de cuentas rojas con un colgante suspendido entre sus pechos.

Yo aparto la vista. Lentamente vuelvo a dirigirla hacia ella. No puedo dejar de pasear mi mirada por su cuerpo. Jamás he visto desnudo a un representante del género femenino. Durante nuestras sesiones de manoseos, P. J. siempre prefería ser recatada. Se dejaba puesta algo de ropa, como si necesitase un sujetador y medias para sentirse segura y protegida.

Eko no. Se siente segura dentro de su propia piel. Cuerpo pequeño, musculoso. Brazos y hombros atléticos. Pechos pequeños pero firmes. Caderas anchas. Triángulo de vello oscuro entre los robustos muslos.

Contengo el aliento. Levanto la mirada y nuestros ojos se encuentran. Eko está sonriendo.

–Vamos a nadar –dice, volviendo a sonreír–. Me parece que necesitas un baño de agua fría.

Corre a meterse en la espuma y se sumerge dentro de la ola. Yo la sigo. El agua está sorprendentemente fresca.

Pronto nos hallamos a una milla de distancia. Ella gira y se pone a nadar en paralelo a la orilla. Nada igual que corre. Con elegancia. De forma rítmica. Todos sus miembros trabajando coordinadamente.

Yo apenas puedo seguirla.

–¿Listo para bajar? –pregunta, deteniéndose–. Aquí hay más o menos treinta metros de profundidad.

–Eko, siempre quise aprender submarinismo, pero en mi pueblo no daban clases. ¿Y no te has olvidado de las gafas y los tanques de oxígeno?

Se quita el collar. Arranca con cuidado un par de cuentas rojas. Se traga una. A mí me pasa la otra.

La dejo rodar por mi mano.

–¿Qué es esto? ¿Una vitamina?

–Dos horas de oxígeno –responde.

–El oxígeno es un gas. No se puede comprimir en píldoras.

–Quédate cerca de mí e intenta no meterte en demasiados líos –me avisa. Da un pequeño salto hacia delante y se zambulle como una sirena que retorna a su mundo secreto.

Me trago la cuenta roja. Siento cómo se deshace en mi interior. Como una tableta antiácidos. ¿Servirá? No soy un pez. No tengo branquias. No puedo bajar treinta metros sin un tanque de oxígeno.

Vamos, me anima Eko telepáticamente.

No puedo hacerlo. Es una locura. Estás chiflada. Me ahogaré.

Nunca pensé que serías un cobarde.

Ninguna chica me había llamado así. Me hiere profundamente. Entretanto, la cuenta roja empieza a hacerme cosquillas en el estómago. No solo en el estómago. En mi garganta. En mis pulmones.

Meto la cabeza bajo la superficie. Mantengo la boca cerrada. Espero a que el piloto de alerta empiece a parpadear. OXÍGENO AGOTADO. Y la sirena: DIRÍJASE A LA SUPERFICIE AHORA MISMO.

Ningún piloto de alerta. Ninguna sirena. Estoy bien.

Vamos.

Eko está nadando en círculos bajo mis pies. Me uno a ella. Noto la presión en mis oídos. Todo se vuelve rápidamente más oscuro. En la superficie, la temperatura debe de ser de unos quince grados. Ha disminuido casi cinco grados realmente deprisa.

Dejo de descender. Cada vez está más negro y me siento como borracho. Eko, está demasiado oscuro. Demasiado frío. No puedo controlar la presión.

Ella regresa nadando hacia mí. Observo que su colgante está brillando. El resplandor ilumina el camino frente a ella y también parpadea sobre su cuerpo, de modo que produce la sensación de ir recubierta con una funda de cálida luz en movimiento.

Usa tu reloj, Jack.

¿Cómo?

Busca la manera.

Miro el reloj en mi muñeca izquierda. Regalo de papá. La esfera de un anticuado reloj sobre una correa de metal oscuro. Ni siquiera me había dado cuenta de que ella se hubiera fijado. Espero que sea sumergible. Recuerdo cómo salvó a Gisco en Manhattan reflectando dos haces de luz procedentes de una furgoneta del Ejército Oscuro. De acuerdo, funciona. Enciéndete. *Abracadabra. Hocus pocus.* Eko, no sé cómo hacerlo.

Deja de pensar en él como si fuera algo aparte de ti. Contrólalo como una parte de ti mismo.

Vale, vamos a ver. Siento mi brazo. Hasta mi muñeca. Alrededor de ella la oscura correa metálica. Siento el peso del reloj. La presión de la correa. La correa que ahora empieza a calentarse. Igual que el reloj, que empieza a brillar...

De repente, un millón de puntos de luz me rodean. Danzan a mi alrededor. Me abrazan. Me calientan. El frío desaparece. La presión se esfuma. Veo con tanta claridad como de día.

Seguimos bajando y bajando. Penetrando en un reino mágico. Nunca antes había hecho una cosa así. ¿Por qué lo percibo como algo normal, como si estuviera regresando a casa?

Porque era tu hogar, Jack. Todos venimos del océano.

Ya, pero hace muchísimo tiempo de eso. ¿A qué profundidad estamos?

Quince metros. Aquí no verías nada sin el reloj.

De pronto me veo atrapado en un remolino de color y movimiento. Trescientos, cuatrocientos, quinientos remolinos. Sus caras cubiertas con una única franja de color amarillo. Cada uno de ellos debe pesar unos veinte kilos. Un inmenso banco de peces, y han decidido que yo soy su viaje de estudios. Están nadando en círculos a mi alrededor. ¿Eko? ¿Qué son?

Peces limón.

¿No comerán humanos?

No, solo sienten curiosidad.

Con la misma rapidez con la que aparecieron, desaparecen. Una forma grande, como un platillo, se va acercando. Un metro y medio de largo. Caparazón castaño rojizo. Extremidades en forma de palas con dos uñas. En tierra parecería desgarbada. En el agua resulta elegante.

Tortuga cabeza de leñador, me informa Eko. Nada hacia ella y le acaricia la enorme cabeza en forma de ladrillo. Posa sus manos sobre el caparazón y se engancha para iniciar el descenso.

Son especies amenazadas. Sus zonas de anidamiento están desapareciendo. Esta tiene más de doscientos años. Ha dado la vuelta al mundo una docena de veces. Dile hola.

Lo intento. No hay manera. No soy el doctor Dolittle, Eko, no hablo tortugués. No puedo comunicarme con criaturas salvajes. Me parece que no poseo esa conexión.

Es la conexión más pura que existe.

Mi dial no tiene esa frecuencia. ¿Qué está diciendo tu camarada tortuga?

No está diciendo nada. Solo es una tortuga marina.

Entonces supongo que no me pierdo gran cosa.

Tienes que superar ese complejo de superioridad. La raza humana es una vergüenza en muchos aspectos. Nos han dado un gran poder y hemos hecho con él las cosas más estúpidas que puedan imaginarse.

¿Qué ha sido eso?

A veinte metros bajo el Atlántico, puedo sentir la tristeza y la ira de Eko mientras titubea y luego responde.

Lo arruinamos todo. Las tortugas marinas lo hubieran hecho mucho mejor.

¿Arruinarlo todo? ¿Cómo? ¿Qué hicimos, y quién fue el responsable?

Pero no contesta. Lo mismo que no ha contestado a tantas preguntas acerca de mí mismo y de mis padres durante los escasos últimos días de entrenamiento básico.

Se sumerge aún más. La tortuga se aleja nadando, arrastrando detrás su larga cola.

Siento verla marchar. Ese gigante tan amable resulta reconfortante.

Hablando de gigantes. ¡Una enorme sombra nos está espiando desde los oscuros abismos! Parece una secuoya sumergida. No cuadra dentro de estas apacibles aguas submarinas. Demasiado rígida. Demasiado dura. Hecha de hierro oscuro. ¿Qué es eso, Eko?

Un cañón antiaéreo. Bienvenido al cementerio del Atlántico.

26

EL enorme y antiguo buque está tendido boca abajo sobre el lecho de arena. La proa parece intacta, aunque la popa es como un queso *gruyere*. ¿Qué puede haber perforado agujeros como esos en un grueso casco de hierro?

Torpedos. Submarinos alemanes patrullaban estas aguas.

Nadamos más cerca. Una fascinante mezcla de muerte y renacimiento. El océano ha repoblado este barco fantasma. El frío esqueleto de hierro refulge con anémonas de color blanco, naranja y moteadas de violeta. A su alrededor, un banco de peces nada entre las grietas del casco que sirven de entrada a vastas estancias ocultas.

Los restos del naufragio provocan una extraña sensación espiritual. ¿Quién sabe del dolor y la aflicción de los hombres que se hundieron con él? Ahora todos descansan en paz. El silencio de una fosa común a treinta metros de profundidad. Los tanques oxidados son ahora catedrales de altísimos cielos rasos para congregaciones de moluscos vestidos de negro. Los cuartos de máquinas vacíos, sombreadas ermitas de solitarios crustáceos. Cuando pasamos nadando a su lado, una enorme langosta de Maine inclina su cabeza antenada, como en señal de obediencia.

Piensa en eso, amigo, pero no ahora mismo. Porque ahora acabo de atisbar algo. Dentro de uno de esos oscuros agujeros. Un intenso centelleo de plata. ¡Un tesoro hundido! ¡Una fortuna!

Comienzo a meter el brazo bien adentro para recuperarlo.

No hagas eso, me advierte Eko. *Perderás los dedos.*

Aparto el brazo. Justo a tiempo. Una larga culebra de agua emerge del agujero. No muy contenta de que la molesten. Un monstruo de más de un metro de largo. Sin escamas. Piel como el carbón. La mandíbula superior sobresale de la inferior. Abre la boca y me muestra una afiladísima dentadura.

Anguila-congrio, me dice Eko. *Se alimenta del limo.*

Me parece que le hubiera gustado comerse mi brazo como tentempié. ¿Cómo sabías que estaba ahí?

¿Cómo es que no lo sabes tú?

Nadamos juntos en silencio. Exploramos los restos del naufragio. Observo un pulpo de arriba abajo. Pierdo la noción del tiempo. Nunca nada me había fascinado así.

Tenemos que irnos pronto. ¿Te gusta estar aquí abajo?

Es una de las mejores cosas que he hecho en mi vida.

Para mí también.

Hay algo extraño en esa respuesta. ¿Haces esto muchas veces allá de donde tú vienes, Eko?

No puedo.

¿Por qué no?

Lo arruinamos.

¿Cómo?

No queda nada de esto. La belleza. La diversidad. Todo ha desaparecido. No hay nada salvaje. Nada en libertad. Todo es cultivado.

No estoy hablando del campo. Estoy hablando de las profundidades de los océanos.

Yo también. La mayor parte de ellos están vacíos. Son tóxicos. Solo hay piojos de mar y medusas. El resto son cultivados y protegidos.

¿Incluso los océanos más profundos?

Eko mira a su alrededor el panorama de vida oceánica. Su expresión de tristeza dura solo un minuto. Más que tristeza. ¿Resignación? ¿Quizá una especie de culpa?

Será mejor que subamos, Jack. Pronto nos quedaremos sin oxígeno. Ve despacio.

Empezamos a subir. Uah, ¿qué es eso? Siento una siniestra vibración. Como una corriente eléctrica. Pura amenaza en forma de pensamiento. Entonces lo veo. Una sombra de dos metros de largo. Dando vueltas. ¡Eko!

Un tiburón tigre. No te preocupes.

¿Que no me preocupe de un tiburón?

Habitualmente no comen humanos.

Podrías usar otra palabra más tranquilizadora que «habitualmente». ¿De qué frecuencia estamos hablando?

Este es pequeño. Tú mismo eres casi tan grande como él. Mira, ha decidido buscar algo más pequeño para comer.

Bastante seguro, el tiburón tigre se aleja a nado.

En realidad no estaba asustado, Eko. Solo estaba siendo precavido...

Detente.

¿Detenerme, por qué?

Detente del todo. Deja de nadar. Deja de moverte.

27

De nuevo esa endemoniada vibración. Más directa. Mucho más intensa.

Vislumbro otra sombra. No de dos metros de largo. ¡El doble de grande! Cuerpo robusto. Gran aleta dorsal. Una más pequeña cerca de la cola. Ojos pequeños. Morro corto.

Tiburón sarda.

¿Son peligrosos?

Los tiburones más peligrosos del mundo.

¿Alguna otra mala noticia?

Está hambriento.

¿Podemos luchar contra él?

Es difícil luchar con un tiburón debajo del agua.

Te tomo la palabra. ¿No deberíamos huir?

Es lo peor que podríamos hacer.

¿Entonces qué hacemos?

Pedir ayuda.

Buena idea. ¿Tienes amigos por aquí? ¿Qué tal Aquaman? Yo me largo de aquí.

¡No te muevas! Ya vienen.

¿Quién viene? ¡Fíjate! Se está acercando.

Eko se pone a nadar entre el tiburón y yo.

¿Qué demonios estás haciendo?

Protegerte.

Me acerco a ella. Pasaremos juntos el susto.

No, quédate detrás de mí.

Ni hablar.

Eres nuestra única esperanza.

Yo solo tengo la esperanza de que no nos convirtamos en almuerzo.

El tiburón nos exhibe sus dientes. No quiero mirar. Sin embargo lo hago. Desearía no haberlo hecho.

Los dientes son triangulados y en forma de sierra, como pirámides de hojas de sierra.

Quédate detrás de mí. ¡Va a atacar!

¿Cómo lo sabes?

El tiburón se lanza hacia delante y Eko nada a su encuentro. El colgante de rubíes centellea sobre su cuello. Como una bola de discoteca. Con un brillo cegador.

El tiburón queda deslumbrado durante medio segundo por la explosión de colores. ¿No has visto nunca a un tiburón desorientado? Este detiene su avance y sacude su horrible cabeza, como si intentara quitarse de encima telas de araña.

¡Eko lo está atacando! Intenta arrancarle al tiburón el ojillo derecho utilizando tres de sus dedos como una garra. No llega a sacar el ojo, pero el tiburón retrocede. Se aleja nadando unos diez metros para reponerse.

Me uno a Eko.

Parece que lo has mandado al carajo.

No volverá a funcionar. La próxima vez se llevará a uno de nosotros por delante.

¿Y qué deberíamos hacer?

Mientras esté devorándome, aléjate lo más rápido que puedas.

Estás de broma, ¿no?

Adiós. Eko se me queda mirando. *No olvides nunca que llevas el peso del mundo en tus hombros. Cuando llegue tu momento, acuérdate de mí y ¡sé valiente!*

Ya basta de discursos heroicos, Eko. Larguémonos de aquí en seguida.

Demasiado tarde. El tiburón está nadando directo hacia nosotros.

Eko nada a su encuentro. Ofreciéndose a sí misma como plato principal. ¿Debería tratar de ayudarla? ¿Debería huir? El recuerdo de mi padre me viene como un flash a la mente, ordenándome que me aleje corriendo, volándose su propio pie de un disparo para convencerme de que me vaya. Para mantenerme con vida. Por alguna razón suprema. Si muero aquí, lo anulo todo.

Así que me dirijo a la superficie. Entonces me detengo.

No puedo dejarla así. Regreso nadando.

El tiburón embiste y Eko lo evita a duras penas. Es rápida.

El tiburón es más rápido. Ella consigue esquivarlo una vez, pero lo tiene pegado detrás.

La horrible boca se abre de par en par. Lista para el almuerzo.

Lo agarro por la aleta dorsal posterior. Tiene el tacto del papel de lija. Sujeto al tiburón con una llave cruzada de lucha libre. Aumento la presión e intento arrancarle la aleta del dorso.

El tiburón se olvida de Eko. Trata de doblarse sobre sí mismo y morderme. Es incapaz de morder sus cuartos traseros. Decide quitarme de encima. Se pone a dar vueltas y vueltas a una vertiginosa velocidad. Me hago un rasguño al soltarlo y me alejo dando volteretas, patas arriba. Aturdido. Me recobro. Vuelvo.

El tiburón me echa una ojeada: Soy una máquina de comer en lo más alto de la cadena alimenticia, y acabas de cabrearme de verdad.

Eko se reúne conmigo.

Ahora no puedes marcharte. Te quiere a ti. Tenemos que quedarnos y luchar.

Pensaba que no se podía luchar con un tiburón debajo del agua.

No podemos.

No nos queda otro remedio. Ahí viene Mandíbulas.

Diez metros de distancia. Cinco. Las grandes mandíbulas abiertas. Tres metros de distancia. Contemplo mi destino en aquellas filas de hojas de sierra. Murmuro una oración. Que termine cuanto antes. Apenas un metro...

PAF. Impacto submarino. El tiburón recibe un golpe lateral. Antes de poder recobrarse, *PAF.* ¡Un delfín! Toda una manada. Nadando hacia el tiburón y espoleando su vientre con los hocicos. El tiburón es más que un juego para cualquiera de ellos. Cada vez que se gira para encararse con uno, otro delfín lo aporrea desde abajo. *PAF. PAF. ¡PAF!*

El tiburón ya ha tenido suficiente. Se aleja enojado.

¡Se ha ido, Eko! ¡Lo conseguimos!

Volverá. Los tiburones nunca pierden una batalla. Tenemos que coger el tren expreso para salir de aquí.

¿De qué estás hablando?

Agárrate.

Un delfín sube nadando hasta ella. Otro se detiene delante de mí. Un animal encantador. Cuerpo esbelto pero robusto. Gris con manchas claras. Rostro amistoso con labios blancos. Veo a Eko buscando un sitio seguro para agarrarse al dorso del delfín. Yo me engancho al mío. Mucho más agradable que luchar con un tiburón. La piel es suave. Como un lujoso cuero italiano. Vale, Flipper, en marcha.

El delfín no se mueve. No hablo tortugués, ni tampoco delfinés.

¿Listo?, me pregunta Eko. Informa a los delfines y nos ponemos en camino.

Un paseo agradable, a toda máquina. Treinta, cincuenta, sesenta kilómetros por hora. Otros delfines nos acompañan en la carrera. Me siento como si estuviese nadando con ellos. Retozando.

El agua se va caldeando. Luce el sol. El orbe anaranjado es visible a través de la cortina gris azulada. Salimos a la superficie.

La recorremos rozándola sobre los *jets* vivientes. Una alegría indescriptible. ¡Estar vivos! ¡Estar bajo el sol! A lomos de un amigable delfín, que salta tres metros por los aires y ejecuta alegre una voltereta y media antes de regresar al agua.

Eh, Flipper, ¿qué demonios ha sido eso?

Pero me gusta, y a ellos también les gusta, y rozamos la superficie, saltamos y nos sumergimos durante todo el trayecto hasta la orilla. Nos conducen hasta la parte menos profunda. Juguetean a nuestro alrededor mientras caminamos entre las olas. Se frotan contra nuestras rodillas. Nadan entre nuestras piernas.

–Dales las gracias por mí, Eko. Nos han salvado la vida.

–Dales tú mismo las gracias.

–No puedo.

–Si lo intentas, puedes hablar con ellos. Son tan inteligentes como tú, solo que de otra forma. Inténtalo.

–Lo estoy intentando. No puedo –desearía poder hacerlo.

Nos quedamos en la playa, contemplando sus aletas dorsales grises mientras organizan una exhibición de despedida para nosotros, saltando y tirándose en picado. Y luego desaparecen.

Eko vuelve a vestirse. Yo contemplo las olas.

–Gracias –le digo cuando acaba de vestirse–. Nunca olvidaré esto. Todo ha sido nuevo para mí. Y magnífico.

Ella asiente con la cabeza. Se reúne conmigo. Para contemplar las olas.

Existe un extraño vínculo entre nosotros. En parte por la aventura compartida. En parte por nuestra sensibilidad común. Lo mires por donde lo mires, la chica ninja y yo estamos compartiendo el momento.

Ella casi nunca me llama por mi nombre, aunque ahora me sorprende susurrando,

–Jack.

–¿Sí?

Sin mirarme. Está mirando allá lejos al Atlántico. Con un tono inusualmente emotivo en su voz. Vulnerable.

–Cuando me atacó el tiburón, ¿por qué regresaste?

–No me parecía justo dejarte allí sola.

–Ya veo. Porque no somos amigos, ¿verdad?

–En realidad, no –admito.

–Puedes decirme la verdad. Yo ni siquiera te gusto. ¿Por qué tendría que gustarte? Desde el día en que te ataqué en el granero, todo lo que he hecho ha sido darte órdenes y causarte dolor. Entonces, ¿por qué regresaste y arriesgaste tu vida por mí?

Se da media vuelta para encararse conmigo. Aún tiene el Atlántico en sus ojos grises. Su profundidad. Su soledad. Durante un instante estoy tentado de decirle algo agradable. Granjearme su cariño. Besarla.

–Hubiera hecho lo mismo por cualquiera –le digo–. No me educaron para dejar que la gente arriesgue su vida por mí mientras yo me doy media vuelta y salgo corriendo.

Eko asiente.

–Bien. Eso es lo que pensaba –se ha roto el momento. Luego añade–: Hagamos una carrera hasta casa. Con el agua hasta las rodillas. Así resulta más difícil.

–Pero si serán unas cinco millas.

–Si no puedes correr, nada a crol –me reta. Y se marcha.

La sigo. De vuelta al asunto.

28

LA primera cosa que siempre hace Eko cuando volvemos a casa es inspeccionar el cubo azul. Esta noche se inclina sobre él. No está feliz.

–¿Qué sucede? –le pregunto.

–Nada. Vete a la cama.

–¿Estamos en peligro?

–Vamos a tener mal tiempo. Buenas noches.

Me tumbo en la cama. Está claro que las pequeñas inclemencias del tiempo no son el asunto que preocupaba a Eko. Probablemente disfrutaría con un tifón. Está tan a gusto en la naturaleza... Incluso con las partes más desagradables, como anguilas o tiburones. Revivo nuestra aventura submarina. Nunca pensé que el océano fuese tan hermoso. Mucho más que la tierra. Más profundo y más estratificado.

Me pregunto qué quiso decir Eko cuando comentó que la especie humana era una vergüenza. Que lo arruinábamos todo. ¿Cómo lo arruinamos? ¿Dónde encajo yo? Ella estaba dispuesta a sacrificar su vida por mí. Igual que hizo mi padre. ¿Por qué? ¿Qué se ha roto y esperan que yo arregle? ¿Cómo es posible que yo pueda repararlo si sé mucho menos que ellos?

Hace una noche extrañamente apacible. Sin viento. Serena. Como si el cielo estuviese absorbiéndolo todo en lo más profundo de su garganta antes de escupirlo de nuevo. Eko tendría que haber compartido parte de la verdad conmigo. Presiento que se aproxima mal tiempo, es cierto.

¿Tal vez un huracán tropical procedente del Atlántico Norte? Avecinándose cada vez con mayor fuerza. ¿Dirigiéndose lenta, inexorable, ineludiblemente para Jack Danielson, al cementerio del Atlántico?

Medita estas palabras, amigo, pero no ahora mismo. Ahora me siento inquieto. Se supone que las marismas no son silenciosas. Insectos y ranas han enmudecido extrañamente. Saben que algo se aproxima. Están buscando refugio. Agujeros en el cieno para acurrucarse dentro. Troncos, para escarbar debajo.

Yo estoy al descubierto. Ni agujero de barro, ni tronco. Tan solo una casa de tres plantas para ocultar en su interior a Jack, y un cubo azul para alertarnos.

¿De qué? ¿Quién va a venir, y cuándo? ¿Qué voy a hacer cuando me encuentren?

Salgo de la cama. Me asomo por la ventana. Allí. Encima de una roca, a quince metros de distancia. Perro traidor. Si tuviera una escopeta le dispararía desde aquí. Una nube cubre la luna. Cuando se disipa, ya se ha marchado.

Echo un vistazo en la otra dirección. Una gárgola humana encima del tejado. Eko. Inmóvil. Mirando la bahía.

Me inclino fuera de la ventana. Encuentro un lugar donde asirme. Me impulso hacia arriba.

Trepo hacia donde se encuentra ella. Los brazos extendidos para mantener el equilibrio. Está muy empinado. Cuidado, Jack. Mis pasos son silenciosos, pero ella sabe que me estoy acercando.

–Deberías estar dormido –dice, mientras me acerco.

–No estoy cansado. ¿Puedo quedarme contigo?

No dice que no. Para una chica ninja eso equivale a una cálida invitación.

Me siento a su lado. En la parte aguda del tejado. El punto estratégico más alto. Con la luna proyectando su luz. Los canales plateados de la marisma simulan una labor de remiendos ensartados en el sosiego de la bahía cristalina. Un millón de estrellas reflejadas, capturadas por las bajas aguas, como un enjambre de insectos sepultados en una infinita sábana de ámbar.

–He visto a ese perro mentiroso –murmuro–. Gisco. ¿Qué hace husmeando por aquí?

–¿Por qué sigues enfadado con él? Solo hizo su trabajo. Te trajo a mí. ¿Por qué te preocupa si sus métodos son un poco deshonestos?

–No sé si puedes entenderlo –le digo–, pero cuando estás completamente solo y empiezas a hacer amistad con alguien y a confiar en él, resulta repugnante que te traicione.

–No te compadezcas a ti mismo. Desde el momento en que nacemos hasta el momento en que morimos, estamos completamente solos –su voz se quiebra y deja de hablar.

La miro a la cara y ella se vuelve.

–¿Qué les pasó a tus padres? –pregunto.

Eko permanece en silencio un rato tan largo que estoy seguro de que no va a contestar. Entonces me sorprende y dice con suavidad:

–Los dos se fueron. No guardo recuerdos de mi padre. Pero sí de mi madre. Buscando un escondrijo con las últimas energías que le quedaban. Una cabaña. Una cueva. Alguien en quien poder confiar. Me entregó a los Guardianes. Luego murió.

Una lechuza ulula, allá a lo lejos. Un extraño grito de caza. Inconcluso. Primigenio. Nos quedamos escuchando cómo se desvanece su eco.

–Lo siento –digo–. Ahora entiendo por qué todas las preguntas sobre mis padres te resultaban tan dolorosas.

–Tú no entiendes nada –dice con brusquedad–. Y no te compadezcas de mí.

Le echo una mirada de reojo. Los cortos cabellos enmarcan sus facciones, un chal de ébano. Los dedos ahuecados, como si la luz de la luna fuese un néctar que ella recolectase sobre las palmas de sus manos. Los labios apenas entreabiertos. Los ojos paseándose por el cielo nocturno.

–Eko, ¿heriré tus sentimientos si te cuento la verdad?

No responde. ¿Me está escuchando o está muy lejos?

–A veces pienso que eres la arpía más cruel y desalmada que uno pueda imaginarse –digo–, y, francamente, odio tus agallas. Otras veces pienso que eres la persona más triste que he conocido en mi vida, una especie de alma gemela.

Eko asiente apenas, como si ambas descripciones le cuadrasen.

–Es muy difícil no caer en la tristeza –admite, su voz tan dulce, que casi parece una confesión–. Ellos trataron de preparme para afrontarla. Me advirtieron de lo duro que sería regresar tan cerca del Momento Crucial. Pero la ironía es brutal y la culpa apabullante.

–¿Qué momento crucial? –pregunto–. Y no me hables en clave. Solo dime lo que sucedió. Esta mañana dijiste que los humanos lo arruinábamos todo. ¿Cómo lo fastidiamos todo?

Eko se desliga de su postura de loto y me recuerda a la anguila deslizándose fuera de su agujero. Presiento que la meditación es su forma de ocultarse, de refugiarse del mundo. Ahora está expuesta y es vulnerable.

Arrima las rodillas a su pecho. Por un instante no parece ni una ninja ni una yogui. Parece una chica junto a un fuego de campamento a punto de contar una historia de miedo que sabe que acabará asustándola también a ella.

–Si de verdad quieres entender lo que digo, recuerda que estoy mirando atrás –dice–. Tenemos miles de años por delante de nosotros, mientras estamos aquí sentados esta noche. Pero olvídate de eso. Imagina que ya ha sucedido todo y que ahora nosotros tenemos que afrontar el resultado.

–De acuerdo –digo–, llévame a tu mundo y echemos una mirada atrás. ¿Estamos a diez siglos de distancia de esta noche?

Eko levanta la mirada hacia las estrellas. Inhala una profunda bocanada de aire por sus labios entreabiertos. Y entonces hace la última cosa que hubiera esperado. Empieza a citar las Sagradas Escrituras. No solo un versículo, sino todo un párrafo.

Mis padres no eran exactamente practicantes, aunque sé que lo que está recitando es muy conocido, y, en cierto modo, lo reconozco.

–Pasa una generación y viene otra, pero la Tierra es siempre la misma –murmura Eko–. Sale el sol, se pone el sol y corre con afán de llegar a su lugar, de donde vuelve a nacer. Tira el viento al mediodía, gira al norte, va siempre dando vueltas y retorna a sus giros. Los ríos van todos al mar, y la mar no se llena; allá de donde vinieron, tornan de nuevo, para volver a correr. Todo trabaja más de cuanto el hombre puede ponderar, y no se sacia el ojo de ver ni el oído de oír. Lo que fue, eso será. Lo que ya se hizo, eso es lo que se hará; no se hace nada nuevo bajo el sol.

–Es hermoso –le digo–, pero muy deprimente. Es de la Biblia, ¿verdad?

–Eclesiastés. ¿Lo encuentras deprimente?

–Sí. Lo que está diciendo es que no tiene sentido hacer nada, porque en realidad nada cambia.

–A mí me resulta tan consolador –responde ella–. Qué gente tan afortunada tenía que ser para creer en eso. Vives, naces, luchas, mueres y la Tierra continúa y continúa. Los vientos soplan y los ríos fluyen, y lo que ningún hombre haga en vida podrá cambiar probablemente ni una pizca de todo ello. Y si piensas que puedes dejar una marca permanente o cambiar el mundo, entonces eres vano y te engañas, porque esa es la mayor vanidad de las vanidades.

Eko guarda silencio y nos quedamos sentados uno junto al otro contemplando la interminable Vía Láctea reflejada en la bahía tintada de negro. Por un instante, las estrellas parecen girar y adquirir una forma fantasmal. Veo a un hombre viejo volviendo su mirada hacia mí. Parece Merlín el mago, con sus largos cabellos blancos y su barba enmarañada. Aunque sus facciones me resultan en cierto modo familiares. Y no es que me asuste. Más bien me consuela.

Mis facciones. Se parece mucho a mí. Pero parece tan triste. Y cansado. Abrumado. Como si el peso del mundo llevase décadas oprimiendo sus espaldas.

Está mirándome a mí. Dentro de mí. A través de mí.

¿Es mi padre? ¿Mi verdadero padre?

¿Cómo es posible?

Y entonces desaparece y yo permanezco allí sentado observando de nuevo el reflejo de las estrellas, y en cierto modo me doy cuenta de lo que ha sucedido.

29

—¿Lo cambiamos nosotros? –pregunto con suavidad–. ¿Por eso dijiste que éramos una especie vergonzante? ¿Hicimos daño al mundo?

–Permanentemente –asiente con la cabeza–. De forma irreparable.

–¿Contaminación? –supongo–. ¿La capa de ozono?

–Claro. Contaminación. La destrucción de la capa de ozono. Y montones de cosas más, grandes y pequeñas, todas juntas. Se exterminaron las junglas. Se vaciaron de peces ríos y lagos y, por fin, los más profundos océanos. Se deforestaron las selvas tropicales. Se destruyeron los arrecifes de coral. Se difuminaron los límites de los desiertos. Cambió el comportamiento del clima. Plantas y animales fueron manipulados genéticamente. Organismos haciendo saltar en pedazos la naturaleza. Uno detrás de otro. Cada uno de ellos desbaratando millones de años de evolución y desarrollo. ¿Y sabes por qué lo hicimos?

–No –admito suavemente–. ¿Por qué?

–Porque somos humanos –me dice Eko, y hay un tono de desdén y de aversión a sí misma en su voz–. Esa es la razón. Eso es lo que hacen los humanos. Eso es lo que nos diferencia de los demás animales. Pensamos. Creamos. Manipulamos. Y por un buen puñado de razones, como crear más campos de cultivo y alimentar a más gente y obtener cosechas resistentes a las plagas y mejor clima; cada vez jugamos más y más a ser Dios. Y no podíamos hacerlo. No estábamos preparados.

Llevaba días escatimando sus palabras. Hacerla decir cualquier cosa suponía un enorme esfuerzo. Ahora, la verdad se derrama fuera de ella en un torrente de rabia.

–Metimos la pata –dice con amargura–. Así que en lugar de no haber nada nuevo bajo el cielo, de repente todo pasó a ser nuevo. En lugar de no cambiar nada, todo pasó a ser diferente. Mil años de efecto invernadero a un ritmo cada vez más acelerado.

–¿Y esos cambios no sirvieron para mejorar? –deduzco.

–En absoluto –añade, y se estremece. Cierra sus ojos y aprieta las rodillas contra su pecho, y percibo la fuerte vibración de que el futuro mundo no es un lugar agradable ni feliz–. La mayor parte de ellos fueron espantosos. La Tierra desposeída de su belleza. Yerma y desecada. Balsas de agua y puntos verdes como oasis en un interminable desierto. Gente peleándose por los alimentos, la energía y los recursos. ¡Y no solo las personas sino... cosas! Creamos nuestra propia pesadilla y ahora nos está consumiendo.

Así había sido. Ese era el desastre del próximo futuro en mil años. Y lo irónico del asunto es que estaba hablando de mi desastroso mundo, a pesar de ser un mundo del que yo no sabía nada. Y este mundo de cielos azules y garzas y caballos salvajes no era mi mundo, pese a que se trataba del hermoso planeta Tierra que yo siempre había dado por sentado.

–¿Es que nadie se dio cuenta de lo que estaba pasando y trató de detenerlo? –pregunto; mi propia voz tiene ahora un tono algo más amargo.

–Sí –asiente–. Hoy mismo hay unos pocos que lo ven. Ahora los toman por fanáticos o alarmistas, pero en un futuro lejano serán contemplados como visionarios. Cuando las cosas empeoraron y nos fuimos aproximando y dejando atrás el Momento Crucial, más y más gente se daba cuenta de lo que estaba pasando. Surgieron movimientos por todo el mundo tratando de prevenir lo que consideraban cada vez con mayor claridad un suicidio en masa –nuestra especie condenándose a sí misma–. Durante siglos, esos movimientos se fusionaron en una única coalición, un... –está buscando la palabra adecuada– esfuerzo global para salvar la Tierra.

–¿Y ese movimiento tenía un nombre o un líder? –le pregunto.

Hay algo en el tono de voz de Eko que ya he percibido antes. Respeto. Reverencia, incluso.

–Su fundador fue un hombre grande, un científico y filósofo llamado Dann. A las personas que lo seguían los acabaron llamando Guardianes o el Clan Dann, y sus descendientes, la Casa Dann, dirigen la batalla para salvar al mundo.

–Mi nombre es Jack Danielson –mi susurro es casi inaudible.

–Tú eres descendiente de los Dann –me dice ella–. Un gran legado. Y una tremenda responsabilidad. Tus antepasados se dieron cuenta de que se podría salvar la Tierra si la gente cambiaba todos sus hábitos destructivos e indulgentes. Había que detener el consumismo y la corrupción y empezar a convertirse en guardianes y restauradores. Era una forma voraz de vivir, de actuar, de pensar. Desde que mi madre me dejó a cargo del Clan de Dann, yo misma la he seguido. Ese fue su regalo de despedida para mí.

–Al menos tenía una buena razón para dejarte –murmuro–. Mira no se estaba muriendo. ¿Cómo pudo enviarme tan lejos?

Eko sonríe. Es su tercera sonrisa. Esta, afectuosa y matizada de tristeza.

–¿De veras? –deja mi pregunta colgada en el aire de la noche–. Basta de respuestas por hoy.

– Solo una más. Aún no me has contado lo que es el Momento Crucial –le recuerdo.

A la vista está que Eko está cansada, pero reúne fuerzas.

–Es el nombre que le dimos al momento en que el daño hecho a nuestra Tierra comenzó a ser difícilmente reversible –explica–. Es imposible determinar con exactitud un día, una semana o incluso un año. Pero hubo un tiempo hasta el cual toda esta belleza podría haber sido preservada. Podría haberse contenido e invertido el daño. Luego estaba el Momento Crucial, cuando las cosas empezaron a revolucionarse salvajemente y a quedar fuera de control. Después de eso, todo se hizo mucho más difícil. Seguimos intentándolo. Combatimos. Pero ya era demasiado tarde. Es duro volver a estar tan cerca del Momento Crucial. Verlo cuando aún se podría haber dado marcha atrás a todo. Pensar en lo que podría haber sido.

Queda en silencio. Yo también me quedo callado.

La noche está aún más serena. No se oye ni el más mínimo soplo de aire o el batir de olas. Estamos muy lejos de cualquier gran ciudad y sobre nosotros hay millones de estrellas. El tiempo y toda la locura y el esfuerzo humanos parecen encogerse bajo la fría vastedad del cielo nocturno.

Eko aún no ha terminado con las sorpresas. Levanta su brazo y coge mi mano. Sus dedos son cálidos y suaves.

–Gracias por volver y salvarme de ese tiburón –susurra–. Aunque pienses que soy una arpía desalmada. Te portaste como un valiente.

–Siento que estés tan triste –le digo–. Pero ahora comprendo por qué.

Seguimos sentados con las manos entrelazadas. Compartiendo un instante. Me planteo si debo besarla. Creo que yo le gusto. Pero no puedo. Después de todo es una criatura ninja. Es la sargento de instrucción que me ha estado machacando durante el entrenamiento básico. Con la constitución de una boca de riego. Miserable como una serpiente de cascabel.

–¿Conoces el último haiku de Basho? –me pregunta con delicadeza.

–Ni siquiera sé quién es Basho –confieso.

–Un poeta japonés –me cuenta–. El maestro del haiku. Es descendiente de nobles samuráis. Rechazó su rango social y todas las posesiones terrenales. Se convirtió en un vagabundo. Escribió los más hermosos haikus. En sus últimos años de vida realizó muchos viajes largos. Durante uno de ellos cayó enfermo y, cuando yacía moribundo en Osaka, escribió su último poema.

Eko lo susurra despacio:

Enfermo caigo en un viaje,
En sueños corro como salvaje
Sobre un páramo albino.

Se estremece.

Es la primera vez en mi vida que una chica me recita un poema.

–Es muy triste –murmuro.

–Sí –asiente Eko–, y no se me va de la cabeza. Es extraño que un poema tan corto tenga ese poder.

Esta vez no se trata de un estremecimiento. Todo su cuerpo está temblando. Le suelto la mano y la rodeo con mi brazo. Eko se apoya en mí. Giramos nuestras cabezas para mirarnos.

Sus ojos grises centellean. Nuestros labios se rozan.

Entonces yo me levanto tan bruscamente, que casi me caigo del tejado.

–Bueno, supongo que debería volver adentro –balbuceo–. Buenas noches.

–Buenas noches –responde ella con dulzura.

Bajo por la vertiente del tejado y solo echo un vistazo arriba cuando llego a mi ventana.

Eko se ha sentado de nuevo en la postura del loto, envuelta en silencio y tristeza, una gárgola contemplando su propio mundo destruido.

30

EL entrenamiento básico no marcha. ¿Cómo puede haber disciplina militar cuando has estado sentado sobre un tejado, cogido de la mano de tu sargento de instrucción la noche anterior? No me extraña que los militares tengan una política de anticonfraternización.

Antes de la salida del sol, a correr. Ahora ya no voy dando tumbos detrás de Eko. Corremos codo con codo. Advierto las telarañas y me agacho justo a tiempo. Esquivo hoyos y rocas afiladas. No me preguntes cómo, pero sé que están ahí. Corremos al mismo paso, a idéntico ritmo. A veces nuestras manos se rozan cuando impulsamos los brazos.

Excursión en kayak. Apenas rozando la superficie a través de la niebla fantasmal. Cielo y agua son del mismo gris cobrizo. Se aproxima una tormenta. Las curvas del canal de las marismas envueltas en la niebla matutina. Eko no tiene necesidad de ir señalándome pájaros y animales. Ahora sé dónde se esconden.

Un ciervo de cola blanca detrás de un matorral de bayas. La cabeza cobriza sobre unas pizarras poco profundas. Una rana inmóvil debajo de una parra vencida por su peso. Perfectamente camuflados. Hábilmente escondidos. Pero yo sé que están ahí.

Ambos dejamos de remar simultáneamente para observar un águila pescadora lanzarse en picado desde un aprisco entre la niebla y atrapar un pequeño pez. El descenso, el chapoteo, la refriega, la subida vertiginosa y desaparición con el pez plateado rebulléndose entre las garras afiladas como cuchillas. Nos miramos uno a otro, encantados.

Una garceta volando en círculos sobre las dunas. Esta vez no le sigue la pista a una familia de caballos salvajes. Solo a un viejo semental.

Este trepa hasta el caballón de la duna y baja despacio por la arena en dirección a la orilla del agua. Un animal noble. Entrado en años, pero aún imponente. Recuerdo la advertencia de Eko. Mantente alejado.

–¿Cómo es que está solo?

–Mira las cicatrices del cuello y el lomo –me dice.

Pensaba que formaban parte de su piel colorida. Ahora veo que tiene verdugones que lo recorren desde las fosas nasales hasta la cola.

–Luchó duro por su familia –susurra Eko–. No quería que un semental más joven se quedase con sus hembras y sus crías. Se peleó y recibió una paliza y siguió luchando. No consiguió nada. Demasiado viejo.

El despeluchado macho se queda parado sobre la espuma con la vista perdida en el mar. Tan grande. Tan noble. Tan poderoso alguna vez. Ahora, totalmente derrotado y solo.

–¿Qué pasará con él? –pregunto.

–Una vez se quedan solos y se quiebra su espíritu, se dan por vencidos. Se echan sobre la arena y se dejan morir. Quédate ahí.

Eko camina hacia el semental. Él la ve venir. Se vuelve a mirarla. La nueva perspectiva me permite contemplar más de cerca las profundas cicatrices. Vaya que si luchó, y vaya que si sufrió. Herido, abandonado, una bestia vengativa. ¿Qué diablos está haciendo Eko? Le arrancará la cabeza de los hombros de una coz, llevado por su solitaria rabia.

Por supuesto, el semental exhibe sus dientes mientras ella se aproxima. Se encabrita. Las pezuñas rasgan el aire como guadañas.

Eko ni tan siquiera aminora el paso. Sigue caminando en su dirección. Las palmas de las manos levantadas. Irradiando calma.

Posa sus manos sobre su costado magro. El semental baja lentamente la cabeza. Ella apoya su mejilla contra él. La observo fascinado.

El semental y la criatura ninja se quedan inmóviles. Ella está sujetando entre sus manos su enorme cabeza. Entonces, como si hubiesen llegado a un acuerdo, el gran caballo se da media vuelta y se marcha trotando.

Eko regresa hacia mí. Tiene los ojos humedecidos, y no por el frío o la niebla. Yo no le digo nada.

Convincente exhibición de compasión por parte de la criatura ninja. Después de todo, también es tierna. Tiene corazón. Al menos en lo que concierne a caballos salvajes.

Prácticas de lucha. Es duro entrenarse con alguien a quien sientes tan próximo. Cada golpe, cada bloqueo, cada paso de la danza tiene un segundo nuevo significado. Abalanzarse encima y agarrarse parecen actos íntimos. Brazos envolviéndose mutuamente, piernas entrelazadas.

Ahora comprendo que la fuerza luchadora de Eko no proviene de sus músculos. Cada patada, cada golpe, cada brinco tiene un componente mental. Una especie de energía que debo interceptar. Entonces podré lanzar de golpe a quien sea a veinte pies de distancia. Entonces podré saltar por el aire y aterrizar en la rama de un árbol.

–Esta lucha es más mental que física, ¿verdad? –le pregunto a bocajarro–. Tu auténtica fuerza viene de tu mente.

–Todas las artes marciales se basan en disciplina mental, en lograr mayor conciencia –me dice–. Los monjes practicaron el kung-fu en los monasterios de las montañas durante siglos.

–Ya, pero esto no es kung-fu. ¿Qué es? Anoche me hablaste de mi antepasado Dann y de cómo fundó un movimiento para salvar el mundo. ¿Era una religión?

–No, no se trata de Dios ni de la vida en el más allá. Dann nos enseñó que nadie puede salvarnos si no nos salvamos nosotros mismos. Es un estilo de vida. Entender el mundo y el lugar que ocupamos en él. No sé explicártelo mejor.

–¿Quién te enseñó a luchar tan bien?

Eko se me queda mirando.

–Tu padre –dice por fin–. Así que, en cierto modo, él te está enseñando a ti.

Es con mucho el más poderoso puñetazo que me ha propinado en horas de entrenamiento de lucha. Su respuesta casi me hace perder el equilibrio sobre mis pies. ¿Qué? ¿Es esa la estrecha conexión entre Eko y mi padre? ¿Cuándo se dedicó a enseñarle? ¿Cómo es? ¿Cómo se conocieron y dónde encajo yo en eso?

De nuevo ella echa a correr, así que no puedo seguir con las preguntas. Pero voy a averiguar las respuestas muy pronto.

31

SESIÓN de meditación. Me siento en la postura de loto. Eko dibuja una línea en la arena. Hago esfuerzos por doblarla. Sin éxito.

Mi mente se desvía. Hacia el águila pescadora. El semental. El entrenamiento de lucha de la mañana, y la gran revelación de Eko.

Mi primer contacto directo con mi padre biológico. Él instruyó a la mujer que no ha parado de golpearme. Le enseñó a dar puñetazos que me noquearon lanzándome por el granero. Gracias, papá.

Estamos sentados contemplando una bahía desierta envuelta en niebla. Resulta difícil distinguir dónde termina la arena y comienzan las nubes. Eko se enreda en un nudo, en una posición de yoga: las piernas dobladas como papel de origami, el cuerpo invertido y sostenido por la cabeza, la mente sin duda vacía como un espejo.

Yo permanezco sentado a su lado, tratando de doblar la línea de arena, sin pensar en mi padre y en el lejano futuro, que nunca he conocido pero que ya empieza a no gustarme. Es culpa suya que yo me encuentre metido en este lío. Él me envió atrás en el tiempo. Él construyó el artificio de mi infancia en Hadley. Y él envió a Eko, su alumna artífice del dolor, para aporrearme como a un trozo de hierro.

Concéntrate en la arena. Localízala. Grano a grano. Esos pequeños granos castaños de arena de forma irregular. Muévelos, Jack. No puedo. Concéntrate. Vamos. No tienes que deslizarlos por la playa o hacer que giren. Tan solo remuévelos un poco.

No hay manera. No puedo hacerlo. Insisto, poniendo todo de mi parte. Uso todo lo que he aprendido en las Outer Banks. Siento cómo mi mente abandona mi cuerpo. Hundiéndose lentamente en la arena.

Ahora estoy entre los guijarros, como si hubiese perdido el equilibrio sobre una pista de esquí y cayese dando volteretas y empezase a distinguir las irregularidades superficiales del suelo mientras me deslizo por él.

La textura de los gránulos de arena.

La forma en que se agrupan formando ángulos extraños.

Un grano en particular. Blanco. Redondo. De aspecto suave.

Una almohada. Un donut de azúcar.

Está borroso. Merlín el mago. Cejas pobladas. Barba. Sorprendentes cabellos blancos. Facciones familiares, que ya he visto en el espejo. El contorno de mi propio rostro, aunque decaído por la fatiga y profundamente marcado por el sufrimiento. Cautiverio. Tortura. El dolor más profundo que jamás he conocido. ¿Papá?

Hijo.

Una sola palabra desde tan gran distancia. No hablada. No telepática. No me preguntes lo que es o cómo ha llegado hasta mí. Los labios del rostro que estoy contemplando no se han movido en ningún momento. Pero yo sé que él me está viendo. Siento que me está llamando. Con impaciencia. Con amor.

Papá, ¿qué ocurre? Dímelo. ¿Qué debo hacer? ¿Qué tratas de decirme volviendo a mí mil años atrás?

El rostro se emborrona. Otra palabra. No consigo entenderla. ¿Corre? No. Oye. ¿Oye qué? ¿Oírle a él? ¿Oírme a mí mismo?

Chas. Pierdo la conexión.

Me siento perdido y tengo un frío terrible. Ya no me encuentro entre los granos de arena. Ni tampoco de vuelta en mi cuerpo. No me preguntes dónde estoy.

A la deriva. Sin amarras. Ahogándome en un frío, mareante miasma.

Alcanzo a oír palabras dirigidas a mí desde el exterior.

–¿Jack? Vuelve, Jack.

Una manta me cubre. No, no es una manta. Son brazos. Se abrazan fuerte a mí.

Me echo a temblar de forma incontrolada. Eko me está abrazando. Sujetándome. Susurrándome al oído.

–Todo va bien. Ya has vuelto.

La miro.

–He visto a mi padre.

–¿Dónde? ¿Qué ha sucedido? –pregunta Eko, muy impresionada.

–En los granos de arena. Me dijo algo. Oye.

–¿Oye, qué? –me pregunta–. ¿Oír a quién?

–No lo sé. Se esfumó. Estaba demasiado lejos. Y parecía tan cansado. Y como si estuviese sufriendo un terrible dolor.

–Sí –asiente–. Tu padre es un gran hombre, Jack. Un luchador valiente. Lo ha sacrificado todo para darte a ti esta oportunidad. Para darnos esta oportunidad única.

–Si es un luchador tan valiente, ¿contra quién está luchando? –le pregunto–. Anoche dijiste que se trataba de luchar en el futuro lejano para tratar de salvar la tierra. Pero no se trata solo de una carrera contra el tiempo, o de una batalla con nuestros peores impulsos, ¿no? Hay un enemigo, ¿verdad?

–Sí –reconoce–. Hay un enemigo.

–¿La gente que me está persiguiendo? –insisto–. ¿Los que tratan de matarme y detenernos a toda costa de lo que se supone que voy a hacer?

–Harán cualquier cosa para detenerte –añade Eko–. Lo mismo que yo haré cualquier cosa para ayudarte.

–¿Quiénes son? ¿Tienen nombre?

–Los llamamos el Ejército Oscuro –susurra.

Playa desierta. Definitivamente, la tormenta ha llegado.

Ahora conozco a mis enemigos. El Ejército Oscuro.

–No es un nombre muy agradable –le respondo, también susurrando–. ¿Por qué quieren impedirnos que salvemos el mundo? ¿Acaso proteger el planeta no interesa a todos?

–No. Cuando la Tierra se deterioró, ellos prosperaron. Ellos son partidarios de hacer lo que sea para adaptarse, para obtener poder, para imponerse. Son dos filosofías que compiten entre sí, Jack, que no llegan a un acuerdo. Llevan mil años, a partir de ahora, persiguiéndonos y matándonos.

–¿Y también me persiguen a mí? –recuerdo al hombre alto de ojos relumbrantes en la cafetería Hadley, y las criaturas murciélago, y al Gorm–. No parecen humanos.

–Algunos de ellos lo son. Pero el Ejército Oscuro es partidario de alterar la naturaleza de todas las formas posibles, para obtener una ventaja en la batalla por la supervivencia.

–¿Entonces, son mutantes genéticos?

–Muchos de ellos han sido creados por la ingeniería genética –dice Eko–. Otros fueron construidos. ¿Sabes lo que son los *cyborgs*?

No me van mucho las películas de ciencia ficción, aunque he visto unas cuantas a lo largo de los años.

–Mitad y mitad, hombre y máquina. ¿Eso se ha convertido en realidad?

–Una espantosa realidad –susurra ella–. Mary Shelley jamás hubiera imaginado un mundo de *frankensteins* con una causa común. Nosotros queremos salvar la Tierra. Ellos prosperan cuando las condiciones empeoran. Nosotros creemos en lo que es natural.

Ellos fueron creados contra natura. Es un combate a muerte, Jack. Lo ha sido durante siglos. Y se está acercando a su fin.

–No parece que los buenos lo estén haciendo muy bien.

Eko no responde. Está mirando al suelo.

–Mira –susurra.

La línea que había trazado en la arena ya no es recta. Está torcida y curvada en un óvalo perfecto.

Levanto la mirada hacia ella.

–¿Lo he hecho yo? Ni hablar. No soy capaz de doblar arena.

–Puedes hacer cualquier cosa con ayuda de tu mente. Eres nuestro rayo de esperanza –aún está abrazándome y me suelta. Se pone en pie–. Vamos –me dice.

–Lo siento, pero creo que ahora no puedo correr o nadar. Sea lo que sea que hizo mi padre para llegar hasta mí, me ha dejado agotado.

–No vamos a correr o a nadar –promete–. Es hora de volar.

33

ESTAMOS de pie en una hendidura entre las dunas. El día sigue en calma; no por mucho tiempo. La brisa va en aumento. El cielo se está oscureciendo de forma alarmante.

La tormenta avanza desde el Atlántico como un iracundo monstruo marino. Godzilla aún está a unos cuantos cientos de millas mar adentro, aunque puedo sentir su húmedo aliento. Oigo el eco de sus pisadas.

Eko me tiene corriendo por el túnel de aire con los brazos extendidos como alas. Nada podría hacerme sentir más estúpido. Lo soporto durante unos cuantos minutos.

–No uses tus brazos –me grita–. Déjate llevar con todo tu cuerpo. Es mejor.

–No, no es mejor –dejo de correr. Bajo los brazos–. Esto es ridículo. Abandono. Vámonos a casa. Se acerca una tormenta enorme, por si no te habías percatado.

Ella otea el cielo oscurecido.

–Sí –asiente–. Por eso pronto podremos volar. Nadie nos verá.

–Eko, en cuanto a eso de volar, no sé si te habrás dado cuenta, pero no nací con alas.

Ella abre la cremallera de la pequeña mochila. Saca de ella dos camisas. No, no son camisas. Son gruesos chalecos salvavidas. Aunque entallados, como trajes de neopreno. Y brillan, como si estuviesen hechos con un material fosforescente.

–Ponte esto y olvídate de las alas –me dice.

Estoy tentado de decirle si está de broma. Pero Eko no es una bromista. Me pongo el traje de neopreno. Cómodo. Correoso. Caliente como la lana.

Echo una ojeada al cielo tormentoso. Luego miro mi traje de neopreno. El mismo irritante tono gris. ¿Camuflaje? ¿Para qué necesita uno parecerse al cielo?

¡A menos que uno vaya a subir realmente al cielo! Empiezo ahora a ponerme nervioso. El corazón me revolotea dentro del pecho como una polilla alrededor de una farola. Me obligo a mí mismo a mantener la calma. Sé realista, Jack. No es posible.

–Eko –pregunto–, ¿qué es esta cosa exactamente?

Ella se está quitando sus ropas y poniéndose su propio traje de neopreno.

–¿Recuerdas la manzana que le cayó a Newton en la cabeza?

Me viene a la cabeza como un fogonazo el instituto de Hadley. Un edificio de ladrillos sobre una colina con vistas al río Hudson. La clase de Física, para sacar matrícula, del señor Zimmerman. A la que tenían pavor la mayor parte de los alumnos. Yo no. Jack, el bicho raro. Me encantó desde la primera fórmula que salió de su boca.

–Isaac Newton, Ley de la Gravitación Universal –le espeto a Eko–. 1666. Observó una manzana cayendo de un árbol y teorizó que la misma fuerza invisible era la que debía mantener los cuerpos pesados como la Tierra y la Luna en órbita.

Eko se vuelve a mirarme. Es difícil impresionar a una criatura ninja, aunque tal vez lo he hecho.

–Esta camisa haría saltar la manzana de Newton de nuevo al árbol –me informa.

Mi corazón ya no es una polilla que revolotea. Ahora es una lechuza plegando sus grandes alas de golpe.

–¿Se trata de alguna clase de artilugio antigravedad? –conjeturo.

–Escúchame con atención –me dice Eko, ahora con su traje puesto–. Aquí no vamos a emular a Ícaro. Quédate cerca, un banco de nubes se parece mucho a cualquier otro. Si pierdes la orientación de arriba y abajo, escupe. La trayectoria que sigue el escupitajo es hacia abajo. Mantente alejado de las zonas pobladas. Estamos camuflados, pero nunca se sabe quién está mirando arriba con un telescopio. Si oyes un helicóptero o una avioneta, dirígete al banco de nubes más próximo. ¿Lo has entendido?

¡No me puedo creer que esté a punto de hacer esto! He viajado en unos cuantos aviones jumbo, pero nunca he volado en un helicóptero o en una avioneta. Siempre he soñado con ser aviador algún día, al mando de los controles de un aparato pequeño, y atravesar los cielos. Nunca imaginé que no necesitaría alas o una hélice.

–De acuerdo, Eko; ¿y cómo vamos a subir?

Me lanza una mirada divertida.

–Ya estás subiendo.

Me doy la vuelta para mirarla. Luego miro abajo. ¡Estamos a tres metros del suelo! ¿Como ha sucedido? ¿Cómo funciona esto?

¿No estabas pensando en volar?

Sí, pero...

Así es como funciona. Impúlsate, Jack. No solo con tus brazos. Con todo tu cuerpo. Eso es.

¡Sin esfuerzo! Es mucho más agradable y mágico que el buceo submarino. Es como soñar despierto sobre la cama más cómoda jamás diseñada, y de repente te encuentras con que la cama te está transportando como una alfombra mágica.

El Atlántico abajo. Casi rozando las olas. Escapando de tierra y remontando sobre la arena. Próximo a las dunas de Kitty Hawk. ¿Sentirían lo mismo los hermanos Wright cuando aterrizaron en la arena?

¡Ahora estamos subiendo más arriba! La Madre Tierra nos está soltando de la mano. Marismas, bahías, y océanos quedan reducidos a parches azules y marrones, breves visiones entre las hendiduras de una nube.

El sol cálido y cercano. No me extraña que Ícaro no cejase en su empeño. ¿Cómo iba a volverse atrás? Doy vueltas en una corriente de aire. Eko también está girando, muy cerca. Ya no me siento ligado a la tierra. Soy más libre de lo que nunca he sido. Un hijo del cielo, un retoño de nube.

Una estrofa del poema de Shelley «A una alondra» pasa por mi mente como un breve destello:

Más alto aún y más alto
Desde la tierra tú saltas
Como una nube de fuego;
Al intenso azul te diriges,
Y aún cantando asciendes, y ascendiendo cantas.

Y escucho pájaros. Dos. Volando cerca de nosotros. Llamándonos. Girando mientras nosotros giramos. Elevándose mientras nosotros nos elevamos. Aves de presa, aunque ahora no están cazando. Se deleitan. Águilas pescadoras. Una pareja. Eko me ha contado que se emparejan de por vida y viajan juntas.

Algo enorme retumba en el cielo a nuestro alrededor. ¿Un trueno? Nunca lo había escuchado de esta manera. Como si removieran dentro de un caldero con una cuchara de hierro, justo encima de mi cabeza.

Un cegador destello de luz. Puedo sentir el chisporroteo. Eko, ¿no corremos peligro?

Los trajes evitarán que la descarga nos alcance.

Por supuesto, aun así es espléndido. A las águilas pescadoras no parece preocuparles, ¿entonces por qué debería preocuparme a mí?

Aquí arriba la tormenta puede palparse. Una peligrosa criatura, gigantesca, que avanza lenta y pesadamente. Un estruendo inconmensurable. Este huracán tiene un ritmo martilleante, aroma de almizcle, un palpable propósito de destrucción.

Nuestro vuelo ya no será juguetón, grácil y alegre. Ahora somos testigos de la llegada a tierra de una enfurecida bestia Behemot. Las oscuras nubes se arremolinan en el demacrado contorno de la monstruosidad de un cielo hecho añicos. Buscamos una salida entre las esclusas de la tormenta. Lluvia y descargas eléctricas son cabellos serpenteantes y ojos centelleantes de una medusa de una milla de altura.

El relámpago se desliza justo entre nosotros, y ambos nos echamos a reír y a chillar como dementes. Llevan persiguiéndome demasiado tiempo, llevo demasiado tiempo apesadumbrado. Necesitaba este desahogo y presiento que también Eko lo necesitaba. Está planeando a mi lado, como enajenada y feliz.

Entonces, bajamos, y seguimos bajando y bajando en picado, en dirección al agua, y salimos afuera, sobre la arena, hacia las borrosas dunas.

Ten cuidado, Jack. Estás entrando demasiado deprisa.

No me dijiste cómo aterrizar.

¡No te estrelles contra los matorrales! ¡Sube!

¿Qué matorrales? ¡Demasiado tarde!

Las piernas dobladas para absorber el impacto. No consigo frenar mi caída de bruces. Aterrizaje forzoso. Rodando y dando vueltas de campana entre los espinos. Por fin me detengo. Au.

Eko se encuentra justo a mi lado. ¿Cómo habrá aterrizado con tanta suavidad? Tiene que haberlo hecho montones de veces.

–¿Estás bien? –me pregunta–. ¿Estás sangrando?

Me percato de la sincera preocupación en su rostro. Me pongo en pie y me sacudo el polvo.

–No es nada. Solo unos cuantos arañazos.

–Te has hecho daño. ¿Por qué te ríes?

–Porque ha sido fabuloso. Más que fabuloso. ¡Alucinante! ¡Magnífico! ¿Cuándo volveremos a subir?

Eko trata de contener su propio entusiasmo, luego se da por vencida y se echa a reír conmigo.

–Sí, ha sido divertido, ¿verdad? Ahora vamos a ponerte unos cuantos parches.

34

Mis cortes y rozaduras no son serios, pero tengo, con seguridad, un montón de ellos.

Me he quitado el traje de neopreno. Estoy en el dormitorio de Eko del segundo piso, en calzoncillos, un poquito abochornado.

Eko está preocupada por los cortes. Teme que puedan infectarse. O tal vez, al haber sido ella la instructora de vuelo, se siente responsable. Insiste en administrarme cuanto antes primeros auxilios. Es la primera vez que volvemos a casa y no se va derecha al cuarto de estar a examinar el cubo azul.

En cambio, me ha traído aquí. El botiquín de primeros auxilios está en un armario cerca de su cama. Una linterna amarilla con la que se detecta cualquier incisión de la piel con un destello. Tenacillas aspiradoras que absorben las agujas clavadas.

Pero nada de alta tecnología en lo que se refiere al desinfectante. Está dentro de una horrible botella verde y Eko lo vierte sobre un trozo de algodón.

–Esto te va a escocer –advierte.

Aún lleva puesto su traje gris de neopreno. Ceñido. Cuando me toca el pecho desnudo con el algodón, miro abajo y observo subir y bajar sus pechos.

–¿Duele?

–Me estás matando y lo sabes.

–Piensa en otra cosa –me aconseja.

Echo un vistazo a la habitación. Es la primera vez que estoy allí.

Su cama es un sencillo futón colocado sobre el suelo. En la librería veo libros en inglés, japonés y ruso.

Hay un caballete colocado para capturar la mejor luz. Sobre el caballete, una pintura minimalista, un paisaje de estilo oriental. Un río sinuoso. Una garza volando. Nubes algodonosas. No es detallista, aunque los matices de la atmósfera y la armonía son sugeridos por el magistral uso del pincel.

P. J., tienes suerte de que Eko no participase en el concurso de arte de Hadley.

Me resulta raro pensar precisamente ahora en P. J.

Hay una pintura terminada colgada de una pared. Atrevida. Exquisita. Una pareja haciendo el amor de pie. Un hombre alto. Una mujer más baja. Él la está levantando del suelo. Ella le rodea la espalda con sus piernas. Tiene el rostro arrebolado.

Eko se da cuenta de adónde estoy mirando. Rápidamente aparto la mirada.

–¿Entonces, te gustó volar? –me pregunta, dándome la vuelta para poder emplearse con los arañazos de mi espalda.

–Es una de las mejores cosas que hecho nunca.

–Casi tan bueno como el sexo –dice Eko, extrayendo una espina.

–Ah, sí –gruño, evasivo–. Claro. Au.

–Tengo que admitir que lo controlaste más deprisa de lo que esperaba –dice, con cierto tono de burla–. Estás en buena forma. Resistencia soberbia. No demasiado miedo. Al final te pusiste un poco nervioso, aunque eso es normal en un principiante. Lo que importa es relajarse y disfrutar.

No estoy seguro de qué estamos hablando en realidad. Trato de seguir un atajo seguro.

–No me dijiste cómo aterrizar.

–¿Acaso tengo que enseñártelo todo? –Eko me da otra vez la vuelta, de forma que quedamos cara a cara–. Ahora tengo que examinarte las piernas.

Se agacha. Limpia los pequeños cortes de mis rodillas. Sus dedos ligeros me rozan las rótulas. Se mueven por mis muslos.

Estoy respirando con dificultad. Me estoy excitando. Los calzoncillos no tapan gran cosa. Me estoy poniendo nervioso. Me doy la vuelta.

–Lo siento.

–No seas tonto. Es natural. Eres un chico sano.

–Hombre.

–Hombre joven –dice Eko–. Hace calor aquí dentro. No te muevas, aún no he terminado–. Se quita el traje gris de neopreno. No lleva gran cosa debajo. Ropa interior.

Lucho por mantener la calma. Piensa en el béisbol, Jack. Robustos bateadores de primera línea. Hank Aaron. Babe Ruth. Barry Bonds.

–Pareces bastante indefenso –observa Eko–. Toma.

Se quita el collar de cuentas y me lo coloca en el cuello.

–Un pequeño regalo. Te sienta bien –las cuentas rojas huelen ligeramente a jazmín–. Los hombres deberían llevar más joyas. Les confiere una dimensión sensual.

Vuelve a agacharse para seguir con su tarea. Me está desinfectando los cortes del muslo. Cada toque con el algodón escuece. Afuera, concierto de tormenta. El trombón, ráfagas de viento. Los platillos, ruido de relámpagos. Violín *pizzicato* de lluvia.

–Ahora déjame verte las nalgas –me dice, como si fuera la cosa más natural del mundo.

–Eko, ya vale.

Demasiado tarde. Me ha dado la vuelta y me ha bajado los calzoncillos.

–Sé buen paciente. Tú solo quédate quieto.

Limpia y desinfecta. El corazón me da botes en el pecho. Trato de aplacar la maquinaria. ¿Dónde estaba? Ah, sí, Barry Bonds.

Pero, como probablemente toma esteroides, ¿acaso cuenta? ¿Quién es el siguiente? Willie Mays. Luego, Frank Robinson.

No puedo dejar de mirar el futón de Eko. Ni la pintura tan sexy de la pared. Mi mente vuelve fugazmente a P. J.

Siempre pensé que sería para mí la primera, y yo para ella. Que yo sería quien propiciaría el encuentro. Que descubriríamos juntos esa misteriosa parte de la vida. En mi coche. O en su dormitorio. Solía fantasear sobre ello todo el tiempo.

Esto queda bastante alejado de mi fantasía. Por supuesto, puede que no pase nada. Después de todo ha sido una emergencia médica la que nos ha traído aquí. El botiquín de primeros auxilios estaba en la habitación de Eko. Tenía que desinfectarme los cortes. Este momento de intimidad podría no ser más que el producto final de una coincidente cadena de acontecimientos. Puede que no lleve a ninguna parte.

–Bien –dice Eko cuando termina de extraer una espina de mi nalga derecha–, ya casi se ha terminado nuestro tiempo juntos. Hay una cosa más que creo que debo enseñarte, Jack.

Trago aire y me subo los calzoncillos.

–Ah, ¿sí?

Eko se pone en pie. Me mira. Recuerdo sus ojos la primera vez que los vi, brillando con una frialdad mortal desde el interior de la negra máscara de ninja. Ahora están vivos. Cálidos. Atrayentes.

–Te he enseñado a luchar –me dice–. A bucear y a volar. ¿Qué más queda?

–No estoy seguro –admito, la boca seca–. No conozco el currículum. Eko, quizá sea mejor que me marche.

Ella agarra el collar de cuentas rojas y tira de él para acercarme más.

–La vulnerabilidad es tu enemigo –susurra.

–¿Y eso qué quiere decir?

–Ellos te están dando caza. Usarán cualquier debilidad que tengas para hacerte caer, para destruirte. Tienes que ser un experto en todas las áreas. No tiene que haber ni una fisura en tu armadura –su cálido aliento empaña mis mejillas–. Nada romo en tu espada.

Necesito espacio. Un tiempo muerto.

–¿Por qué me están dando caza? ¿Cómo saben que puedo encontrar Tormenta de Fuego y cambiar el futuro?

–Fue profetizado cuando naciste, de aquí a mil años –susurra Eko–. La última esperanza de un planeta agonizante. Por eso tu padre te envió de regreso y te ocultaron aquellos en quien él confiaba. Por eso el Ejército Oscuro te hizo salir. Por eso te persiguen ahora.

–¿Pero cómo puedo salvar un mundo que ni siquiera conozco? ¿Dónde se supone que debo ir y qué se supone que debo hacer exactamente?

–Encuentra Tormenta de Fuego –replica Eko–. Y úsalo para cambiar el mundo. Para detener el daño y prevenir el Momento Crucial, y el largo y horrible declive hacia la oscuridad.

–¿Cómo voy a usar Tormenta de Fuego? ¿Cómo voy a encontrarlo?

–Nadie lo sabe. El Ejército Oscuro lo está buscando ahora mismo, para destruirlo y proteger el oscuro futuro que están cerca de dominar. Pero incluso con toda su energía y su maléfica ciencia, fracasarán. La profecía dice que tú, solo tú, puedes encontrarlo. Te he preparado lo mejor que he sabido. Pero aún tienes un punto débil.

–Lo cierto es que me noto bastante más fuerte –carraspeo; de pronto tengo la garganta tan seca como una duna de arena–. Has hecho un gran trabajo entrenándome. Ahora estoy en perfecta forma para luchar.

Eko extiende con suavidad su mano derecha. Las cálidas yemas de sus dedos descienden por los peldaños de mis abdominales.

–El macho humano, no importa lo fuerte o en forma que esté, es vulnerable por su instinto sexual –dice, mirándome a los ojos–. Lo cual es especialmente cierto durante sus años de adolescencia, cuando sus hormonas están más activas, aunque no se le da muy bien satisfacer sus urgencias.

–Gracias por preocuparte –empiezo a decir, antes de que me interrumpa.

–Es un problema aún más serio cuando el joven es virgen –continúa Eko–. La falta de experiencia crea fantasías e ideas falsas. Es una seria debilidad que puede ser fácilmente explotada.

Pienso en Reilly, en su apartamento de Nueva York, y en Jinny, en el tren. Puede que lo que Eko esté diciendo sea verdad, pero...

Se me acerca aún más. Nuestros cuerpos se tocan.

–La primera vez que me encontré contigo, Jack, sabía cuánto trabajo teníamos por delante y el poco tiempo del que disponíamos. La amistad nos lo hubiera impedido. Me he obligado a mí misma a mantenerme firme y exigente. Incluso cruel.

–Hiciste un gran trabajo –le digo.

–Aunque he aprendido a respetarte –murmura Eko–. Atacaste a un tiburón para salvarme. Ahora el tiempo se acaba.

Se inclina hacia delante. Nuestros cuerpos están completamente pegados. Ponemos en marcha un lento baile, solo que no nos movemos realmente. Es un leve bamboleo.

–La sexualidad es como cualquier otro acto de la vida –me informa Eko con delicadeza–. Como luchar o bucear. Puede ser una debilidad o un punto fuerte, una fuente de miedo o de placer. Tan solo se necesita un buen maestro.

Reacciono sin pensarlo. La aparto de mí. No puedo creer que haya hecho eso. En realidad, ella me gusta. La deseo.

Pero no de esta forma. Estaba dispuesto a aprender un montón de cosas de Eko, pero no esta. No importa lo que ella diga, esto no es lo mismo que luchar o bucear. No deseo un entrenamiento básico en este tema personal de alcanzar la madurez.

Y, además, está P. J., dondequiera que esté. Vuelve fugazmente a mí, y todo lo que ella representa.

No es que tenga que ser con ella. Pero quiero que la primera vez sea con alguien a quien ame. Alguien a quien yo escoja. Cuando la escoja.

–Lo siento –le digo a Eko–. No te lo tomes como algo personal.

Ella vuelve a mirarme. Sin hacer un solo mohín. Pero intensamente.

–¿No te resulto atractiva?

–Lo eres. De verdad. En muchos aspectos. Eres una persona admirable. Una chica. Una mujer.

–¿Pero no me deseas como compañera sexual?

–No –le digo–. Lo siento, pero no. Sigamos siendo tan solo amigos.

Eko se da media vuelta y se dirige a un armario. Se viste con una bata de seda azul. Cuando de nuevo se da media vuelta, está sonriente. Está conteniendo la risa. Luego se echa a reír a carcajadas.

Oh, oh. Las mujeres son aún más peligrosas si no las entiendes.

–¿Me he perdido algo? –pregunto–. ¿Qué te resulta tan gracioso?

–Pues que la mayoría de los hombres me encuentran atractiva y muy deseable –dice.

¿Orgullo herido? Me quedo mirándola de nuevo. Un cuerpo fuerte y atlético, pero con la misma constitución que un buzón de correos. Una mente brillante, aunque extravagante, burlona, y a menudo sádica.

–No lo dudo.

–Por supuesto, puede que tenga algo que ver con la forma en que me mostré ante ti –sugiere Eko con delicadeza–. Es mi apariencia de guerrera. Como ya te habrás imaginado, en el futuro había muchos avances en la forma de usar nuestras mentes. Telepatía. Telequinesis. Y también la capacidad de cambiar de forma.

–¿Cambiar de forma? –estoy intrigado–. ¿De verdad puedes hacer eso? ¿Por qué no me enseñas a hacerlo?

–Solo podemos hacerlo las mujeres –dice Eko–, y lleva años aprenderlo. Mira, Jack. Este es mi verdadero aspecto.

35

YA he visto esto antes. Reilly en su habitación del Oeste de Central Park. Excepto que esta vez la chica no se convierte en un Gorm. El buzón de correos parece estrecharse como un reloj de arena. Me resulta imposible decir si Eko está transformándose realmente, o si tan solo está cambiando mi percepción de ella.

Las piernas parecen alargarse. Las caderas a curvarse. Unos generosos pechos están a punto de desbordar fuera de la bata de seda azul. Unos opulentos cabellos de color azabache. Un magnífico y encantador rostro, firme aunque delicado, sexy pero refinado. Los labios ahora rojos y suaves como pétalos de rosa. Ojos negros insinuantes, provocativos.

Nada que ver con las espectaculares bellezas de la televisión. Nada que ver con las modelos en bañador del *Sport Illustrated.* Eko es cuando menos la mujer más hermosa en la que he puesto mis ojos.

–¿Lo ves? –murmura–. Ahora, buenas noches, Jack. Que duermas bien –extiende su mano para despedirse de mí.

Algo me dice que no voy a dormir después de esto.

–Espera un minuto. Puede que tengas razón. Lo que tengo que hacer es tan crucial, que no puedo dejar pasar ninguna oportunidad. Tenemos que asegurarnos de que nadie pueda explotar mi lado débil o vulnerable.

–No, Jack –me dice sonriente–. Si ahora cambias de opinión, pensaría que solo estabas interesado en mí por mi cambio de forma, y tú no eres tan superficial. Así que, como tú dijiste, sigamos siendo solo amigos.

Asiente con la cabeza en dirección a la puerta. No me marcho. En lugar de eso, me quedo mirando el futón.

–Pensé que habías sido enviada aquí para ayudarme –le recuerdo, con un tono de súplica en mi voz–. Que el destino del mundo estaba en juego. Que nadie podría renunciar al rayo de esperanza.

–Solo en este aspecto –me responde con una sonrisa–. Lo siento...

¿Me ha rechazado? ¿O seguimos coqueteando? Trato de pensar en algo divertido que decir...

De repente, su sonrisa se desvanece.

–¿Qué ha sido eso?

–Yo no he oído nada.

Se queda muy quieta. Sus sentidos en máxima alerta.

–Eso.

Escucho un distante golpeteo. Cesa.

–Será el viento. Probablemente haya arrancado algo de arriba. Pero si tienes miedo, creo que debería quedarme y ofrecerte consuelo...

–¡Ya vienen! –ya no bromea. El reloj de arena se está transformando rápidamente en buzón de correos.

–¿Estás segura?

Antes de que Eko pueda responder, la puerta de su habitación se abre de golpe y un hombre de más de dos metros de altura entra y me apunta con un arma. Eko se tira a mis rodillas, apartándome de la trayectoria del haz de láser. Una parte de la pared de su cuarto estalla en llamas.

Antes de que pueda levantarme, él vuelve a la carga. Repto por el suelo como una cucaracha, arrastrándome como un desesperado por salvar la vida.

Yo soy el exclusivo foco de atención del hombre alto. Está tratando de atinar con el tiro que me sacará de la circulación. De modo que se ha olvidado de Eko.

Gran error.

Ella se lanza volando por el aire y le arranca la cabeza de una patada. Literalmente. La pierna derecha golpea con el apoyo de todo el peso de su cuerpo. La parte anterior de su pie se estrella contra su barbilla. Por un instante pienso que le ha decapitado.

Entonces me doy cuenta de que no es una cabeza. Es mitad hombre, mitad máquina. La cabeza sigue unida al cuerpo por unos cables. Los ojos centellean del mismo modo que los del hombre alto que me enfocó en la cafetería de Hadley-by-Hudson. Podría tratarse incluso del mismo hombre. Tacha eso. No es un hombre ¡Un *cyborg*! Esos ojos no me están enfocando para señalarme. ¡Están sufriendo un cortocircuito!

Pisadas subiendo por las escaleras. Eko me lleva al pasillo. Dos criaturas murciélago. Ella se encarga de dejar fuera de juego a una de un golpe con la mano abierta sobre la garganta. Yo lanzo a la otra por las escaleras, de una patada.

Pero hay otras formas oscuras subiendo por las escaleras. Más lentas, aunque de aspecto más terrorífico. Dientes deslumbrantes, ojos que emiten haces de luz como linternas rastreadoras, y largas lenguas viperinas.

–No hay forma de bajar. Arriba, por las escaleras –grita Eko.

Sigo su consejo. Llego a la tercera planta antes de darme cuenta de que no me acompaña.

Se ha quedado atrás para hacerles frente. Como el rey Leónidas en las Termópilas. Guardando la salida para que yo pueda escapar.

Miro abajo. Eko está en medio del pasillo, bloqueando las escaleras. Para subir en mi busca, tendrán que pasar por encima de ella. Y no será fácil. Nunca he visto a nadie luchar con tanta desesperación, tanta fiereza y tanta experiencia. Ellos la están rodeando y ella les atiza a diestro y siniestro.

Empiezo a correr abajo, y ella me grita:

–*¡No! ¡Vete!*

Esta vez no se trata de un maldito tiburón. Es todo un ejército sediento de sangre. Se está sacrificando a sí misma para que yo pueda salvarme. No te queda otra alternativa, Jack. Si vuelves abajo, moriréis los dos.

De modo que subo. Tercer piso. ¿Pero dónde puedo esconderme? Entro corriendo en la cocina. Echo un vistazo alrededor en busca de un arma. Es el problema de la dieta vegetariana. Que no hay grandes cuchillos para trinchar o cortar carne. Agarro lo primero que encuentro a mano. Una gran bandeja.

Oh, oh. Pisadas. En esta planta. Hay alguien esperándome. Un hombre entra corriendo en la cocina. Apenas cabe por la puerta. Casi tan ancho como alto. Y no está gordo. Puro músculo. Sea lo que sea, es un asesino.

Levanta un enorme brazo. Me está lanzando algo. Un dardo rojo paralizante. Ya me alcanzaron antes con uno de esos. No quiero correr la misma suerte dos veces.

Salto sobre la encimera. Le arrojo la bandeja como si fuese un disco. Le alcanza y lo derriba. Lo cual me deja uno o dos segundos.

Pero no hay forma de salir de esta cocina.

Hay más atacantes subiendo ruidosamente por las escaleras.

¡Eko! La han esquivado. O pasado por encima de ella. Y ahora vienen a por mí.

Una explosión como un petardo. Una red de plasma. Extendiéndose por la cocina. Solo hay un sitio adonde ir.

Le doy una patada a la ventana. Salto a través ella. Bajo rodando por el inclinado tejado. La fría lluvia cae a cántaros. Pero conozco bien este tejado. Tres plantas hasta el suelo. Demasiado lejos para saltar.

El gigante hace lo que puede para salir en mi busca por la ventana de la cocina.

Me alejo trepando por el empinado tejado. En dirección a la vertiente que se encuentra por encima del cauce más próximo de la marisma.

La superficie del tejado está mojada. Resbaladiza. El gigante me está alcanzando. Camina encorvado pero rápido, como un gorila de montaña. A tres metros detrás de mí. Metro y medio. Extiende la mano para agarrarme...

Alcanzo la vertiente del tejado y ¡me tiro abajo! Hay casi diez metros hasta el cauce más cercano. Demasiado lejos.

Extiendo mis brazos como alas abiertas. Me impulso con todo el cuerpo. Me acuerdo de las lecciones de Eko. De cómo saltó a la rama alta del árbol. En determinado punto es todo mental e incluso espiritual. Si soy capaz de mover la arena, puedo planear diez metros.

El hombre gorila acaba de saltar detrás de mí. Puedo escuchar su bramido, desesperado, atroz, mientras vuela por el aire.

Me obligo a vaciar la mente. A desaparecer dentro de mí mismo. Soy un haz de luz que se desplaza por la oscuridad.

Siento las yemas de mis dedos frías. Húmedas. ¡Agua! El canal de la marisma. Lo golpeo con fuerza, una zambullida en las aguas superficiales que dejan mi cuerpo sin aire. Quedo tendido en el canal, en los cuarenta centímetros de agua, aturdido.

CLOC. A mis espaldas. No, no es un cloc. Es más bien un ruido sordo, que me hace espabilar. Parpadeo. Me retuerzo para mirar a mi alrededor.

El gigante ha aterrizado encima de lodo y rocas a tres metros de la ribera. Como un asteroide que se estrella sobre un aparcamiento. Un cráter visible. Está gruñendo y se queda allí tumbado.

Mala suerte, hombre gorila. Ya no cazarás a Jack durante un tiempo.

Esa es la buena noticia. La mala es que un grupo de sombras están saliendo de la casa y vienen hacia mí.

Criaturas murciélago. Hombres altos. Algo a cuatro patas que parece un chacal descomunal. Ojos amarillentos. Colmillos afilados, resplandecientes. Perros alterados genéticamente que provienen de un infernal futuro a mil años de distancia.

Caray, sí que se mueven rápidos.

Me pongo en pie. Si me atrapan, me harán picadillo. Me abro camino por la oscura marisma azotada por la tormenta, corriendo como un loco para salvar mi vida.

Eso es lo que mi padre trataba de decirme. Huye. No oye.

36

ESTOY corriendo a toda velocidad por la marisma oscura como boca de lobo. Azotado por la lluvia. Batido por el viento. Por encima de mí, una linterna que me rastrea.

Perseguido por una colección de horrores. Puedo oírlos a mis espaldas. Más o menos cada cinco metros echo una ojeada atrás y los veo venir.

Me dirijo al cauce más silvestre de la marisma. El fondo plagado de hoyos. Rocas afiladas. Enredaderas y ramas emperchadas por encima del agua.

Hace dos semanas ni siquiera hubiera podido atravesar caminando este traicionero paraje. Pero Eko me ha enseñado bien.

Puedo oír que las criaturas murciélago me están dando alcance. Tendré que darme la vuelta y luchar antes de llegar a la bahía. Pero entonces el resto de ellos me apresarán y no me quedará más recurso que una plegaria.

Detecto una rama que cuelga. Me agacho justo a tiempo.

Una criatura murciélago intenta abalanzarse sobre mí, y en lugar de eso su cabeza, *PLAF*, golpea contra la rama. Se hunde bajo el agua de la marisma.

Una curva en el canal. Doy un giro y por un instante quedan fuera de mi vista. ¡Es mi oportunidad! Aprovecho para subir la escarpada ribera.

Camino por entre el matorral bajo como un tractor todoterreno. Los espinos me arañan, las raíces me hacen tropezar y las ramas se me enganchan en los brazos. Voy abriendo mi propio sendero, y entonces me lanzo abajo a...

Otro cauce de la marisma, más profundo. Me dirijo a nado por debajo del agua hacia las dunas y el océano Atlántico.

Me quedo sumergido unos dos minutos. Asomo la cabeza para hacer un reconocimiento del terreno.

En cuanto asomo a la superficie veo un gran pájaro volando en círculos. Más grande que la garza azul. Ojos anaranjados brillantes como linternas rastreadoras. Está virando en mi dirección. No hay duda. Al pájaro lo usan como avión de reconocimiento. En contacto con las criaturas de las sombras. Les está comunicando mi posición.

Encuentro una piedra redonda. Siempre tuve un buen brazo derecho. Centrocampista en los Hadley Tigers. Una vez lancé fuera del pentágono a dos tipos durante un partido.

Paso y lanzamiento. La piedra acierta de lleno al pájaro. Un terrible impacto entre las plumas y el extremo del pico. El pájaro cae al suelo en zigzag, como un helicóptero al que han acertado con un misil de tierra.

Corro a lo largo de la orilla del cauce, en dirección a las dunas.

La tormenta no cesa de crecer, incluso con más furia. El viento lanza ráfagas de lluvia de costado, que me abofetean el rostro. He llegado al final del canal. Me encuentro con montículos de arena que separan la marisma de las dunas. Me siento al descubierto. Miro atrás.

Las oscuras formas están a menos de una milla de distancia y se acercan deprisa. El pájaro debe de haberlas alertado.

Me deslizo cuesta abajo por el montículo en dirección a las dunas. Corro a toda velocidad por la arena húmeda. Llevo al asesino pegado a los talones, pero me encuentro en estupenda forma física. Gracias, Eko. La mujer más interesante, belleza aparte, que me he encontrado jamás. Siento haberte apartado de mí. Te sacrificaste por mí, y no lo olvidaré nunca mientras viva.

Lo que probablemente será en menos de diez minutos.

Porque me están ganando terreno. Echo un vistazo atrás y los veo encaramarse en el montículo y lanzarse a las dunas.

No hay donde esconderse. Tan solo un océano enfurecido apaleando una extensa ladera de agradables arenas.

Llego a la orilla del agua y miro atrás. Están a medio camino, bajando por las dunas, tratando de impedir que me escape. Si me atrapan, probablemente me harán pedazos en esta misma playa. Aunque no se lo voy a poner fácil. Eko ya se ocupó de eso.

Dejo de correr. No sirve de nada. Quédate ahí, esperándoles. No es mal sitio para morir esta playa, con esta tormenta.

¡Humanos! Qué patéticos sois a veces. Especialmente los jóvenes machos humanos de la era de los guerreros. Esa debilidad por el melodrama.

Que os lleva a la excepcional conducta de convenceros a vosotros mismos de que la derrota es en realidad una especie de victoria. ¡Como si tuviese algo de bueno que el enemigo se ensañe contigo en una playa! Por favor. Olvídate de eso.

Una voz telepática familiar. Insultante, condescendiente, y al mismo tiempo completamente inútil.

Estés donde estés, bola de pelo, piérdete. No quiero que un traidor me distraiga mientras me preparo para enfrentarme a mi final.

No puedes simplemente darte por vencido y morir, tonto. Eres nuestro rayo de esperanza.

Mírame.

No sabes quién te está dando caza. ¡Te van a comer vivo!

Y a lo mejor, de postre tendrán perro.

Todo esto lo estoy diciendo con todo el valor de que soy capaz, pero la verdad es que no me apetece que el Ejército Oscuro se ensañe conmigo en esta playa, si es que hay alguna salida. ¿Pero qué otra alternativa me queda?

Ese descerebrado no se ha atrevido a dar la cara. Es exactamente el tipo de comportamiento cobarde que cabía esperar de un can supereducado con mil años de convenientes insultos pero sin convicción moral. ¿El mejor amigo del hombre? ¡Ja!

Aún estoy descartando alternativas a toda prisa. Escruto las dunas en todas direcciones. Destellos de luz, y veo las sombras de mis perseguidores a menos de treinta metros de distancia y cada vez más cerca. Ni rastro aún de Gisco.

Más acá, zoquete.

¿Dónde?

En el agua. Necesito ayuda con esto.

Me vuelvo hacia las olas. Lo veo. Una barca pequeña. A unos quince metros. Zozobrando. Zarandeándose. A punto de volcar. No hay nadie a bordo. Ni rastro del perro. Cuando están a punto de hacerte trizas en una playa, una barca pequeña en medio de una tormenta es mejor que nada.

Corro hacia la espuma y me zambullo dentro de una gran ola. Cuatro metros de ola me lanzan sobre el fondo de arena, mientras esta se estrella pasando por encima de mí. La resaca me succiona hacia arriba. Procuro orientarme e intento nadar. Consigo llegar de nuevo a la superficie. Ahora la barca está más cerca. Sigue sin haber nadie a bordo. Nado hacia ella. Me agarro a un lateral y comienzo a impulsarme hacia arriba.

No. Nos arrastrará a la orilla. Tienes que ayudarme.

Veo al perro traidor. Lleva la soga de amarre entre los dientes. Un can maltratado tratando de remolcar la barca mar adentro.

Vuelvo a saltar al agua. Empujo la barca con mis manos, con mis hombros, con la cabeza. Doy patadas con las piernas y me esfuerzo por avanzar centímetro a centímetro. Yo estoy empujando. Gisco está tirando.

Las olas gigantes juguetean con nosotros. Nos destrozan. Nos arrastran adentro. Tiran de nosotros. Resulta difícil saber si estamos haciendo muchos progresos.

Pierdo la noción del tiempo. Del esfuerzo de empujar la barca mar adentro depende mi vida. Tengo que conseguirlo. Es nuestra única oportunidad. Tiene que sacarnos de debajo de las olas.

Trago agua de mar. Toso. Estoy exhausto. Brazos y piernas entumecidos. Comienzo a hundirme. Me agarro a la barca. Me impulso por encima de la borda. Caigo de rodillas, con náuseas.

Echo un vistazo atrás. Las luces están barriendo la playa. Las dunas están a media milla de distancia. Las sombras están en la arena viendo cómo nos alejamos navegando. Hemos llevado la pequeña barca a una corriente, que nos está arrastrando mar adentro.

Se oyen arañazos sobre una de las bordas de la barca. Un desesperado SOS canino.

Ayúdame, Jack. Me estoy ahogando.

Sube tú solo.

Los perros no podemos subir.

¿Y de quién es la culpa?

Yo solo te salvé la vida.

Gracias. Y te lo agradezco.

Ayúdame. Mucho más débil. *Jack. Por favor.*

Ha dicho «por favor». Ruedo hasta ese lado de la barca. Veo algo parecido a un felpudo enmarañado con orejas y hocico. Meto las manos en las espumosas aguas saladas. Agarro dos zarpas peludas. Trato de levantarlo.

Estoy en plena forma, pero esta es una tarea hercúlea. Gisco no es exactamente una sílfide, ni siquiera cuando está seco. Gruño y hago todo el esfuerzo posible y él araña con sus patas gigantes la borda de la barca. Justo cuando estoy a punto de dejarlo por imposible y dejar que se ahogue, una oleada inclina la barca y él cae dentro, encima de mí.

¡Puaj! Está enterrado bajo cientos de kilos de algas chorreantes, sarnosas, fétidas y fermentadas. Quita de encima.

El montón de pelo enmarañado se deslía solo. El perrazo inspecciona con la vista la playa que queda detrás y luego se vuelve hacia el océano y en una ridícula pose náutica. Como si fuese Nelson en Trafalgar.

Tengo buenas y malas noticias.

Tengo miedo de preguntar. ¿Cuáles son las buenas noticias?

Que no hay manera de que nos puedan seguir. De momento se ha terminado; estaremos a salvo y lejos.

Debería retirarme ahora que voy ganando. Vale, cara hocico, ¿cuáles son las malas?

Estamos en una barca pequeña y abierta, navegando directos a la boca del huracán más feroz que he visto jamás.

37

QUE nadie te diga nunca que un huracán se reduce a viento y lluvia. Es un ser vivo, por extraño que parezca. Una enorme bestia aulladora. Y yo estoy cabalgando sobre sus espaldas en una cáscara de nuez.

¿No deberíamos hablar de olas un momento? ¿Conoces a esos tipos de dos metros que se divierten bailando *boogie* sobre una tabla bajo el sol del verano? ¿Tipos imponentes de tres metros a los que arrastran fuertes vientos? ¿Tipos estrafalarios de cuatro o cinco metros que suministran fotos a tiendas de segunda mano en los documentales de surf?

Olvídate de ellos. No impresionan nada. Son totalmente irrelevantes en mi situación actual.

Trata de imaginar una cadena montañosa de agua en movimiento. Imagina los Alpes deslizándose. Andes rodantes. Glaciares arrojando espuma y avalanchas de remolinos de espuma. Inmensas cumbres de color gris verdoso y valles abismales inundados de magma.

Toma nota, amigo, pero no ahora. Ahora se me viene encima, a toda marcha, una enfurecida cadena de montañas y estoy al borde de un infarto. *Ka-bum, ka-bum.*

La ves rodando hacia ti y piensas: «Oh, Dios mío, no hay nada que pueda ser tan grande y que pueda moverse tan rápido». Y entonces la tienes debajo y te lanza arriba sobre su lomo, más y más alto, y tienes la sensación de estar siendo elevado a cámara lenta al umbral del cielo.

Sostenido allí por un instante. Colgado. Suspendido. Sabes lo que viene a continuación. Solo esperas a que comience. Sabiendo lo que será. Lo que tiene que ser. Porque todo lo que sube a esta altura tiene que... bajar, bajar, bajar. Patinas y caes en picado dentro de sus oscuros cráteres, y no puedes creerte que la barca no zozobre o se parta en dos.

Pues no lo hace.

Ha sobrevivido.

Antes de que puedas tomar aliento y celebrar el hecho de que sigues vivo, miras afuera. No hay gran visibilidad en un huracán. Aunque sí la suficiente. La alegría se esfuma. La euforia se evapora. Porque de entre la niebla surge una cadena montañosa incluso mayor. Creciendo y aumentando conforme se va acercando.

Te quedas mirando hacia arriba desde una barquita, a varias millas de la orilla. El Himalaya del Atlántico. El mismísimo Everest. Inclinándose sobre ti. Debajo de ti. A tu alrededor. Subes de nuevo, camino del cielo. Más alto que antes. Más alto de lo que nadie haya estado dentro de ningún barco en ninguna tormenta. Y las dos únicas cosas que puedes hacer es sujetarte y rezar.

Lo cierto es que no podemos agarrarnos. Dejamos de hacerlo hace rato, cuando la primera ola gigante nos lanzó abajo y nos envolvió, a punto de arrojarnos fuera. Así que cogimos todas las sogas que había a bordo y nos amarramos a la barca. Si se hunde, nos hundimos nosotros. Pero mientras se mantenga a flote, tendremos una oportunidad.

Rezar es una cosa extraña. Si me pusieran una pistola en la cabeza no sabría decir si creo o no en Dios. Lo cierto es que no tengo esa clase de relación con un ser divino que me haga comunicarme con frecuencia con él. Así que, ahora, a pesar de estar indefenso y de temer por mi vida, me parece hipócrita rezar.

¿Acaso tengo algún derecho a pedir ayuda a Dios? Si no hay Dios, estoy perdiendo el tiempo. ¿Y si hay un Dios, me verá él o ella como a un estafador, que pretende creer solo en momentos de peligro? Si junto mis manos y prometo ser mejor persona si interviene ahora, ¿no verá Dios a través de mis aduladoras palabras y mis débiles promesas?

Por otra parte, me encuentro dentro de una pequeña barca en medio del Atlántico, rodeado por un huracán de fuerza cinco. ¿Si no te puedes dirigir a Dios en esa situación, a quién te diriges?

Mientras yo me debato entre estas dudas, oigo un aluvión telepático que se emite por todos los canales.

Oh, Gran Dios Perro, todopoderoso, sublime, incomparable espécimen de perfección canina, yo, Gisco, tu humilde servidor, yo, que no merezco caminar bajo tu sombra, yo, que me postro bajo tus cuatro patas, te suplico ayuda. Sálvame, ungido Perro Celeste, y dedicaré el resto de mi miserable vida a rendir culto a tu gloriosa...

Gisco, ¿qué estás haciendo?

Rezando, bobo.

Es patético escuchar cómo te humillas así. Si de verdad existe un Gran Perro Divino, lo cual dudo mucho, ¿qué estará pensando?

Espero que esté pensando en salvarnos.

Si tenemos que morir, moriremos. Deja de hacer promesas que no vas a cumplir nunca.

Oh Gran Perro Divino, perdona a mi débil mental compañero humano sus burlonas palabras. Cierto que mi destino está ligado a una raza de tontos. Sálvanos y le mostraré lo equivocado de sus costumbres, y ambos encenderemos mil velas en tu honor canino. Sálvanos, y a partir de este día seré un perro leal y sincero, un perro humilde y manso. Dejaré de sobrealimentarme y alimentaré a los cachorros vagabundos y a las perras viudas...

En ese momento alcanzamos la cima de agua del monte Everest, que acaba de alzarse bajo nosotros. Miro abajo, por encima de la borda, y veo un abismal remolino sin fondo esperando a engullirnos.

Durante un instante permanecemos suspendidos entre mar y cielo, y luego da comienzo la gran caída desde el pináculo al abismo. El rugido de la vorágine es ensordecedor. La pequeña barca es golpeada y gira con violencia, casi a punto de arrancar mi cuerpo de las cuerdas que lo sujetan.

Mis manos se juntan, a pesar de que no recuerdo haber deseado moverlas. Las palabras escapan involuntariamente entre mis labios. Oh, Dios mío, aquí está Jack Danielson, en medio de un huracán en el Atlántico. Ya sé que no te rezo muy a menudo. Me doy cuenta de que he pecado de todas las formas posibles. Pienso demasiado en el sexo. No he amado a mis padres todo lo que debiera, ni apreciado lo mucho que hicieron por mí mientras vivieron. Y yo mismo he contribuido muy poco en favor del bien en este mundo.

Aunque desde que ese extranjero alto apareció en la cafetería de Hadley, he estado viviendo en peligro mortal. Pero me he dado cuenta de que una y otra vez he tenido una suerte asombrosa. Puede que tengas razón: tal vez, solo tal vez, tú me has salvado la vida con el fin de preservarme para un más alto propósito.

Oh Dios, si me salvas de nuevo, te prometo que encontraré la manera de hacerlo mejor. No puedo cambiar el pasado, pero haré lo que pueda por hacer realidad ese misterioso destino y cambiar el futuro.

Cuando llegue el momento, lo afrontaré.

Estoy tan asustado, Dios. No quiero morir ahogado. No sé qué más decirte, excepto, por favor, Dios, sálvame.

38

VAMOS a la deriva. ¿Adónde? No lo sé. ¿Nos encontrará alguien antes de que muramos de sed y de inanición? Lo dudo.

El estómago vacío.

Han pasado dos días desde la tormenta. Cuarenta y seis horas sin comida ni agua, atrapado en una pequeña barca con un perro traidor.

Ha probado con unas cuantas salvas de conversación. Yo le he respondido con un disparo. Lo siento, Bobby. Cuando un amigo me traiciona, le retiro mi amistad. No necesito hablar. Déjame sufrir en silencio.

Tengo la garganta seca. La lengua como un trapo. Cada célula de mi cuerpo pide líquido a gritos. No hay nada. Ese perro estúpido se olvidó de traer provisiones cuando robó esta barca.

No la robé. La tomé prestada sin una clara intención de devolverla. De todos modos parecías bastante feliz de subir a bordo cuando esos demonios estaban a punto de hacerte trizas en la playa. Y puedes quedarte callado y taciturno si quieres, pero si vas a estar pensando cosas feas de mí, desearía que camuflaras tus pensamientos.

El chucho cobarde le prometió al Gran Dios Perro que si le salvaba, comería menos. Así que quizá tenga él la culpa de esta lenta muerte. Quizá el Gran Dios Perro le esté ofreciendo la posibilidad de hacer dieta, y a mí también, ya que viajo con él.

Mis plegarias eran privadas.

Las estuviste transmitiendo por todos los canales.

Quería asegurarme de que iban a ser escuchadas, pero no por ti. Y puedes estar seguro de que el Gran Dios Perro no nos ha salvado de esa horrible tormenta solo para dejarnos morir.

¿Y cómo voy a saberlo?

Los perros no son crueles por naturaleza. Son compasivos y benévolos. De lo que se deduce que el Dios de los perros tiene que ser maravillosamente compasivo y benévolo.

Puede ser, pero ahora mismo nadie se muestra clemente con nosotros.

Allá en lo alto, el sol es una roja bola de fuego. No es que nos esté asando o friendo. Nos está tostando terriblemente despacio.

Lo peor de todo es que estamos completamente rodeados de agua.

Rememoro dos estrofas de la «Balada del Viejo Marinero», de Coleridge:

Día tras día, día tras día,
Aguantamos, sin respirar, sin movernos;
Tan ociosos como un barco pintado
Sobre un océano pintado.

Agua, agua por todas partes,
Y las bordas vemos contraer;
Agua, agua por todas partes,
Ni una gota para beber.

Y, en efecto, hay agua por todas partes alrededor de nuestra barca, en todas direcciones, hasta donde alcanza la vista. Me tienta simplemente sumergir las manos en el frío Atlántico, recoger un poco de agua de mar y engullirla.

Pero sé que no sirve de nada. He leído acerca de naufragios y de las torturas que sufrieron aquellas personas que bebieron agua de mar.

Es mejor morir poco a poco de sed y de hambre. Puedo sentir cómo empieza mi estómago a digerirse a sí mismo.

Soy incapaz de dejar de pensar en jarras de té helado. Gordas y grasientas hamburguesas de queso. Crujientes patatas fritas bañadas en dulce y cremoso *ketchup*.

Cantidades ingentes de comida para perros. Bolitas con sabor a cordero y cremosas gachas de pollo e hígado envasadas en latas redondas y doradas. Cajas de bocaditos con sabor a pavo. Latas de brillantes y saladitos coágulos dorados de buey al grill que se derriten en la lengua...

¡Puaj! Ya basta de fantasías de comida para perros.

¿Y qué otra cosa puedo hacer que soñar despierto? Como no quieres hablar conmigo...

Vale, me doy por vencido. Tenemos que hablar, aunque sea para no volvernos locos. ¿De qué podríamos hablar? ¿Qué tal de ese bonito juego de la gallina y el huevo? ¿No es esa tu especialidad?

Lo siento. Solo estaba haciendo mi trabajo.

¿Tu trabajo consistía en traicionarme?

En salvarte, habichuela.

Gracias por toda tu ayuda. Ahora mismo me siento a salvo de verdad.

Eso no es culpa mía.

Tú no tienes nunca la culpa de nada, ¿verdad?

Estás siendo bastante hostil.

Soy mucho más amable cuando no me estoy deshidratando.

Si sirve de algo, me sentí muy culpable cuando tuve que dejarte en aquel granero. Puede que no lo hiciera todo lo bien que podría haberlo hecho. Sabía que eras emocionalmente vulnerable y que confiabas en mí. Me aproveché injustamente de eso, y te pido disculpas.

Te disculpas solo porque nos estamos muriendo y no quieres morir con tu culpa de perro.

No vamos a morir. Ni de lejos. Aún nos quedan muchas ganas de luchar. ¿Aceptas mis disculpas o no?

No.

Sin duda sois una raza de estúpidos testarudos.

39

TRES días bajo un asfixiante sol en una barca descubierta.

Hace ya mucho que ha desaparecido la rabia que sentía por ese perro traidor. También ha desaparecido todo lo demás. Las últimas reservas de fuerza. La esperanza. Incluso las plegarias. Hemos aceptado nuestros destinos. Ahora vamos tan solo a la deriva en un océano pintado, aguardando lo inevitable.

Vale, ahora sí que vamos a morir.

Yo pensaba que iba a ser más doloroso.

No es precisamente agradable.

De todos modos, pronto se habrá acabado. ¿Gisco?

¿Qué?

Acepto tus disculpas por traicionarme en el granero.

Me alegro. Terminemos este viaje como amigos.

El fin se acerca muy lentamente. Aunque la muerte se está asentando alrededor de nuestra barca como una soga de la más ligera gasa. Puedo sentir los primeros filamentos de araña rozando mis hombros, enredándose en mí.

Desearía que sucediese más deprisa. La tormenta debe de habernos llevado en dirección sur. Hace un calor bestial. Ya no nos estamos tostando. Ahora nos estamos carbonizando.

Me he estado mordiendo las uñas hasta la cutícula. Gisco ha hecho lo mismo. Si nunca has visto a un perro robusto tratando de roerse las uñas de sus patas traseras, te has perdido algo peculiar. Casi me hace sonreír contemplar el ridículo espectáculo.

Aunque no hay mucho de qué reírse en esta barca. Morir de sed no es divertido. La mente se distancia y no paras de pensar como un loco sobre tu vida y en cómo poder aguantar tan solo un poquito más. He pensado incluso en beberme mi propia orina. En alguna parte he leído que algunos supervivientes de naufragio lo hicieron.

Pero ha llegado el momento de marcharse con elegancia. No soy una persona poco perseverante, pero seguir luchando parece absurdo. Estoy débil. Lleno de ampollas. La lengua inflamada. Apenas puedo mantener los ojos abiertos. Así que me doy por vencido. Gisco también.

Él no lo está llevando muy bien.

¿Quién hubiera pensado que el dulce pequeño Gisco iba a tener un final tan ignominioso? Tenía planeado adoptar tantos cachorros. Tantas comidas que quería comer. ¿Sabías que de cachorro yo era muy vivo? El más listo de la camada, solía decir mi madre.

Estoy seguro de que lo eras, le respondo con amabilidad, aunque tengo serias dudas de que eso fuese verdad. De ser así, debió de ser una camada muy decepcionante. Pero no es momento para insultos.

Y mi padre siempre decía que yo estaba destinado a hacer grandes cosas.

Al menos, tú conociste a tu verdadero padre.

También conocí al tuyo. Una vez coincidí con él. El mayor honor de mi vida. Fue justo antes de que lo hiciesen prisionero.

¿Mi padre está preso?

Cuando te envió atrás en el tiempo, con tus dos guardianes, el pulso energético reveló su presencia a sus enemigos. No había forma de enmascararlo. Él sabía que sucedería. Pero no tenía otra elección. Tenía que enviarte al pasado, para salvar el mundo.

No he salvado nada. Me envió al pasado para vivir una mentira toda mi vida, para ser cazado y golpeado, y morir en esta barca, en este apestoso y podrido océano. Si era tan poderoso, ¿por qué no vuelve él y salva el mundo él mismo?

Tenía el corazón débil. El viaje a través del tiempo es arriesgado.

Tú lo has hecho. Eko lo hizo. Los Gorm. Todos esos demonios.

La travesía resultó más fácil de lo que preveía la tecnología. Pero tú y tus guardianes fuisteis los primeros en ser enviados al pasado. La profecía decía que solo tú podías cambiar el mundo. El Ejército Oscuro te estaba cercando. Así que tu padre te puso a salvo de la única forma que podía. Sabía que habría otros que te seguirían para tratar de derrotarte y matarte. Y te envió aquí con dos guardianes de confianza. Su misión consistía en ocultarte, en protegerte, en camuflar tu presencia todo el tiempo que pudieran. La única manera de hacerlo fue educarte pensando en que eras un niño normal, nacido en este mundo.

Mientras estoy tumbado en mi lecho de muerte flotante, pienso en mi certificado de nacimiento, guardado en un paquete con los otros documentos de la familia Danielson. Una falsificación de primera calidad, con el sello del estado de Nueva York.

Falsas fotografías de bebé en el álbum familiar. Mamá en la habitación verde de una maternidad. Con apariencia de cansancio por el parto, sujetándome en su regazo envuelto en una manta azul. Papá dando caladas a un puro.

Todo falso, fingido, puro artificio. Tendido en una pequeña barca, esperando a la muerte, me doy cuenta de que estaban creando una identidad. Inventándose a un niño que supuestamente habría nacido en este mundo. Y una vez que la identidad del bebé estuvo urdida, había que darle forma a la farsa. No es solo que mis padres no quisieran que yo destacase. Echando la vista atrás desde esta posición estratégica final, puedo comprobar cómo toda mi vida fue una calculada mentira.

Las ropas que mamá me compraba eran exactamente las que llevaban los demás chicos en la escuela. Los cortes de pelo eran los que los amigos le animaban a hacerme. Los deportes hacia los que me encaminaron, todos estaban regidos por una única estrategia: cuanto más me mezclara, menos posibilidades tendría de ser descubierto.

Nada de eso tenía que ver realmente conmigo, o únicamente conmigo. Todo era una elaborada mascarada.

Moriré aquí afuera dentro de una o dos horas, sin nombre, sin nadie que guarde luto por mí. Lo peor de todo es que nunca he vivido.

Desde el principio al fin, Jack Danielson, una gota en el agua de Hadley-by-Hudson, fue una persona que no es y que en realidad nunca fue.

¿Quién soy yo en realidad? ¿Quiénes habrían sido mis amigos? ¿Qué cosas habría podido conseguir? Nunca me dejaron averiguarlo, porque ellos tenían su propia agenda. Ahora ya nunca lo sabré.

Mi padre me envió mil años atrás en el tiempo para vivir una mentira y ahora moriré siendo un misterio para mí mismo.

Cierro los ojos. Me siento tan débil.

Todo un desperdicio. No salvé ese mundo futuro. No pude hacerlo. No he salvado a nadie. Papá. Mamá. Eko. Ahora Gisco. Y Jack. Todos tan muertos como el polvo. Y no por una buena razón.

¿Pues, qué se suponía que debía hacer yo?, le pregunto a Gisco. Incluso mis pensamientos son más débiles. Susurros telepáticos.

Él no lo coge a la primera.

¿Qué es todo eso, habichuela? Apaga un poco el dial.

Mi última petición es la verdad. ¿Total, de qué iba todo ese lío? ¿Qué es Tormenta de Fuego?

40

¿TORMENTA de Fuego? El perro repite débilmente la palabra, sobrecogido. *Nadie lo sabe con exactitud. Ese era el gran misterio que se suponía que tú ibas a aclarar.*

Venga ya. Mi padre me hizo retroceder mil años. Tenía que saber algo concreto.

Tormenta de Fuego es un arma, una fuerza misteriosa. Todo lo que se sabe de ella está envuelto en leyendas, pero dentro de mil años, a partir de ahora, hemos documentado que existió realmente, y que podría haberse usado para detener la destrucción de la Tierra.

¿Cuándo apareció por vez primera?

Ahora. Justo antes del Momento Crucial. Como si alguien nos estuviese mostrando una salida. Y entonces, igual de misteriosamente, desapareció cuando pasó el Momento Crucial. El Clan de Dann la buscó durante siglos, pero había desaparecido. Y la oportunidad que ofrecía, también desapareció.

¿Así que fui enviado mil años atrás para ir en busca de esa arma legendaria que nadie sabe en qué consiste?

Búsqueda es una buena palabra, afirma el perro. *No es la primera vez en la historia, que, en momentos clave, aparecen misteriosas fuerzas que el pueblo trata de encontrar y usar para cambiar el mundo. Cuando los soldados romanos trataron de acabar en Bretaña con la Edad Oscura, surgió la leyenda de la espada del rey Arturo. Y muchas de las Cruzadas se organizaron para encontrar el Santo Grial. La diferencia es que tú has sido enviado al pasado para encontrar algo cuya existencia ha sido científicamente documentada. Si pudieras encontrarlo y usarlo, todo sería diferente.*

Eko me dijo que dentro de mil años a partir de ahora perderíamos la batalla.

Estaba dándole un matiz positivo. Ya hemos perdido. Tú eras nuestra última esperanza. Nuestro disparo final. Por eso vine yo también. Y Eko. El Gran Perro y la Gran sacerdotisa de Dann. Para tratar de ayudarte. Todo el futuro dependería de nuestro éxito.

Estupendo. Gracias. Ahora puedo morir en paz.

Morirás, yo moriré, y el Ejército Oscuro prevalecerá.

¿Y de dónde salió Tormenta de Fuego?

Nadie lo sabe. Algunos dicen que fue creada por un hechicero, o dejada caer por viajeros espaciales. Otros dicen que fue diseñada por las fuerzas tecnológicas de destrucción, y fundida en el interior de una criatura durante una conflagración nuclear. Otros señalan el hecho de que Tormenta de Fuego tiene una misteriosa conexión con los mares. Sostienen que fue desenterrada del corazón del océano.

¿Entonces puede que el destino nos haya traído hasta esta barca? ¿Que puede que ahora mismo estemos muy cerca de encontrar Tormenta de Fuego?

Es posible, asiente Gisco. *O puede que todo se deba a un mal cálculo. Escucha, creo que voy a dormirme. Esa clase de sueño del que ya no despertaré, si captas lo que quiero decir.*

Comprendo, viejo amigo. Yo también. Ya pasó todo.

Aún no. Una vez me haya ido, mis restos corpóreos te proveerán de una fuente de sustento durante algún tiempo más.

¿Lo cual significa?

Es repugnante hablar de esas cosas, pero me estoy refiriendo al canibalismo, o mejor dicho, al caninobalismo.

Agradezco la oferta. Es muy generosa. No te lo tomes a mal, pero no, gracias.

¿Por qué no? ¿No crees que resultaré sabroso?

Francamente, no. Y, además, no hay mostaza en esta barca.

El agonizante perro no desiste ante mi arrebato humorístico. Dice con intencionada dignidad:

Hay un amplio historial de supervivientes de naufragio que se comieron los restos de los menos afortunados. Es una de las tradiciones marítimas imperecederas.

Que me excluye a mí. Yo estoy reñido con el canibalismo.

Tienes la solemne responsabilidad con el futuro de mantenerte con vida todo lo que puedas.

¡No! El futuro me ha privado de mi pasado. Y, puestos a decir, a la mierda con él. A la mierda con mi padre. A la mierda con Eko. A la mierda con todos vosotros.

No puedo discutir contigo. Estoy demasiado débil.

Yo también.

Adiós, habichuela. Encomiendo mi alma al cuidado del Gran Dios Perro.

Buen viaje, bocazas. *Au revoir*, o tal vez *adieu.*

¿Eso qué es?

Francés. Me lo dijiste tú en las Outer Banks. Significa...

¡No, aquello! ¿No lo ves?

Tengo los ojos cerrados.

¡Bueno, pues ábrelos! ¡Allí!

Lo veo. A media milla de distancia, una gigantesca chinche de agua arrastrándose por el agua. No, no es una chinche de agua, sino algún tipo de barco extraño.

Quizá aún quede esperanza. Hazles señas. Grítales.

Me incorporo medio a rastras. Consigo apenas agitar la mano. Me derrumbo de nuevo dentro de la barca. Lo siento. No he podido hacer más. Está pasando de largo. Se marcha.

Tan cerca y tan lejos a la vez. ¿Qué es ese zumbido?

Yo también lo oigo. Y lo siento.

Mi brazo. Mi muñeca, el reloj de papá. Está resplandeciente. Siento un cosquilleo, casi eléctrico.

Un relámpago luminoso cae del cielo despejado en zigzag y se estrella contra el agua justo detrás de nuestra barca.

Sea lo que sea lo que acabas de hacer, habichuela, ha funcionado. Nos han visto. ¡Están dando la vuelta! ¡No cabe duda de que eres el rayo de esperanza!

41

UN monstruo de hierro en forma de barco. La proa angular. Parece una portería de fútbol vista de frente. Tras ella, una casita blanca sobresale dos plantas por encima de la cubierta. Un mástil alto. No está hecho para sostener una vela, sino para control de comunicaciones. Está plagado de antenas. En la popa, un enorme espacio llano. ¿Un campo de fútbol?

La tripulación reunida a lo largo de la baranda, gritándonos. Tratando de averiguar si seguimos vivos. Veinte hombres. De distintas alturas, colores, razas. Blancos, negros, asiáticos. Pantalones cortos. Camisetas y torsos desnudos. Variedad de sombreros.

Hay dos hombres aparte. Uno alto, con un parche en un ojo. De aspecto desagradable. Un pirata moderno.

A su lado, un hombre más viejo. Mejor vestido. Encorvado. Una calva que brilla bajo el sol.

Durante un minuto sus ojos inquisitivos se encuentran con los míos. Estoy seguro de que es el capitán, y también supongo lo que estará pensando: ¿Debería salvarlos o no? ¿Merece la pena meterse en líos? ¿Qué voy a sacar de esto?

Estoy grogui. Soy incapaz de gritar para abogar en mi favor.

El capitán murmura algo al Camarada Ojo de Parche, quien asiente con la cabeza y se aleja.

Estoy desmayándome. Apenas puedo mantener los ojos abiertos. Apenas me doy cuenta de que están bajando un bote. Vienen hombres remando hacia nosotros.

Voces que me hacen preguntas. Inglés. Español. Ruso. Abro la boca. Demasiado débil para contestar.

Alguien con acento irlandés dice:

–Olvídate del perro. Coge solo al chico.

Abro los ojos de golpe. Me fuerzo a levantar la cabeza. Intento graznar unas pocas palabras. Un susurro rasposo:

–No. El perro también.

Uno de ellos me oye.

–Ronan, está intentando decirte algo. Ha dicho algo sobre el perro.

El marinero de anchos hombros baja la mirada hacia mí. Alto. Pecoso. Cara amigable. Mata de pelo rojo.

–¿Tienes nombre, chico? ¿De dónde eres?

Vuelvo a mirarle.

–Por favor. El perro.

–Es inútil. Se está muriendo.

Lo intento de nuevo.

–Mi amigo –no puedo decir más.

Mascullo entre dientes. Unas manos me agarran. Me pasan por encima de la borda. A otras manos en el bote.

Luego me izan arriba y arriba. Estoy débil. Mareado. El movimiento hace que mi mundo dé vueltas. Me desmayo.

Plas. Otra vez estoy en medio de la tormenta. Hundido en un oscuro valle. Una enorme ola helada me cae encima.

Siento náuseas y abro los ojos.

No hay tormenta. Ni ola. Solo el mundo dando vueltas y más vueltas, y borroso. Estoy boca arriba sobre el vasto espacio abierto de popa de algún tipo de barco.

Mi visión se aclara por un instante. Enfoco a duras penas una malla de color naranja. Colgada para que se seque. Olor a pescado. Esto es una especie de barco de pesca de arrastre.

Un hombre con tatuajes en los brazos acaba de echarme encima un cubo de agua. Se ríe burlonamente cuando escupo y parpadeo. Alrededor hay otros hombres de pie fumando cigarrillos y riéndose.

–Eso le ha despertado.

–El chico necesitaba un baño.

–Dale otra vez, Jacques.

El hombre gordo está dispuesto a arrojar sobre mí otro cubo de agua helada. Un poco de agua se me cuela en la nariz. Resoplo y vomito.

¿Por qué me tratan así? Son mis rescatadores. ¿Es que no se dan cuenta de lo débil y enfermo que estoy?

Me revuelvo y trato de acurrucarme en posición fetal. Marchaos. Todos vosotros. Dejadme a solas con mi miseria.

Una bota me patea la espalda y me inmoviliza. El Camarada Ojo de Parche se inclina sobre mí, inspeccionándome como a un espécimen de pescado inusualmente feo que sus redes acabaran de sacar.

Se arrodilla.

–¿Quién eres? –un acento que no consigo ubicar. ¿Alemán? ¿Francés? Tal vez alemán. Una voz acostumbrada a dar órdenes.

Sacudo la cabeza. Lo siento. Conversación pospuesta.

Él baja la mano y examina mi ojo derecho abierto. El sol se derrama dentro, pero no puedo cerrar el párpado. Indefenso, como un muñeco de trapo.

Lo siguiente que hace es tomar el pulso de mi arteria carótida.

–Vivirá –dice, sin entusiasmo–. Pero apesta. Lavadle.

–El perro huele incluso peor –asegura el gordo al que llaman Jacques–. Deberíamos tirarlo fuera. Nada huele peor que un perro muerto.

¡De modo que también han rescatado a Gisco! Apenas puedo girar la cabeza para mirar a mi amigo canino. ¿De verdad se está muriendo?

Otro marinero dice:

–Tú no eres quién para hablar, Jacques. Tal como hueles tú, quizá deberíamos tirarte a ti.

Gritos de asentimiento. Risas roncas.

El rostro picado y sin afeitar de Jacques pasa en un santiamén del mohín al cabreo.

–¿Ese es el agradecimiento que recibo por todas las comidas maravillosas que os he preparado?

Risotadas e insultos de la tripulación:

–¿Qué comidas maravillosas?

–Cocina peor que huele.

–No, huele peor que cocina.

–Una palabra más y os enveneno a todos –amenaza Jacques, con la cara como un tomate–. No penséis que no lo haré. Ya lo he hecho antes.

–Casi nos matas con el desayuno –vocea alguien–. Y eso que ni lo intentaste.

Risas aún más fuertes.

Jacques pone mala cara y baja la vista hacia mí.

–Vamos a lavarte. Y luego te prepararé algo de comer.

42

UNAS manos ásperas me cargan bajo cubierta, a un sitio fresco y oscuro. Me colocan encima una manta.

–Hora de dormir, chico –me recomienda Ronan–. Te has salvado por los pelos.

Me sumerjo en espiral en un profundo, oscuro pozo.

Sueño con mi padre, mi verdadero padre, que vive en el lejano futuro y se parece a Merlín con el pelo revuelto de un mal día. Lo veo tumbado sobre una cama, en un aposento de piedra, su rostro tan pálido como su barba. ¿Es ahí donde lo tienen prisionero? No lleva cadenas en sus muñecas o en los tobillos.

Estoy sentado en la habitación. Él me está mirando.

Ojos cansados del sufrimiento, aunque aún vibrantes de vida.

Sus labios no se mueven, aunque apenas oigo unas sílabas como susurradas mil años a través del tiempo.

–Cuidado.

Incluso dormido, soy capaz de decir:

–¿Cuidado con qué?

Su voz es tan débil que no puedo escuchar sus palabras con claridad. Suena como si jadeara.

–Cine –¿de verdad pueden ser tan peligrosas las películas?–. Cámaras –insiste. No, eso es más preciso, aunque tampoco me está advirtiendo acerca de fotografías. Vuelve a murmurar finalmente–: Quimeras. Cuidado con las quimeras.

Luego se encoge sobre sí mismo y un monstruo feroz nace de su esternón. Echa a volar por el aposento de piedra y termina posándose encima de mí. Puedo oler su rancio aliento, sentir sus afiladas garras cuando se hunden en mi rostro.

Me despierto defendiéndome del ataque. Un poderoso pulgar y un dedo índice se hunden en mi mandíbula, obligándome a separar los dientes.

Abro los ojos. Es Jacques, el gordo cocinero con los brazos ilustrados. Ahora veo sus tatuajes con más claridad. Monstruos marinos enroscados. Está metiéndome algo en la garganta.

Me escalda. La lengua en llamas. ¡Veneno!

Trato de vomitarlo. Me araño la garganta.

–Ese meado canadiense que bebes lo ha despertado –dice la voz de Ronan.

–Es bueno –contesta Jacques.

–Para arrancar la pintura de las paredes –apostilla Ronan.

–Le gusta –asegura Jacques, y levanta una botella verde con una familia de alces dentro–. ¿Quieres otro trago?

No es veneno. *Whiskey* barato. Sacudo la cabeza.

Ronan se coloca ante mi vista. Veinteañero. Parece preocupado de verdad.

–¿Cómo estás? ¿Puedes hablar?

Abro la boca a modo de experimento. Mi voz sale con más fuerza de la que esperaba.

–¿Salvasteis al perro?

–Está a bordo –dice Ronan, sonriendo–. Lo que no puedo decir es si vivirá o no. Los dos estáis en mala forma. Habéis estado inconscientes durante casi dos días.

–¿Dónde estoy?

–En el barco de arrastre *Lizabetta.* En medio del Atlántico, camino de las Azores...

–Ya basta –Jacques le corta bruscamente.

–Ahora es uno de los nuestros –protesta Ronan.

–Eso lo tendrá que decidir el capitán –replica Jacques, con un tono de amenaza en la voz. Se vuelve a mirarme–. El capitán quiere verte. Te buscaré algo de comida –dice, y se marcha.

Me siento. Estoy sobre un colchón en el suelo de una especie de sucio dormitorio.

Dos docenas de literas de estructura metálica están colocadas en hileras. Cada estructura sostiene un lecho alto y otro más bajo, estrechos como ataúdes. Los compartimentos tienen cortinas para dar algo de intimidad.

La mayor parte de las cortinas están abiertas, y veo fotos de familia y chicas sexys sacadas de revistas.

¡Y el hedor del sitio! Un nauseabundo aroma de olor corporal mezclado con otros olores desagradables. Sábanas sucias. Ropa sucia. Comida rancia. Alcohol derramado.

–¿Te puedes levantar? –pregunta Ronan–. He encontrado algo de ropa para ti.

Hago esfuerzos para ponerme en pie. Estoy débil, aunque puedo moverme.

–¿Por qué no quería que yo supiese dónde estamos? –le pregunto a Ronan mientras intento ponerme unos pantalones cortos y una camiseta.

–Es un gordo estúpido –dice el irlandés, encogiéndose de hombros–. Pero no seas demasiado curioso cuando hables con el capitán. Solo pregúntale qué puedes hacer para devolverle el favor de haberte salvado la vida.

Estoy sopesando esa advertencia cuando regresa Jacques.

–Te he preparado un poco de comida. Cómetelo rápido. Al capitán no le gusta que le hagan esperar.

Hay una pequeña mesa de madera atornillada al suelo en un estrecho espacio entre las camas. Me siento en un desgastado taburete. Engullo la peor comida de mi vida, aunque me sabe maravillosamente bien.

Una papilla oscura. Algo entre estofado y gachas. Arroz, patatas y unos pocos trozos de carne grasienta. Un trozo de pan viejo.

–Le gusta cómo cocino –comenta Jacques con orgullo.

–Estaba muerto de hambre –le recuerda Ronan.

–Entonces mi comida le ha salvado la vida.

–Más le valdría estar muerto.

–¿Qué sabrá un irlandés de la buena comida?

–Sé que eso no se le parece, gandul canadiense.

–Sigue hablando. Verás lo que pasa.

–Lo que tú digas, gordo. Adiós, chaval. Buena suerte.

Unos minutos más tarde, Jacques me conduce por las tripas del barco hasta los camarotes de los oficiales. Llegamos ante una pequeña puerta. Jacques llama suavemente con los nudillos.

Dentro, una voz gruñe y nos ordena pasar.

–No le preguntes cómo perdió el brazo –me susurra Jacques, mirándome. Luego abre la puerta y me empuja dentro.

43

EL camarote del capitán es muy pequeño. Una cama, pulcramente hecha. Un armario. Un pequeño escritorio de madera debajo de un ojo de buey.

El hombre calvo que vi de pie sobre la cubierta, decidiendo si debería salvar mi vida, está sentado ante el escritorio. Ahora me da la impresión de que no está seguro de haber hecho lo correcto.

No es que tenga un rostro cruel, pero sí severo. Curtido por los años. Por el sol. Un libro de cuentas abierto sobre la mesa. Una página llena de números. La letra «D» escrita con una florida rúbrica, como una serpiente enroscada, aunque con decorativas alas. ¿Un monstruo marino?

Me acuerdo de mi padre advirtiéndome en el sueño acerca de las quimeras. Hace unos años atravesé una fase en la que me dio por leer un montón sobre mitología griega. Recuerdo que la quimera era una especie de monstruo que echaba fuego por la boca, con una larga cola de serpiente. ¿Podría ser este capitán y su adornado libro de cuentas el peligro del que me advirtió mi padre?

El capitán no habla. El silencio empuñado como un arma. Eko también usaba esta técnica. La mejor respuesta es el silencio.

Me quedo erguido, de pie, observándole. El millón de arrugas entrelazadas de su cuello, rostro y frente. Como escamas de reptil. Sus manos, cruzadas encima del escritorio. Lleva un guante blanco en la mano izquierda, y me doy cuenta de que el miembro es una prótesis.

Presiento que él se ha percatado de que estoy mirando su mano enguantada. Rápidamente levanto la mirada, con torpeza, y nuestros ojos se encuentran.

–¿Hablas inglés? –pregunta. Tiene una voz sorprendentemente agradable. Acento ruso.

–Sí, señor.

–¿Americano?

–Sí.

–¿Qué te ha pasado?

–Me escapé de casa.

Él se estremece.

–¿Entonces la policía te está buscando?

–Ya no. Llevo ya mucho tiempo fuera.

–¿De dónde sacaste la barca?

Cuidado, Jack. Puede que ya le hayan seguido la pista y que sepan que fue robada. Bajo los ojos, como avergonzado, y murmuro:

–La robé.

–¿Así que eres un ladrón?

–Alguien me estaba persiguiendo y tenía que alejarme.

Al capitán eso no le gusta. Sus incisivos ojos se abren de par en par.

–Si me robas algo, te castigaré severamente. ¿Sabes hacer alguna cosa que sea útil?

–Nunca había estado en un barco.

–Te buscaré trabajo. Tendrás que trabajar el doble que cualquiera. Porque tu perro está empezando a comer.

–Haré lo que me diga, señor.

–Sí. Lo harás –los pequeños ojos azules brillan con autoridad. Se inclina hacia delante–. ¿Cuál es tu nombre?

–Jack.

–¿Por qué escapaste de casa, Jack?

–Hubo un accidente –trago saliva–. Mis padres murieron. No me apetecía seguir por allí.

Su mano derecha enguantada golpea una vez, con fuerza, la superficie del escritorio.

–¿Por qué me mientes?

–No estoy mintiendo, señor.

–Entonces debes de ser un chico muy desgraciado.

–Sí, señor.

–No me gusta tener gente desgraciada en mi barco –se trata de una amenaza en toda regla–. Trabaja duro. Mantén la boca cerrada. No me des ningún motivo para que me arrepienta de haberte salvado la vida.

–No lo haré, señor.

Su voz sigue siendo pausada, pero ya no es amable.

–Porque este barco tiene que ver con el negocio de la muerte –el susurrar del capitán se afila como un agudo y letal espetón–. Somos una fábrica de muerte.

Me vuelvo a mirarle. No seas curioso, me advirtió Ronan. Así que asiento y compongo un gesto inexpresivo, a pesar de que asaltan mi mente unas cuantas cuestiones. ¿Tendrá que ver la «D» de su libro de cuentas con la muerte? ¿Dónde perdió el brazo? ¿Y qué papel voy a desempeñar exactamente en esta fábrica de muerte?

El capitán me indica que me marche haciendo una seña displicente con su mano buena.

44

TRABAJO duro. Me duelen las articulaciones. Los huesos agarrotados.

Fregando la cubierta. De proa a popa. ¿Entiendes la jerga náutica? Yo la estoy aprendiendo.

Lo que parece una portería de fútbol se llama superestructura. La casita de dos pisos es la cabina de timón. Y la zona plana de cubierta en popa es el área de trabajo. Me pregunto si la habrían limpiado alguna vez antes de que yo subiera a bordo.

Nos hallamos situados entre dos áreas de pesca, así que a bordo nadie parece tener mucho que hacer. Los miembros de la tripulación pasan el tiempo en los camarotes de las literas. Leyendo. Jugando a las cartas. Echándose un sueñecito.

Mientras tanto, Jack está trabajando para llenar dos estómagos. El mío y el de un can que está desaparecido. Barriendo, limpiando y fregando.

Todavía no he visto a Gisco. He estado preguntando a los marineros. ¿Dónde está mi perro? ¿Está vivo? ¿No lo habréis tirado otra vez al mar?

Deberíamos haberlo hecho, dicen. Trae mala suerte matar a un perro. Peor suerte cuidar de él. Vuelve al trabajo. Te has dejado una mancha.

Me toman el pelo. Se ríen a mi costa.

Y el capitán me está poniendo a prueba con todo este trabajo que me deja deslomado. Aunque la verdad es que, en cierto modo, me divierte.

Desde niño he leído montones de libros de tema marítimo, empezando por *La Isla del Tesoro.* Pero nunca había estado en el mar.

Me gustan las sensaciones que me provoca. Como el ir y venir de las olas. El olor a salitre. El océano despejado por todas partes. Contemplar a las gaviotas volando en círculos. El amanecer y la niebla matutina. La puesta de sol y las estrellas al anochecer.

Me gusta estar rodeado de otros chicos. Resultaba un poco demencial y claustrofóbico estar encerrado con Eko en las Outer Banks. Y además de eso, desde que dejé Hadley, solo he estado con Gisco, huyendo para salvar mi vida en trenes y motocicletas.

Es agradable estar de nuevo con gente normal, que no se visten con trajes ninja ni te piden que dobles arena, o te dicen que tu mundo está a punto de acabarse.

Estos marineros son rudos, pero buena gente. Discuten. Se gastan bromas corrientes. Se insultan unos a otros y se meten con Jacques por su forma de cocinar, la cual he de admitir que es pésima. Pero sus juegos –incluso los crueles– son comprensibles y familiares, y la comida por lo menos sacia.

La tripulación guarda con mucho secreto adónde vamos, aunque algunos de ellos están empezando a abrirse un poco. Se sienten orgullosos de ser pescadores. Están nerviosos porque estamos a punto de bajar las redes en un sitio nuevo. Me cuentan que si hacemos una buena captura, todo el mundo obtendrá una recompensa.

Ahora es pleno mediodía. Estoy arrodillado, sin la camiseta, con el sol dándome en la espalda, mientras froto la cubierta con un cepillo. Ronan me da un toque en el hombro.

–¿Juegas al fútbol, chaval?

¿Fútbol? Levanto la vista hacia él, guiñando los ojos. Decido no mencionar que en cierta ocasión corrí trescientas cuarenta yardas durante un partido. Marca récord de la liga.

–Un poco –murmuro.

–¿Te apetece un partido?

–¿Aquí? ¿Nos dejarán?

–Es una tradición. Siempre jugamos antes de pescar. Y tú estás en mi equipo, así que espero que por lo menos seas pasable. El balón que me entrega no es de fútbol americano. Es redondo y tiene pinta de que lo haya machacado toda una flota. O pateado. Es un balón de fútbol. Andrajoso. Roto. Pero aún sirve para jugar.

Unos minutos más tarde me encuentro jugando un partido de fútbol con una docena más de tíos. Las porterías están colocadas en la gran cubierta de faena.

–Mándala de una patada al agua y vas a por ella –me advierte Ronan. Los miembros de la tripulación que no juegan están alrededor animando y lanzando consejos a gritos.

El fútbol no es lo mío, y algunos de estos tipos son buenos de verdad. En realidad nunca me he fijado en cómo es el fútbol internacional. Los jugadores africanos tienen su propio estilo, muy fluido. Los sudamericanos son maravillosos especialistas. Los europeos como Ronan juegan un juego más disciplinado.

Y luego estoy yo. Un americano. El fichaje loco. En mis tiempos jugué algo de fútbol, aunque no tengo su técnica. Ahora bien, en velocidad no hay quien me iguale. Jack Danielson. El corredor más rápido de la escuela. Del pueblo. Del condado. Y también del barco.

El partido oscila, gol arriba y gol abajo. Meto dos goles. Los otros lo igualan. Partido empatado. El próximo gol gana.

–Si lanzo el de la victoria, tendrás que decirme dónde está mi perro –propongo.

–Trato hecho –asiente Ronan–. Pero ten cuidado. Acabarán contigo antes de que puedas derrotarlos.

Un gran alemán llamado Rudolf, que es el maestro pescador, sea lo que sea que signifique eso, me hace un pase largo y alto.

Lo recibo con el pecho y me abro paso bruscamente ante dos defensas. No queda más que un tipo al que esquivar; luego, la portería.

Los tipos que están en el lateral le gritan que debería entrarme. Lanzarme al suelo. Me encanta esto. Pasármelo bien jugando a pleno sol.

Finjo ir por un sitio, luego me desmarco por otro. Él no consigue igualar mi velocidad, así que intenta un placaje a la desesperada. Yo brinco justo por encima de él y despego la pelota delante de la portería.

¡GOL! Cinco arriba. Felicitaciones en seis idiomas.

–Bien hecho, chaval –me felicita Ronan.

–¿Dónde está?

–Dos niveles abajo, el cuarto de control de refrigeración.

45

Es más un armario que un cuarto. Pequeñito. Sin ventanas. Fresco. Las máquinas zumbando. Algo relacionado con la refrigeración. Olor a pelo húmedo.

Sobre el suelo, una alfombra mohosa. No, no es una alfombra. Un cuerpo de foca pudriéndose. Lo rasco. El cuerpo de foca no se mueve, pero gruñe. ¿Eres tú, cara hocico?

No. Estoy muerto. Gisco ha perecido. Aunque aún tenía hambre mientras se moría. Me están alimentando con sobras. ¡Sobras! ¿No llevarás encima algo de comida?

No soy el servicio de habitaciones. Ya va siendo hora de que dejes de morirte; levántate y echa una mano fuera. Estamos en algún tipo de misterioso barco de arrastre y, mientras tú haces la siesta en tu camarote, yo estoy haciendo todo el trabajo.

Un perro no tiene nada que hacer en un barco. Además, ni siquiera me tengo en pie. ¿Cómo voy a recuperar mis fuerzas si no me dan nada de comer?

Puede que ayude el ejercicio físico, sugiero.

Loco tiene que estar el perro agonizante que espera simpatía de los humanos. Abandóname a mi trágico final.

Tu trágico final parece bastante confortable comparado con el mío. Escucha, los marineros son bastante amistosos, pero nadie me quiere decir adónde vamos. Y el capitán y su primer oficial me dan malas vibraciones.

¿Qué clase de malas vibraciones?

Creo que no confían en mí o no creen mi historia sobre cómo acabamos en esa pequeña barca. Me hacen trabajar, me ponen a prueba y me vigilan todo el tiempo.

Trabaja más duro para ganarte su confianza.

Para ti es fácil decirlo. Y hay otra cosa más. Soñé con mi padre. Me advirtió que tuviera cuidado con las quimeras.

¿Quimeras? ¿Estás seguro de haberle entendido correctamente?

Sí, y me está poniendo nervioso. La quimera era un monstruo y augurio de desastres en el mar, y nosotros estamos en medio del Atlántico.

Era un monstruo mítico, que supuestamente amamantó a la Esfinge, me corrige el perro con aire profesional. *Nunca existió realmente. Incluso los mitos son ambiguos. Algunos dicen que tenía cabeza de león, cuerpo de cabra y cola de serpiente. Otros lo describen como una monstruosa mezcla de diferentes animales. De todos modos no es más que una ridícula leyenda. Yo no dejaría que me quitara el sueño.*

Jacques, el cocinero, tiene monstruos marinos tatuados en los brazos, informo a Gisco. Y el capitán tiene un libro de cuentas que tiene algo parecido a una serpiente.

Interesante, aunque seguramente una coincidencia. ¿Alguna pista sobre Tormenta de Fuego?

No, aún no. Aunque, como no sé lo que es, ¿cómo voy a saber si estamos cerca?

Tú eres nuestro rayo de esperanza. Lo sabrás cuando lo veas. Ojalá pudiera ayudarte, pero no creo que pueda hacerlo.

Tengo que reconocerlo, no tienes buen aspecto. Quizá pueda buscarte un poco más de comida.

Gisco se reanima notablemente. *Nada de pescado. Me hace daño al estómago. Y la comida enlatada me da gases. Me conformaría con carne de vaca o cordero. Y también agua fresca. Fresca, no fría.*

Oh, oh. Algo está pasando. El barco está yendo más despacio y virando.

Cacofonía de sonidos provenientes del exterior. Vocerío. Gente subiendo. Corriendo a toda velocidad.

Ronan aporrea la puerta.

–Vamos, chaval, tenemos trabajo. ¡Vamos a pescar! No hagas que el capitán venga a buscarte.

Vale, reconozco un buen consejo cuando lo oigo.

Tengo que irme, le digo a Gisco. Veré si puedo conseguirte un poco más de comida.

Gracias, habichuela. Ten cuidado. Si esto es un barco de arrastre, estás a punto de contemplar el horror de los horrores.

Lo cierto es que llevaba tiempo esperando esto.

El perro se da la vuelta y posa despectivamente el hocico en el suelo.

Salgo corriendo por la puerta, escaleras arriba. Puede que ahora consiga algunas respuestas.

46

LLEGO a la cubierta y me asomo al calor del sol.

Hay una actividad febril en el barco. Hombres con el torso desnudo apresurándose a conectar cables. Manipulando cabrestantes y grúas. Depositando una enorme red de nailon de color naranja sobre la zona de faena.

Jacques está de pie con unos cuantos de sus amigotes a la sombra de la cabina de timón.

–¿Qué pasa? –le pregunto.

–Estamos a punto de bajar las redes –dice, y luego se da la vuelta y escupe a un lado–. Para dar suerte. Tu turno.

Sigo su ejemplo y escupo por encima del pasamanos. El viento atrapa mi saliva y me la devuelve a la cara.

Jacques suelta una risotada ronca y sus amigos se echan a reír. Entonces, de repente se quedan muy serios.

Acaba de subir el primer oficial, Ojo de Parche.

–¿Qué es eso tan gracioso?

–Nada, señor.

Ojo de Parche empieza a ladrar órdenes.

–Freddy y Eduardo, cabo de fondeo. Scotty, cabrestante de estribor. Alex, cable de tripulación. Jacques, cuando te encargues de la captura, a ver si nos buscas algo decente de comer. Ya hemos tenido bastante con la mierda que nos pones –sus ojos tornan hacia mí–. Tú. Vertido de captura desechada.

–Lo siento, pero no sé lo que es eso –confieso.

–No es un trabajo altamente cualificado –dice, encogiéndose de hombros–. Aquí tienes tu equipo –me proporciona una pala y se marcha.

Los demás hombres corren a ocuparse de sus tareas. Jacques se queda, resentido por los insultos a su cocina.

–¿Qué es el vertido de captura desechada? –le pregunto.

–Toda la pesca que no vale, que probablemente enganchemos en este arrecife –gruñe, y luego echa una rápida ojeada alrededor para ver si alguien le ha oído quejarse. Satisfecho de que nadie lo haya hecho, se marcha pisando fuerte.

Observo a la tripulación preparar la red, conectando sus diferentes secciones a ganchos y cables. Puedo ver que van depositándolas en escrupuloso orden.

Un grueso fardo de redes es elevado hasta la parte alta de la rampa de proa, para poder desenrollarlo y bajarlo en primer lugar por la rampa.

Veo a Ronan agachado en la zona de faena, sudando por el calor del sol. Termina de enganchar un cable arriba y se limpia la frente. Me ve y me grita:

–¿Cómo está tu perro?

–Vivo, pero hambriento.

–¡Línea madre fuera! –brama el primer oficial. El fardo de redes es lanzado abajo por la rampa.

Lo sigo con la mirada cuando cae salpicando dentro del agua. Ronan sube y me sonríe.

–Todo esto es nuevo para ti, ¿no?

–Sí –contesto–. ¿Qué es la línea madre?

–La parte trasera de la red –me explica–. Donde quedan atrapados los peces durante el arrastre–. Nos quedamos juntos, contemplando la línea hundirse en la estela de espuma del barco.

–Si es la parte trasera de la red, ¿por qué se saca primero? –pregunto.

–Esa curiosidad tuya te va a traer problemas, chaval –me advierte, sonriendo burlón–. Pero supongo que enseñarte a pescar no hace daño. Dejamos que la red se quede atrás. Tiramos de ella por delante. ¿Te das cuenta de cómo la línea madre tira del resto de la red?

Me quedo mirando mientras el fardo de redes es arrojado atrás por el movimiento del barco. Mientras es arrastrada a lo lejos, su peso jala del cuerpo de la red por la rampa de proa. Ronan y los otros hombres se aseguran de que el nailon naranja no se quede enganchado mientras se desliza por la cubierta de faena en dirección al agua. Ahora que está toda extendida el tamaño de la red parece increíblemente largo. Se podrían atrapar ballenas con ella, o incluso un submarino.

–¿Qué es lo que vamos a pescar? –pregunto.

–Emperador. Un pez precioso, chaval. Y también se vende a buen precio. ¿Qué vas a hacer con esa pala?

–Vertido de captura desechada –le digo–. ¿Qué es la captura desechada?

–Todo lo que no es emperador –me informa Ronan. Por un instante, su rostro sonriente se ensombrece–. Que puede que sea bastante más de lo que cojamos hoy –mira a su alrededor con cautela.

Su predicción de fracaso y su miedo a ser escuchado me recuerdan los gruñidos de Jacques. Está claro que algo va mal. ¿Tan desagradable es la pesca? ¿Se considera mala suerte quejarse? ¿O es que tienen miedo de algo? ¿O de alguien?

Ya han soltado dentro del agua toda la red naranja. Ronan me agarra por un brazo y me arroja a un lado cuando el brazo de un cabrestante pasa balanceándose a nuestro lado, levantando un buen trozo de cable pesado por uno de los laterales de la rampa de popa. El cable va sujeto a una especie de bobinas, como ruedas lastradas, que chirrían con fuerza mientras ruedan por la cubierta.

–Lastres de piedra. No dejes que te pillen los pies –me advierte Ronan.

–¿Por qué son tan pesados?

–¿Ves el cable al que van enganchados? Eso es el borlón. Hace que la boca de la red se quede tocando el fondo. Esas ruedas se llaman piedras de draga y pueden saltar por encima de las rocas. Más que nada rompen cualquier cosa que sale a su encuentro.

Más bien pulverizan.

Levanto la vista, sorprendido. Gisco ha salido él solo a cubierta y ahora se encuentra a mi lado mirando, con una extraña expresión en su cara.

Creía que te estabas muriendo.

Tenía que verlo. Aunque no sé si podré resistirlo.

47

—¡Borlón fuera! –grita el oficial de primera. El pesado cable con sus bobinas lastradas se desliza por la rampa de proa y golpea el agua, levantando surtidores de agua.

Gisco se estremece.

¿Sientes debilidad por los emperadores?

Una cosa es investigar algo horrible cuando se está a mil años de distancia de ello. Otra es verlo en vivo y en directo.

Anímate. No es más que una gran red de pesca.

–¡Última revisión de palas! –grita el primer oficial–. Desenganchar a la de diez.

De pronto se produce una actividad frenética.

–Será mejor que alejes a tu perro de los cables –advierte Ronan.

–No te preocupes. Es más inteligente de lo que parece.

El cumplido más retorcido que he oído nunca.

–¿Qué son las palas? –le pregunto a Ronan.

–Las puertas grandes que mantienen abierta la boca de la red –explica. Señala dos inmensas chapas de acero montadas a cada lado de la parte posterior del barco de arrastre–. Cuando están abiertas, hacen de embudo para que los peces entren en la red, bajando por la rampa, hasta la línea madre. Pueden tragar más de dos toneladas de una sola vez.

Incluido todo lo que no tiene ningún interés, añade Gisco para mi información. El perrazo tiene un aspecto verdaderamente miserable. Y presiento que no es porque esté débil ni hambriento.

Sus ojos se dirigen a la cubierta de faena. Está observando las grúas y cabrestantes y siguiendo la red mientras se aleja. Percibo algo en él, telepáticamente, que nunca antes he sentido. Una inmensa rabia, aunque no es personal, no dirigida ni a mí ni a Ronan.

El oficial de primera termina su recuento y grita:

–¡Diez! ¡Palas fuera! –y las anchas puertas son desenganchadas de sus anclajes y caen chapoteando al océano.

El capitán sale al puente con aspecto tenso. Rudolf, el maestro pescador, empieza a vociferar órdenes precisas a los operarios del cabrestante.

–Traed la red a estribor. Largad otros treinta metros.

Los miembros de la tripulación bajan con cuidado la red y la colocan en posición con los cabrestantes hidráulicos.

Gisco cierra los ojos con fuerza.

Entereza, Gisco. Es tu deber contemplar esto. Se obliga a abrirlos de nuevo.

Tranquilo, aliento de Purina. Solo estamos lanzando una red.

Gisco vuelve la cabeza para mirarme.

Puede que seas nuestra única esperanza, pero estás tan ciego como ellos.

¿Ciego, por qué? Solo estamos pescando.

En su rostro hay una profunda tristeza que me hace recordar a Eko sobre el tejado de la casa de la playa. Recuerdo cómo permanecía sentada, en silencio, sus dedos abiertos, paseando sus ojos por el cielo nocturno, como si estuviese contemplando la inminente pérdida de esa belleza que ella sabía que pronto desaparecería para siempre.

Ahora estoy percibiendo la misma mezcla de furia e impotencia en Gisco. La única diferencia es que Eko también se sentía culpable, quizá porque ella era humana.

Gisco no lleva esa carga. Está furioso y terriblemente triste. Aunque, por extraño que parezca, también siente algo de curiosidad.

Sus ojos recorren el barco de proa a popa, observando los rostros de la tripulación.

Siempre ha sido uno de mis mayores interrogantes acerca del Momento Crucial. La única cosa que sigo sin comprender. ¿En qué estaban pensando? Después de todo, vuestra especie es inteligente y capaz de sentir una profunda compasión.

Los ojos de un perro pueden ser sorprendentemente expresivos. Los de Gisco están muy abiertos y tristemente llorosos.

Ahora que lo veo, empiezo a comprender.

Yo me encuentro de pie a su lado y observo el posicionamiento de las redes. Es patente el olor de la maquinaria y el humo que despide el lubricante. Le pregunto:

¿Qué es lo que comprendes ahora?

Él está mirando a los hombres que se encargan del trabajo de bajar las redes. Una tripulación de todas las razas y colores, desnudos hasta la cintura y sudando por el calor del sol. Sus músculos tensos. Sus rostros serios. Ojos concentrados en su labor. Ninguno de ellos tiene pinta de mala persona.

Mientras están arañando y dejando limpio el suelo del océano, arrecife a arrecife y acre a acre, están demasiado ocupados para darse cuenta. Se trataba de un duro día de trabajo a pleno sol. Tan solo iban a pescar.

48

EL gran barco aminora la marcha mientras sus redes son largadas.

–Notarás cómo las palas golpean contra los montes marinos –afirma Ronan.

–No sabía que hubiese montañas en el mar –le digo.

–Hay toda una cadena de ellas llamada cordillera del Atlántico Medio. En ellas crecen corales y a los peces les encantan.

Y a los barcos de arrastre les encanta destruirlos, añade Gisco, sombrío.

–Tu perro no tiene muy buen aspecto –señala Ronan–. ¿Se marea?

Es dolor de corazón, pedazo de zanahoria, murmura Gisco telepáticamente y se marcha sacudiendo la cabeza.

El gran pesquero de arrastre sufre una sacudida por todo su casco, como si hubiese chocado contra un iceberg.

–Eso son las palas golpeando contra el fondo –me dice Ronan, excitado–. Ahora vamos a empezar a pescar.

La tripulación termina de colocar la red y de abrir las grandes puertas.

Las siguientes tres horas pasan rápidamente.

Aumenta la expectación. La creciente carga de la red de arrastre bombea más y más la agitación de la tripulación.

Yo comparto la subida de adrenalina. Como el cazador de caza mayor, que ve un matorral moviéndose cerca de un abrevadero. ¿Será un rinoceronte? ¿Un león? ¿Un ñu? Agarras la escopeta y esperas.

O, en mi caso, agarro el mango de mi pala y me uno a la tripulación en la baranda de estribor, con la vista fija en el agua.

Estoy seguro de que se están imaginando la captura. Yo también trato de imaginarme lo que está sucediendo a más de trescientos metros por debajo de nosotros.

Con el ojo de mi mente me imagino un vasto banco de emperadores sobre los frescos y sombreados montes marinos.

Nuestra red se desplaza hacia delante, anclada al fondo por el borlón, brincando tranquilamente sobre sus ruedas lastradas.

Las piedras de las tolvas de draga saltan por encima de las rocas. Brillando entre los corales. Las grandes puertas de acero están completamente abiertas apuntando directamente hacia el banco de peces que se alimentan en el fondo y que hemos localizado desde arriba.

Los emperadores se dirigen a través de esas enormes palas-puerta. Están atrapados en la red, aunque son embutidos hacia el fondo, hasta que acaban envueltos en el bolsón de muerte.

Entonces la boca se cerrará y la red será izada. Ya me imagino unos entusiastas vítores de la tripulación. Los peces serán depositados sobre la cubierta formando una pesada pila de color anaranjado.

Los emperadores irán a la cámara de procesamiento para ser fileteados. Yo recogeré con la pala toda la captura pequeña, no deseada, y la devolveré al océano, y todo el barco lo celebrará.

Eso es lo que yo imagino. ¿Qué problema tiene Gisco? Los humanos llevan miles de años pescando. La gente tiene que comer. El pescado es una buena fuente de proteínas. El océano cubre tres cuartas partes de la superficie de la Tierra, y nosotros estamos pescando en una diminuta parte de él.

Tal vez venir de un espantoso futuro condicione tu opinión. También Eko lo veía todo negro. Las comidas vegetarianas. Rumiar sobre un tejado. Ya que el futuro está tan arruinado, puede que mi compañero canino sea demasiado sensible.

Ahora el barco se mueve muy despacio, a una velocidad de dos o tres nudos. Subiendo, tirando de una red de arrastre cargada. Puedo sentir la carga de emperadores a trescientos metros por debajo.

Quizá cuando la carga llegue arriba, el capitán se relaje y yo pueda jugar un poco más al fútbol y frotar un poco menos. Quizá se pasen unos a otros el ron y bailen la danza del cuerno, o cualquiera que sea su equivalente moderno.

–¡Listos, chicos! –grita Rudolf, el maestro de pesca–. ¡Subidla!

Los cabrestantes chirrían mientras van recogiendo los cables, que son enrollados en enormes carretes por motores hidráulicos. Avanzan concienzudamente, al revés de cuando las redes son largadas, excepto que ahora están sacando del fondo toneladas de peces.

Me uno a los otros miembros de la tripulación en el lado de estribor de la cubierta, expectante.

Ronan está a mi lado.

–¿Tienes lista tu pala, chaval?

Me encojo de hombros, inseguro.

–¿Cómo reconoceré los emperadores?

–Imposible no verlos –me asegura–. De color rojizo anaranjado. Cabezas huesudas. Ojos grandes. Los filetes están buenísimos cocinados con un poco de vino blanco. Tienen un sabor realmente exquisito.

Puede que sea porque tardan mucho en crecer, sugiere Gisco, caminando con pasos suaves para unirse a nosotros. *El emperador puede llegar a vivir hasta ciento cincuenta años. El filete que estás pensando en cocinar es probablemente más viejo que tu abuela.*

–Si tenemos suerte, podríamos hacer nuestro agosto –añade Ronan, observando fijamente el agua–. Cuando desovan se reúnen en grandes bancos.

Como viven tanto tiempo, no se empiezan a emparejar hasta los veinticinco. Así que si esquilmas un banco entero de parejas, tardan tres décadas en ser reemplazados.

–Oh, deja de ser tan negativo –regaño a Gisco. Por error, he pronunciado las palabras en voz alta.

–¿Quién, chaval? ¿Quién está siendo negativo?

–No, negativo no. Nada. He dicho que aún no se ve nada.

Las redes son subidas a bordo en orden inverso. En primer lugar, las gigantescas puertas de acero son izadas por los lados del barco y fijadas otra vez a su sitio. Luego es subido el borlón y levantado por una grúa hasta la parte trasera de la cubierta de faena.

El cuerpo de la red se levanta y se mueve a un lado, para que no estorbe al paso. Ahora es visible la línea madre, justo fuera de la rampa de popa. Ya no es un pequeño fardo. Se ha convertido en una enorme bolsa naranja, de tres metros de anchura y tan larga como un autobús escolar, cinchada arriba con sogas blancas.

Oigo maldecir a unos cuantos miembros de la tripulación, pero aún no entiendo por qué.

Los anzuelos están colocados en la línea madre y un cabrestante es usado para arrastrarla desde la rampa a la cubierta de faena. Al instante se convierte en centro de actividad de la docena de hombres que la rodean. Yo me quedo atrás, tratando de ver exactamente lo que está sucediendo.

Se escuchan furiosas maldiciones con más frecuencia ahora, mientras las diferentes secciones de la línea madre son separadas y la captura es descargada sobre la cubierta.

La curiosidad me vence. Me adelanto sigilosamente para echar un vistazo más de cerca. Me abro camino entre dos fornidos marineros. Y entonces, yo también lo veo, y contengo el aliento.

49

Tiene que haber algún error. La red es de color naranja, pero los peces que hay dentro no lo son. No tienen ni las cabezas huesudas ni ojos grandes. Bueno, unos cuantos sí. Aquí y allá veo manchas de luminoso naranja en la vasta y oscura red. Tan solo unos pocos emperadores.

Es una captura inservible. Un autobús escolar de peces inservibles. Toneladas de otros peces, calamares, pulpos, crustáceos, corales y anémonas, impresionantes por su diversidad. De hecho, la montaña de organismos marinos, que despiden brillos allí tirados en cubierta, solo tienen una cosa en común: todos está muertos o agonizando.

Eko trató de enseñarme a comunicarme telepáticamente con las criaturas salvajes, pero nunca logré esa comunicación.

Ahora, durante una décima de segundo, una trampilla, desconocida hasta ahora, se abre en mi mente. Y lo oigo. Y lo siento. No me preguntes cómo puedes sentir un sonido, o un pensamiento, pero estoy seguro de haberlo hecho, tal como uno siente un relámpago. Lo que oigo me hace temblar y dejar caer la pala sobre la cubierta.

Un frío AULLIDO de puro terror, primitivo, se expande por la cubierta como un gélido viento. Nunca había escuchado nada parecido en toda mi vida, y ahora, no sé cómo, sé exactamente lo que es: la agonía final de un millón de formas de vida, sacadas de sus arrecifes, machacadas durante el arrastre, y ahora muriendo lentamente a causa del radical cambio de presión.

Con la misma rapidez con la que se ha abierto, la trampilla mental se cierra con brusquedad y giro sobre mis talones.

Esto también es parte del entrenamiento de Eko. Anticiparme al golpe que no veo venir. El puño llega por detrás de mí, y al girar mi cuerpo en el último segundo, esquivo la peor parte del puñetazo. Es el oficial primero Ojo de Parche, con un humor de perros.

–Deja de quedarte pasmado, recoge esa pala y ponte a trabajar.

Así que me pongo a trabajar. Y no es nada divertido.

El sol está en su punto más alto, castigando a las toneladas de capturas inservibles que yo trato de devolver al agua con la pala lo más aprisa que puedo. La montaña de fauna marina parece estar moviéndose y derritiéndose y pudriéndose, todo al mismo tiempo.

Los más pesados y peligrosos son las ramas de coral, que las piedras de draga han partido y pulverizado. Todos los corales pinchan al pisarlos, pero además algunos miembros de la tripulación dicen que el coral de fuego quema al contacto con la piel.

Avanzo en zigzag y de lado por toda la cubierta, hundiendo mi pala en el montón de capturas desechadas. Una docena de veces, y después cien, y después mil, y acarreo nueve kilos de cargas hasta el extremo de la cubierta y las tiro de vuelta al océano.

Intento no mirar el contenido de la pala para ver lo que se mueve dentro, vivo y atormentado. Pero a veces es imposible. A menudo tengo que apartar cosas que se han enganchado con otras o que están enredadas.

Y para hacer eso, tengo que mirar.

Aparto ramas de coral rotas, que han quedado amontonadas juntas como una pila de leña. Pulpos y erizos están atrapados en lo más profundo de esas pilas, como criaturas que han pasado su vida en cuevas, buscando algún lugar conocido para esconderse de la desconocida fuerza que los estaba elevando al cielo.

Anémonas, estrellas de mar, mejillones y esponjas tendrán que ser rebanadas de la malla por la hoja de la pala para poder lanzarlas por la borda en grupos agonizantes.

Luego están las langostas abisales y los cangrejos. Algunos aún agarrados al nailon de color naranja con sus pinzas, como si continuaran luchando contra un enemigo desconcertante.

La pequeña captura de emperadores se lleva bajo cubierta para ser trabajada en la cámara de procesamiento Los filetes son congelados, mientras sus cabezas, colas, espinas y tripas pasan a los desagües, donde se mezclan y son lanzados fuera por unas conducciones rojas detrás del barco. Los marineros denominan esta pasta de pescado *gurry*, y hay una cola de un cuarto de milla de gaviotas que sigue a nuestro barco, graznando con escándalo mientras engullen la sanguinolenta vaharada.

Escuchando los hambrientos chillidos de las alborotadas gaviotas mientras me inclino sobre mi lúgubre tarea, empiezo a comprender por qué el capitán dijo que esto era una fábrica de muerte flotante.

Lo último, y lo más horrible, son los peces más grandes y los animales marinos. Hay un delfín muerto. Los delfines respiran aire, así que supongo que este quedaría atrapado mientras estaba sumergido y se ahogó mientras la red de arrastre lo introdujo dentro de la trampa final. Al levantarlo por la aleta trasera para ponerlo a un lado, toco su piel –suave como el más lujoso de los cueros– y recuerdo a los delfines que me salvaron cuando Eko y yo estábamos bajo la amenaza del tiburón.

Una tortuga marina gigante está tirada panza arriba sobre la cubierta, agitando las patas, echando montones de sangre por el caparazón roto. La agarro por el rabo y con ayuda de otro hombre de la tripulación la llevamos por la cubierta de faena en dirección a la rampa.

El caparazón roto produce un sonido de *pla, pla, pla*, mientras la estamos transportando. La sangre empapa mi camisa y mis pantalones. Cometo el error de mirarla a los ojos.

Sé que las tortugas marinas crecen despacio, hasta llegar a edad adulta. ¿Qué edad tendrá esta Matusalén de las profundidades? ¿Doscientos años? ¿Trescientos?

¿Cuántas veces habrá dado la vuelta al mundo, para acabar enganchada en una red de nailon del *Lizabetta* y romperse por la presión del arrastre? Ella me devuelve la mirada y parece estar preguntándome: si no vas a quedarte conmigo ni me vas a comer, ¿para qué has hecho esto?

No tengo respuesta para el gigante agonizante, así que lo empujo rampa abajo y se hunde fuera de mi vista.

Una eternidad más tarde lanzo la última paletada de desechos al océano y dejo caer la pala.

¿Estás bien? Gisco se ha acercado a mí. *No tienes muy buen aspecto.*

No me encuentro bien.

¿Cuál es el problema?

En lugar de contestar, vomito por encima del pasamanos.

50

HAY muchas quejas durante la cena.

Los pescadores se sienten desgraciados. Parte de la paga depende de las cantidades que pescan. Están disgustados. Temen que les echen la culpa o los despidan por el desgraciado incidente de hoy con la pesca de emperadores.

¿Pero quién? No lo sé. El capitán no.

Hay alguien por encima y detrás del capitán que mueve los hilos. Alguien a quien tienen demasiado miedo como para nombrarlo directamente.

Aluden a él, susurrando, como el jefe.

–Un amigo mío iba en un barco apestoso –dice uno de los marineros, mientras se muestra reacio a ingerir una cucharada del odioso guiso de pescado de Jacques–. El jefe llamó por radio al capitán y le mandó echar a toda la tripulación. Los dejaron abandonados en Nouakchott.

–¿Dónde diablos está eso?

–Mauritania. A mil millas de aquí.

–Sí, el jefe va a echar fuego por la boca cuando se entere de esto –añade entre susurros otro pescador, nervioso.

Me pregunto quién será ese misterioso jefe, que deja abandonada a toda una tripulación y echa fuego por la boca. ¿Será el monstruo del que mi padre me advirtió?

Los hombres empiezan a beber. Cerveza, *whiskey,* ron. Levantan las jarras y engullen el brebaje de un trago. El volumen de sus voces crece, y los ánimos empiezan a enardecerse.

Nunca antes había visto a pescadores bebiendo. Las botellas brotan sobre la mesa como un bosque de vidrio, y las vacías caen fuera del cubo de basura.

–Si vamos a coger emperadores, deberíamos ir a Nueva Zelanda –se queja un marinero africano.

–Ya conoces los límites que han impuesto allí –señala Ronan.

–¿Y qué? Los barcos rusos siguen yendo.

–Eso es cierto –Ronan baja su cuchara y escupe en el suelo–. Por cierto, ¿qué es esta mierda?

–El guiso de pescado más fino que comerás jamás –pregona Jacques con orgullo–. Le he puesto el condimento especial de la familia.

–¿Quieres decir que te has meado dentro? –pregunta Ronan.

Jacques agarra una cuchilla de carnicero.

–Una palabra más y te rebano la lengua.

–Entonces, al menos no tendría que saborear tu bazofia –Ronan se ha puesto en pie–. Y no se te ocurra blandir ante mí un cuchillo jamás.

–No es un cuchillo, es una cuchilla de carnicero. ¿Te apetece probarla?

En contestación, Ronan golpea una botella de ron contra la pata de la mesa. El culo de la botella se hace añicos formando una corona de irregulares picos de vidrio.

Los demás miembros de la tripulación se echan rápidamente atrás, para quitarse de en medio cuando el gordo cocinero y el alto irlandés se colocan frente a frente y comienzan a fintar e intentar golpearse.

–Te voy a rajar esa garganta embustera –amenaza Jacques.

–Pues, vamos, gordo. Te voy a destripar como a un pescado.

Jacques es sorprendentemente ágil con sus pies, pero Ronan es más joven y más rápido, y tiene un mayor alcance. De repente intenta golpear y el cristal astillado araña un hombro del cocinero.

Jacques brama como un elefante herido mientras la sangre roja resalta sobre el fondo de sus tatuajes azules. Levanta uno de los bancos, que debe de pesar unos noventa kilos, y carga al frente con él. El banco termina convertido en un potente ariete que atiza a Ronan haciéndole caer.

En un instante tiene al enorme cocinero encima, haciendo oscilar su cuchilla de carnicero en arcos letales. Ronan echa a rodar debajo de una litera.

El cocinero se agacha y da vueltas, tratando de cogerle, rebanando y cortando el aire en pedacitos. Como eso no funciona, empuja la cama a un lado, y la pesada estructura de hierro vuelca. Cae al suelo retumbando con estruendo, privando al irlandés de su cobijo. Ronan trata de alejarse rodando, pero Jacques lo acorrala contra la pared. La cuchilla comienza a descender...

Se oye un disparo y todo se detiene.

El brazo de Jacques prácticamente se paraliza en el aire.

Todos nos damos la vuelta.

El primer oficial, Ojo de Parche, está allí de pie, pistola en mano y con una expresión furibunda en su rostro.

–Baja el cuchillo.

–Este bastardo me ha cortado... –protesta Jacques.

La pistola del primer oficial apunta ahora al cocinero.

–Si alguien es asesinado en este barco, seremos el capitán o yo quienes lo hagamos. Última oportunidad. Bájalo.

Jacques deja caer la cuchilla con una maldición.

–Ya acabaré contigo más adelante, tenlo por seguro –le promete a Ronan.

–No, no lo harás –dice bruscamente el primer oficial–. ¿Sois tan idiotas que no sabéis que trae mala suerte derramar sangre en un barco de pesca?

Los supersticiosos miembros de la tripulación asienten entre murmullos.

–Ahora, todos a la cama –ordena el primer oficial–. Mañana echaremos el arte en un arrecife virgen.

A la tripulación parece gustarle cómo suena eso. Los hombres se ponen a gritar:

–Por fin.

–Eso es.

Pero el primer oficial aún no ha acabado.

–Y grabaos mis palabras –advierte desde el pasillo–. Como haya alguna pelea más, os despido a todos vosotros y recluto una nueva tripulación a la que le guste pescar. ¿Lo habéis entendido todos? ¿Ronan?

–Me voy a dormir, señor.

–¿Jacques?

–Yo soy un hombre pacífico –gruñe el enorme canadiense–. Excepto cuando algún idiota insulta mi *bouillabaise*.

–¿Eso es lo que era? –interviene un marinero–. Creí que era agua de cloaca al natural.

Jacques trepa a una litera alta, soltando insultos para todas nuestras madres en francés e inglés, y corre la cortina.

51

AÚN se rumia en el camarote de literas la energía sangrienta de la pelea con cuchillos.

El juego de póquer dando interminables vueltas alrededor de la mesa de la cena. Se intercambian pocas monedas y muchos improperios. Aunque no más peleas. Todo el mundo se ha tomado muy en serio la advertencia del primer oficial.

Yo estoy en la cama, exhausto de palear captura de desecho bajo el calor del sol. Gisco está extendido sobre el suelo, bajo mi litera. Jacques está tumbado en la cama que tengo encima. Estoy empezando a imaginarme por qué mi litera estaba casualmente desocupada.

El gordo cocinero ha estado bebiendo *whiskey* durante más de una hora, y no para de soltar bravatas y despotricar en voz alta. A veces me grita abajo, para asegurarse de que tiene público.

–¿Pues no se atreve a insultar mi *bouillabaise*? ¿Acaso mi abuelo no le servía lo mismo al rey de Inglaterra? Una vergüenza que ese cíclope me detuviese con la pistola. Le habría rebanado la cabeza al duende ese. ¿Estás ahí abajo escuchándome, chico?

–Aquí sigo, intentando dormir –le digo.

–Ah, pero no sabía con quién se la estaba jugando. Nadie se mete con un cocinero de Newfoundland. Estamos orgullosos de nuestras recetas. ¿Sabías que mi abuelo cocinaba para un enorme buque bacaladero? Setenta hombres muertos de frío en los Grandes Bancos, y mi abuelo; él solo para hacerlos entrar en calor y alimentarlos.

Se queda callado y Gisco mete baza desde abajo:

No me digas que ese bufón va a empezar a jactarse de que su familia tomó parte en el exterminio del bacalao del Atlántico Norte.

Estoy bastante confuso acerca de mis sentimientos. No parece que haya nada de malo en pescar un poco y largar una red. Pero contemplar las capturas desechadas, y su olor, y el coste de tanta muerte innecesaria, me pone literalmente enfermo. Así que pregunto a Gisco: ¿qué hay de malo en pescar unos cuantos bacalaos?

¿Unos cuantos bacalaos?, brama. El perro está indignadísimo. Debe de ser por la pesca de arrastre. *Deja que te lo explique, rayo de ignorancia. Cuando los grandes bancos fueron descubiertos por primera vez, los pescadores ni siquiera necesitaban anzuelos. Simplemente recogían el bacalao en cubos. Incluso después de haberlos estado pescando incesantemente durante cinco siglos, los bancos seguían siendo tan grandes que hasta los mejores científicos de la época creían que eran inagotables.*

–¡Qué suerte tuvo el abuelo! –exclama Jacques–. Newfoundland surgió gracias al bacalao. ¡Los hombres se hicieron ricos con él! Incluso se libraron batallas por él.

¿Entonces qué ocurrió con los bancos de bacalao?, le pregunto a Gisco.

La ingenuidad humana, eso fue lo que sucedió. De Europa salían grandes barcos factoría que eran capaces de pescar cien toneladas de bacalao en una hora. En un abrir y cerrar de ojos, los bancos desaparecieron para siempre y miles de pescadores de Newfoundland, como el abuelo de este borrachín cabeza hueca, se quedaron sin trabajo.

La cama se mueve mientras Jacques da vueltas y continúa su disertación de borracho:

–El bacalao se acabó, así que mi padre se convirtió en ballenero. Eran hombres contra el gigante, chico, y había que alimentar a los hombres. Mi padre cocinaba *bouillabaise* para tripulaciones hambrientas mientras ellos combatían en nobles batallas con el gargantúa de las profundidades.

¿Nobles batallas?, salta Gisco. *¡Ahora se jactará del papel que tuvo su padre en la extinción de las grandes ballenas!*

Como en respuesta a esta acusación, Jacques se tira un ruidoso pedo. Luego, inspirado por las cualidades musicales de su propia flatulencia, se lanza a entonar un cántico de balleneros:

Venid, camaradas valientes que vais tras el cachalote,
Venid, marineros audaces que dais la vuelta al Cabo de Hornos.
Nuestro capitán nos ha dicho, y espero que con exactitud,
Que hay montones de cachalotes en la costa del Perú.

Hace una pausa para tomar otro trago de *whiskey.*

¡Escucha cómo lo cacarea, como si fuese algo glorioso! Gisco está fuera de sí. *En los anales de Dann no hay mayor ejemplo de brutalidad de una especie de inteligencia superior y remota tratando de eliminar a otra, que la guerra que durante mil años el* Homo sapiens *mantuvo contra los cetáceos.*

Una vez húmeda la garganta, Jacques la emprende de nuevo, con entusiasmo:

Oh, le dimos el hierro y a la ballena hundió,
Pero mientras subía, muchachos, nuestro capitán se inclinó,
Y el siguiente arpón se clavó, y disparada la cuerda salió,
Cualquier cosa que la ballena hiciera, juego limpio nos dio.

Esto es vergonzoso, no puedo escucharlo.

En realidad, me parece que tiene una voz bastante bonita.

¡Escucha las palabras! Celebran una espantosa carnicería.

No, está celebrando una batalla, matizo yo. Y tienes que admitir que tienen algo de heroico los hombres con arpones que salen en barcos de madera a cazar al animal más grande que jamás haya vivido en esta tierra. Acuérdate de Ahab y de Moby Dick.

Gisco le da una patada a mi litera con sus patas.

¡Muy propio de tu especie esa tendencia a dramatizar y ensalzar, cuando debería pedir perdón y arrastrarse de vergüenza! No hay nada de noble en la matanza de las ballenas de principio a fin. Las más

pequeñas fueron las primeras que se cazaron casi hasta su extinción; las auténticas ballenas, las ballenas de barba, y las ballenas jorobadas con sus preciosos cantos –mucho más que este canto chapucero.

Como si le hubiesen señalado su entrada musical, Jacques se lanza a otra estrofa:

Oh, como huía y bramaba, se retorcía y giraba,
Juntos la combatimos y nuestra lanza clavamos,
Por ello arrojaba vómitos, y su sangre a chorros brotaba,
Tras diez minutos, muchachos míos, ambas aletas mostraba.

No puedo evitar disfrutar de esta vieja saga marinera, le digo a Gisco. Su canto la hace sonar como una heroica batalla...

Pura carnicería, insiste el exasperante mastín. *Los barcos seguían a las ballenas a sus lugares de apareamiento y exterminaban poblaciones enteras, incluyendo madres y crías. Cuando acababan con una especie de ballena, los balleneros iban a por otra.*

Otros hombres de la tripulación le gritan a Jacques que se calle. Desafiante, aumenta aún más el volumen de su voz:

A babor la remolcamos, entre muchos a una voz.
Bien pronto la trinchamos y empezamos a sacarla.
La grasa eliminada e igualmente almacenada,
Para nosotros mejor, muchachos, más de doscientos kilos son.

Oigo escarbar; Gisco está tratando de taparse las orejas con las patas.

Por favor, que alguien le clave un arpón a este maullador ejecutante de catástrofes culinarias.

Jacques engulle un enorme trago de *whiskey.* Cuando vuelve a hablar se le traban las palabras.

–Además estaba mi tío Leo, chico. ¡Forrado! Amasó su fortuna en barcos atuneros, pescando aletas azules para los japoneses. Nadadores de oro, los llamaba Leo.

Uno de los dos o tres peces más grandes y hermosos, contribuye Gisco. *Los japoneses lo llamaban honmaguro. Para ellos era tan delicioso que lo comieron hasta extinguirlo. Alguien cogerá con unos palillos el último pedazo de atún y se lo llevará a la boca más o menos dentro de cinco años, a partir de ahora.*

–Ahora solo quedamos mi hermano Mitch y yo. ¡Está orgulloso de ser palangrero! Recorre las aguas del Antártico en busca de lubinas chilenas.

Bacalao de profundidad, de Patagonia. Fueron una delicia pasajera en los restaurantes y dentro de tres décadas se habrán extinguido. ¡No puedo creérmelo! Gisco se estremece. *¡A esta familia con el ingenio de una liendre habría que fumigarla! ¡Los palangreros eran execrables! Miles de anzuelos y sedales irrompibles, flotando en la oscuridad, atrapando y enredando y ahogando cualquier cosa que nadase.*

–¡Hola, valientes pescadores de pez espada! –exclama Jacques, y por un instante temo que vuelva a entonar una canción–. Me enseñó a cocinar, eso hizo Mitch. ¡Guisaba la *bouillabaise* de la familia mientras cobraban fieros peces espada!

Hasta que desapareció. Sin mencionar el albatros y otras aves marinas, que se zambullían a por los anzuelos cebados y se ahogaban, y las tortugas marinas en peligro, que se enredaban en los sedales y morían por millares.

–Aunque yo he sido pescador de arrastre desde el día que fui capaz de mear de pie. Se vive magníficamente con la pesca de arrastre, chico. He dado la vuelta al mundo. Y he pescado langosta de Florida.

Los hermosos arrecifes de Lophelia, desaparecidos para siempre.

–Nómbrame algo que no haya sacado yo con la pala. ¡El arrastre de fondos es un milagro de pesca, chico! ¡Podemos llegar a todo! ¡Esa es la tradición de la que provengo, esa es la semilla salada de la que he brotado yo, y si a algún granjero de patatas irlandés le apetece pelearse con un orgulloso cocinero allá en el puerto, le rebanaré las costillas, igual que hubieran hecho mi abuelo y mi padre! Ya es hora de echar un sueñecito. ¡Mañana iremos a un arrecife virgen! ¡Va a ir mucho mejor la cosa!

52

MEDIANOCHE. La tripulación está dormida. Jacques está roncando, borracho perdido, encima de mí. Cada vez que expulsa el aire parece un leñador serrando un grueso tronco con una hoja sin afilar.

De acuerdo, Gisco. Deja que me entere.

¿De qué?

¿Por qué estamos aquí?

Porque la tormenta nos arrastró hasta aquí.

Tú robaste la barca. Estás en contra de los barcos de arrastre. Y dijiste que Tormenta de Fuego está ligado al océano. ¿Estás manipulando toda esta situación? ¿Se trata de otro juego de la gallina y el huevo?

Me atribuyes demasiado honor. ¿Cómo iba a saber que sobreviviríamos a la tormenta? ¿Cómo iba a predecir yo que nos recogería este pesquero de arrastre?

No lo sé, pero no me fío de ti.

Puede que el destino te trajese aquí. Las profecías dicen que solo tú puedes salvar el futuro. No había nada tan dañino antes del Momento Crucial como la pesca de arrastre. De modo que tiene sentido que el destino te enviase a uno de estos barcos.

¿Y por qué no a un palangrero? ¿O a un barco ballenero? Acabo de oírte condenando toda clase de barcos pesqueros. ¿Qué tienen de horrible los barcos de arrastre en particular?

¿No eres tú el chico que vomitó después de tirar palas y palas de capturas desechadas?

Admito que hoy no ha sido un día demasiado agradable. Pero la gente necesita comer. Tengo la impresión de que todo lo que tiene que ver con la pesca te parece reprobable.

No. Te equivocas. El problema está en los métodos.

Perdóname, Gran Perro, estoy tratando de abrir mi mente a tu sabiduría futurista, pero me resulta difícil que un poco de ingenuidad humana dirigida a la pesca realmente esté condenando al mundo. ¿Redes más grandes? ¿Sedales más largos? ¿Mejores rastreadores de peces? ¿De verdad influyó tantísimo en el esquema general de las cosas?

No hay nada de malo en pescar. La gente se ha dedicado a pescar durante miles de años. En sus mentes persistía la noción de que los océanos no tenían fondo y de que los peces eran ilimitados. Y, cuando se usaban métodos primitivos, eso era cierto. Pero los métodos fueron desarrollándose más y más. Los sedales eran más largos y las redes más grandes, y los buscadores de peces más sofisticados. Pero los peces no eran ni más inteligentes ni más escurridizos, y los océanos no se hicieron más profundos. «Tierra» es un nombre poco apropiado: vista desde el espacio, vivimos en un planeta azul lleno de océanos. El Momento Crucial depende del vaciamiento de esos océanos.

Estoy allí tumbado e intento asimilar todo eso. Tal como lo dice Gisco –lo proclama– suena a Juicio Final. Esa forma de mirar con sus grandes ojos, húmedos y atormentados, abarcando toda la cubierta mientras se estaba largando la red de arrastre. La expresión de Eko sentada en lo alto del tejado a la luz de la luna. Los ojos de la tortuga marina mientras yo la retiraba de cubierta.

Empiezo a sentirme profundamente culpable, pese a no haber hecho nada malo. Como si fuese cómplice de algo espantoso.

¿Pero qué puedo hacer?

El camarote de literas está lleno de pescadores dormidos. De todos los continentes. Ninguno de ellos es consciente de la destrucción del mundo. Tan solo están ganándose la vida. Jacques está roncando encima de mí. Tercera generación de cocineros de barco. No es un tipo simpático, aunque tampoco es un destructor de mundos exactamente.

Aunque Gisco diga que es culpa de ellos. Que es culpa nuestra. Que es culpa mía. Y Eko, a su manera, también lo cree. Recuerdo su tristeza. Su culpa. Su rabia.

Dirigida a nosotros. Ahora. A mí y a los míos.

Por eso abandonaron su mundo y regresaron aquí, en este momento. Por eso yo fui enviado ochocientos años atrás. Para preparar este momento. Este Momento Crucial. Y empiezo a comprender que lo realmente decisivo del llamado Momento Crucial es que pueda ser usado para dirigir el destino por uno u otro camino.

Me levanto de la cama sin hacer ruido.

¿Adónde vas?

No lo sé exactamente.

Vuelve. Te pillarán. Si no sabes adónde vas, si no tienes un buen plan, vuelve ya a la cama. ¡Es una orden!

Ya vale. Ya no puedo seguir escuchándolo. Los humanos hicieron esto, los humanos hicieron aquello. Si tienes razón, y el destino me ha traído aquí, supongo que será para que haga algo. Averigüemos exactamente adónde nos dirigimos y qué está pasando. ¿Estás o no estás en esto? ¿O eres como Casandra –según la mitología griega–, que podía advertir de calamidades, pero no podía hacer nada para prevenirlas?

Me gustaría ayudar, declara el perro, *pero estoy débil, por no decir desnutrido. Y se está tan caliente y cómodo aquí.*

Decir que se está cómodo es exagerar. Pero yo estoy dispuesto a hacer algo. Hasta la vista, perro.

Vale, espera un minuto. Aún pienso que es una idea espantosa, aunque voy contigo. El perrazo sale reptando de debajo de la cama. *No corramos riesgos. Si ese primer oficial con la pistola nos pilla husmeando por ahí, probablemente nos meterá en la máquina de hacer filetes.*

53

SUBIMOS sigilosamente a la oscura y solitaria cubierta.

¿Adónde vamos?

A la cabina de timón. Ahí es donde guardan los mapas.

Y donde se supone que estará el vigía nocturno.

No te apures. Entraremos por la ventana de atrás. Incluso si hay alguien al timón, no nos oirá ni nos verá.

¿Ese es tu plan?

¿Tienes uno mejor?

¿Por qué no provocamos un fuego? Cuando salgan a apagarlo, podremos echar un vistazo dentro.

Solo a un idiota se le ocurriría provocar un fuego en su propio barco.

Pues tu plan tampoco es exactamente brillante. No sé si te habrás dado cuenta, pero a los perros no se les da muy bien trepar.

Entonces espera fuera y vigila por mí. Ahí está la ventana. Deja que me suba encima de ti. Estate quieto.

A diferencia de las bestias de carga como el burro, la columna vertebral de los canes no está diseñada para soportar un peso extra. ¡Au! ¡Tus tacones! ¡Me vas a dejar lisiado!

Ya casi la he abierto. Solo unos segundos más...

Esa ventana está cerrada. Baja. Déjalo ya.

No, solo está atascada. Ahí tienes, la abrí. Ahora voy a saltar encima de ti como si fueras un trampolín...

¡Me estás cascando las vértebras como si fueran nueces!

¡Lo conseguí! Todo ese peso te convierte en un buen trampolín. Quédate ahí en caso de que te necesite para amortiguar mi caída.

El perro se aparta rápidamente de la ventana.

No soy un montón de hojarasca.

Echo una ojeada por el pequeño cuarto de mapas. Bajo la luz de la luna que se filtra por la estrecha ventana, apenas distingo un escritorio.

¿Qué ves?, pregunta ansioso Gisco desde el exterior.

Nada. Demasiado oscuro. Voy a encender una luz.

¡No! Hay alguien en la parte delantera. Puede que esté dormido.

Camino hacia la puerta. La abro con crujido y me asomo a los controles de timón. Claro está, hay un hombre de la tripulación roncando frente a la rueda del timón, su cabeza inclinada a un lado.

Vuelvo a cerrar la puerta. Encuentro la lámpara del escritorio. Contengo el aliento y la enciendo. Observo los mapas que tengo delante.

¿Ves algo que pueda ser útil? quiere saber Gisco.

Cartas oceanográficas, con la topografía submarina.

¿Hay puntos de referencia? ¿Masas de tierra? ¿Islas?

Solo algo con la cartela Gran Meteoro.

¡Ese es uno de los montes marinos más famosos, cerca de las Azores! Debes de estar mirando un mapa de los arrecifes de la Cordillera del Atlántico Medio. ¿Quién ha preparado la carta?

Veo un acrónimo de cinco letras cerca de la parte de abajo. CICPA.

¡Oh, Dios mio! Eso es!

¿Qué?

¡Jack! No hay tiempo. ¡Alguien viene! ¡El capitán y el primer oficial! ¡Sal fuera, ahora!

Fuertes pisadas suben hacia la caseta de timón. Empiezo a encaramarme a la ventana. Me detengo. Me quedo allí colgado durante un momento. Y luego vuelvo a entrar en el pequeño cuarto.

¿Qué estás haciendo?

Necesitamos saber lo que está pasando, ¿cierto? Y qué mejor que escucharlo de boca de los dos encargados de este barco.

¡Estás loco! ¡Te pillarán y te harán picadillo!

Me oirán si salgo fuera ahora.

¿Qué otro remedio te queda? ¡Sal!

Calla, perro. Seguro que solo quieren comprobar que llevamos el rumbo correcto.

Se oyen voces fuera, en el timón. Me acerco a la puerta de puntillas. El tripulante que estaba durmiendo ahora está tratando de defenderse.

–Lo juro, señor, no estaba dormido. Tenía el cuello mal, así que estaba sentado con la cabeza ladeada...

–Cállate, idiota –le espeta la voz del primer oficial, y escucho lo que creo es un puñetazo.

El tripulante grita de dolor.

–Esto te va a costar quinientos dólares –dice el capitán–. Si vuelvo a pillarte durmiendo, te despido, y eso no será lo peor que te pase.

–Sí, señor –responde el desdichado.

–Ahora sigue vigilando –ordena el capitán–. Vamos a mirar unos mapas. Y lo que tenemos que hablar es privado.

Me dirijo a la ventana. ¡Demasiado tarde! ¡El picaporte está girando!

Me escondo debajo del escritorio mientras entran el capitán y el primer oficial. El primer oficial cierra la puerta tras ellos y echa el cerrojo.

–La niebla nos ayudará –dice el capitán con voz agradable–. No habrá visibilidad a más de diez metros.

–¿De verdad hay de qué preocuparse tanto? –pregunta el primer oficial–. Entraremos, lo pescaremos, y nos habremos marchado en menos de un día. ¿Qué probabilidades hay de que nos descubra la avioneta de reconocimiento?

–Muy pocas, es cierto; pero Dargon no quiere problemas –hay algo extraño en la forma en que el capitán susurra ese nombre. Su voz apacible es casi inmune a las inflexiones de flaqueza o de miedo. Es la voz de un hombre que no le teme a nada. Y sin embargo, ahora suena temblorosa al susurrar «Dargon».

–Entonces no nos metamos en ningún lío –asiente el primer oficial–. La niebla nos vendrá bien para nuestro asunto.

Caminan hacia el escritorio. Yo me acurruco al fondo lo más que puedo, de manera que mi espalda queda aplastada contra la pared. El corazón me empieza a latir a toda prisa en el pecho. ¿Me oirán respirar?

–Algún idiota se ha dejado la ventana abierta –gruñe el capitán.

El primer oficial sube al alféizar y la cierra.

–Probablemente ese chico –supone–. Le dije que fregara aquí dentro.

–No me fío de él –murmura el capitán–. Y hay algo raro también en ese perro.

–Tuvimos que salvarle –se justifica el primer oficial–. La tripulación lo vio en la barca. Aunque siempre podría haber un accidente.

–Ya veremos si hace falta –el escritorio se tambalea al golpearlo el capitán con su mano de titanio–. Aquí está la carta. Arrastraremos el arrecife y nos marcharemos aún con niebla. No podemos volver con otra asquerosa captura.

–Eso seguro –añade el primer oficial.

La pesada mano del capitán traza la ruta.

–De acuerdo con este mapa, deberíamos llegar al arrecife en menos de una hora. Largaremos la red en cuanto la tripulación se despierte.

–¿Con la tolva de draga?

–Por supuesto. No me importa lo que tengamos que machacar. Entramos, nos llevamos una buena carga de pesca y salimos como alma que lleva el diablo. Una vez que nos hayamos ido, nadie podrá cargarnos el muerto. ¿De acuerdo?

–Dargon estará contento. Seguro que nos recompensará.

Observo los pulidos zapatos del capitán dirigiéndose a la puerta. Abre el cerrojo. Entonces se da la vuelta.

–Hay que andarse con cuidado tratándose de Dargon –dice la voz anciana con cautela–. Una llama no sabe ni de gratitud ni de compasión. Solo de abrasar y consumir.

54

ABRO de golpe la ventana. Salgo afuera exprimiéndome. Colgado de las manos. Salto abajo a cubierta. ¿Gisco? ¿Sigues ahí?

¿No pensarías de verdad que me había marchado corriendo? Qué poco comprendes la lealtad y la valentía de los perros. ¿Acaso el fiel perro de Odiseo, Argos, no esperó durante años a que su dueño regresara a Ítaca? ¿Acaso el valiente perro Temístocles no rehusó quedarse atrás cuando Atenea fue exiliada, y nadó tras la barca de su dueña hasta Salamis, donde se desvaneció y murió exhausto en la playa? ¿Acaso el gran perro de trineo Balto no previno heroicamente una epidemia de difteria en Nome?

Vale, ya lo he pillado. Entonces, ¿dónde estás exactamente?

Escondido detrás de la grúa.

Me uno al cobarde can, a cubierto bajo las más alejadas sombras nocturnas. Le cuento lo que he oído, y veo el horror en su rostro ante la perspectiva de arrasar pronto un arrecife virgen. ¿Y qué es el CICPA?, le pregunto. ¿Por qué casi saltas fuera de tu pellejo cuando lo mencioné?

Es el acrónimo del Comité Internacional de Control de Pesca del Atlántico. Era un grupo formado justo antes del Momento Crucial, apadrinado por Naciones Unidas. Su misión era proteger todos los arrecifes sin destruir que quedaran fuera de aguas territoriales.

¿Como ese en el que estamos a punto de pescar?

Justo. Esos arrecifes se encuentran en lo que se denomina patrimonio común, lo que significa que no se encuentran lo suficientemente cerca de ningún país como para ser protegidos por este. Así que se supone que tendrían que ser protegidos por todos los países, trabajando conjuntamente. Lo que en realidad significa que todos los países los explotan.

Pero si se supone que el CICPA protege los arrecifes, ¿cómo se explica que este barco esté usando un mapa del CICPA?

Los futuros historiadores de la destrucción de los mares especularon con que el Comité Internacional de Control de Pesca estaba corrupto. Lo apodaron Chanchullo Internacional para Cargarse la Pesca del Atlántico. El CICPA usaba las aportaciones internacionales para inspeccionar todos los fondos marinos del mundo sin cartografiar. Alguien del comité tiene que haberle vendido el mapa a la compañía de este barco.

El barco está oscuro y en silencio. Ahora debemos de estar encima del arrecife. Puedo notar cómo el barco detiene las máquinas. Densos bancos de niebla nos rodean. Cuando se despierte la tripulación, dentro de pocas horas, será largada la red.

Ya empiezo a comprender lo que debería hacer. Pero tengo miedo. ¿Es absolutamente necesario?

Una cuestión, perro. El océano es muy extenso. Hoy solo vamos a arrasar un arrecife. ¿De verdad eso hace tanto daño? ¿No volverá a regenerarse?

Eso es lo que tienen de especial los arrecifes, contesta Gisco. *El coral crece despacio. Un arrecife abisal tarda miles de años en formarse. Pero un barco pesquero de arrastre lo puede pulverizar en un solo día. Los barcos de arrastre destruyeron todos los arrecifes del mundo en menos de dos décadas. Y con ello se acabó la última oportunidad que quedaba.*

¿La última oportunidad de hacer qué?

Los arrecifes abisales y las fosas eran las incubadoras de la vida oceánica. La vida surgió allí. Los peces se formaron allí. Las especies esquilmadas por la pesca se recuperan allí. Se acaba una sola especie de peces, y puede que con el tiempo se recupere en los profundos arrecifes marinos. Acaba con las incubadoras de la vida y privarás al océano de la única forma que tiene de curarse a sí mismo. De modo que sí: cargarse un arrecife virgen de las aguas profundas es un muy mal negocio. ¿Y ahora qué vas a hacer?

Necesito verlo por mí mismo.

¿El qué?

El arrecife.

¿Estás loco?

Tengo dudas durante un segundo. ¿Lo estoy? ¿Por qué estoy haciendo esto?

La segunda advertencia de mi padre me ha estado persiguiendo. Me temo que haya otro significado, muy diferente, para la palabra «quimera». Quimera era el legendario monstruo griego que echaba fuego por la boca, pero también significa una ilusión o creación de la mente. Los profundos arrecifes marinos que Gisco ha descrito suenan fantásticos. ¿De verdad puede existir la vida tan abajo, tan lejos de la luz del sol? Necesito verlo por mí mismo, con mis propios ojos. Tengo que asegurarme de que mi padre no me estuviera advirtiendo acerca de arriesgar mi vida por una ilusión. Empiezo a trepar por encima de la barandilla. Pregunto al perro: ¿Quieres la buena o la mala noticia?

La buena, por favor.

Voy a sumergirme y a inspeccionar el arrecife. Debería estar de vuelta en menos de una hora, si no me devora un tiburón o un calamar gigante me hace papilla.

¿Esa es la buena noticia?

No, la buena noticia es que uno de nosotros tendrá que quedarse. Así que no tienes que venir.

El perro se alegra.

Sí, tiene sentido. Me quedaré aquí, vigilándolo todo. ¿Y la mala noticia?

Si no estoy arriba dentro de una hora, significará que el rayo de esperanza se ha extinguido. Así que te tocará a ti solo encontrar Tormenta de Fuego, e imaginarte cómo se usa, y llevar el peso de todo el futuro sobre tu lomo.

¡Espera un minuto! Ya te dije que la columna canina no estaba diseñada para soportar peso. ¡Vuelve aquí!

Con un suave movimiento me zambullo por encima de la borda. Me deslizo fácilmente metros y medio abajo, dos, tres metros, dentro de las oscuras y frías aguas. Las advertencias telepáticas de Gisco empiezan a desvanecerse cuando la presión me obstruye los oídos.

55

NO voy a poder aguantar esto por mucho tiempo. Oscuro como boca de lobo. Un frío entumecedor. Una presión estruendosa.

Percibo con claridad mi brazo, mi muñeca, el oscuro metal de la correa con el anticuado reloj. En efecto, la correa empieza a calentarse. El reloj empieza a brillar. Un millón de puntos de luz me rodean.

Adiós, frío. Adiós, presión. Ahora mi reloj es como un potente foco, que ilumina el trayecto en forma de túnel en dirección al fondo.

Jugueteo con las cuentas alrededor de mi cuello. ¿Qué fue lo que me dijo Eko cuando me puso el collar? «Los hombres deberían llevar más joyas. Les da una dimensión sensual».

A los deportistas de Hadley no les gustaban las joyas. Yo nunca llevé una cadena o siquiera un pendiente. Pero guardaré el collar de Eko el resto de mi vida. Es todo lo que me queda de la mujer que me condujo bajo las olas y que voló conmigo entre las nubes.

Me trago una cuenta. Noto cómo se parte dentro de mí. Vale, estoy listo. ¿De verdad puedo bajar nadando hasta un monte submarino? Solo hay una manera de averiguarlo.

Tengo la impresión de llevar nadando hacia abajo una hora ya. No tengo a Eko para que me guíe y me señale los peligros. ¿Terminaré como aperitivo de un tiburón? ¿Tendré suficiente oxígeno? ¿Voy bien encaminado o me habré perdido en el mar, o mejor dicho, perdido en las profundidades del mar?

Justo cuando ya estoy convencido de haber pasado por alto la montaña marina y de estar dirigiéndome al fondo vacío del Atlántico, me encuentro de pronto rodeado de emperadores.

Miles de ellos. Dando vueltas y vueltas como niños en el patio de recreo, durante una pausa entre clases. Nadan a mi alrededor, me rozan, sin miedo o haciendo caso omiso. Imagino las enormes fauces abiertas de la red de arrastre barriendo esta nube naranja. Recogería todo el banco en cuestión de minutos.

Luego paso entre el banco de emperadores, sumergiéndome solo. Echo de menos su brillante color y su compañía. No hay nada aquí abajo. Tal vez debería volver.

Espera, algo asoma por allí delante, refulgiendo como el espejismo de un oasis en un desierto. Paro de nadar y me quedo mirando.

No, no es un espejismo. No es una quimera. ¡Es real! A más de trescientos metros en el fondo del Atlántico, un Jardín del Edén emerge ante mí de la fría oscuridad, con toda su belleza natural.

Un arrecife virgen. Miles de años de creación. Esto no es el pecio de un barco naufragado que ha sido colonizado por peces y corales. De ninguna manera aparece aquí la mano del hombre.

Esto es puro océano.

Imagínate un enorme tablero de mesa que emergiese de la oscuridad. Mientras me dirijo a nado hacia allí, puedo ver el reborde del tablero, donde inmensas rocas negras descienden a profundidades inexploradas.

Sin embargo, la meseta del monte está inflamada de colores vibrantes, repleta de peces, un hervidero de criaturas marinas.

Aquí está la parte extraña. Yo nunca había visto nada semejante. Se trata del lugar más exótico, más espiritual, en el que jamás haya estado. Pero al mismo tiempo, me resulta extrañamente familiar.

¿Acaso algo como nuestra memoria ancestral puede abarcar millones de años? Parece poco probable: yo ahora mismo ni siquiera recuerdo lo que tomé para el desayuno. Aunque, nadando hacia ese oasis de vida, me invaden el asombro y una extraña nostalgia.

¡El monte oceánico es un jardín, un secreto, mágico jardín, desconocido para el mundo! Como el que uno se imagina en los juegos infantiles, con bosques llenos de hadas.

Mi madre cultivaba un pequeño jardín en Hadley-by-Hudson. Cuando yo era un bebé, ella solía tumbarme encima de un trocito de césped en el centro de los arriates de flores. La brisa veraniega agitaba los helechos y las flores, y las abejas y los grillos zumbaban y cantaban alrededor de mi cabeza.

En eso estoy pensando ahora. En un jardín campestre. Abejas y grillos, gusanos y ciempiés, polinizando flores y removiendo el suelo. La magia de aquel bullicio vuelve a mis recuerdos.

Ayer vi el coral que sacaron con la red, pulverizado. Aquí está intacto, tal como ha estado desarrollándose durante siglos. Cerca de mí hay un matorral de color entre rosáceo y rojo, de ramas extendidas, con brillantes anémonas amarillas entre sus surcos, como un huerto de manzanos escarlata cargados de maduros frutos amarillos.

A su lado, un bosquecillo erizado parecido al bambú –un frondoso coral de finas y aguzadas ramas de color castaño y amarillo.

Oh, oh, estoy molestando a una convención de pulpos. No, espera, no son animales. Es un grupo de corales verdes y castaños, cada uno de los cuales tiene ocho brazos levantados como tentáculos.

Bajo con cuidado sobre el monte marino y pasan de largo esponjas gigantes y anémonas que se mueven con elegancia. Las esponjas me resultan cómicas, pues tienen formas similares a las que conozco de toda la vida; parecen cabezas de elefante y árboles de Navidad y gorras de béisbol. Las anémonas rosadas y rojas, y otras con los colores del arco iris, flotan en las profundas corrientes como pétalos en un jardín de rosas.

Una sombra vaga silenciosa por encima de las rocas y el coral. Es una raya que se desliza sin esfuerzo, como un *frisbee* cuadrado. Hay una original platija observándome con los tres ojos verdes que tiene encima de su cabeza plana. Una anguila larga y flaca se asoma entre una formación de corales para echar una ojeada. No, no me está mirando, sino a una flecha blanca que acaba de pasar. Se trata de un calamar albino de un metro de longitud, que se impulsa rápido como un rayo.

Hay mejillones que parecen alas de pavo. Pequeñas medusas fosforescentes con tentáculos de color escarlata. Y arañas marinas casi transparentes que pasan despacio, como copos de nieve andantes.

No tengo ni idea del tiempo que llevo abajo. ¿Veinte minutos? ¿Media hora? ¿Una hora? No sabría decirlo. No tengo ningún deseo de volver al barco.

Me siento aquí tan a salvo.

Y es mucho más hermoso.

Pero pronto todo habrá desaparecido. Este pensamiento es el que me hace abandonar, muy a mi pesar, el suelo del monte marino y dirigirme arriba, a la oscuridad.

Dentro de pocas horas, la red del barco será largada y la tolva de draga pulverizará este coral, y los peces y las esponjas quedarán atrapados y serán izados al barco.

Alguien tiene que hacer algo.

56

EMERJO del frío océano dentro de una sopa caliente. Así de densa está la niebla. Por suerte aparezco cerca del barco; si no, me hubiera perdido en este miasma gris.

¿Gisco? ¿Estás ahí?

Pensé que te habían atropellado en el arrecife.

¿Cómo voy a subir a cubierta?

Aquí hay una cuerda. ¿Has aprendido algo útil?

Me agarro a la cuerda y trepo de vuelta a la cubierta del barco.

Sí, no puedo dejar que lo hagan.

¿Qué?

Arrastrar el arrecife virgen. Es demasiado hermoso.

Hermoso o no, la tripulación se despertará en menos de una hora. Y en seguida echarán la red.

No, no lo harán.

¿Quién lo va a impedir?

Nosotros.

¿Qué quiere decir nosotros?

Tú y yo.

Imposible.

Posible. Hemos visto cómo bajan la red. No tiene que ser muy difícil destrozar el equipo.

Aunque lo consigas, se imaginarán que has sido tú.

¿Es esa una razón para no hacerlo?

Te aplicarán alguna clase de castigo doloroso y permanente. Y, probablemente, tampoco tendrán piedad de tu perro. Entonces ya no podremos estar por aquí cuando nos necesiten de verdad, para salvar el futuro. O sea, que sea cual sea el plan que has tramado, por favor, olvídalo. Tenemos que tener paciencia. ¿Adónde vas?

He visto un hacha de incendios colgada cerca de la caseta de timón.

¿No has escuchado mi sabio consejo? Necesitamos tener una perspectiva más amplia.

No, le digo, a medio camino de la caseta de timón. Es hora de actuar. No puedo controlar todo el mundo, pero puedo hacer algo concreto para prevenir la atrocidad que está a punto de ocurrir. ¡Bailemos un *boogie*!

Gisco parece un tanto sorprendido.

¡Las palabras de Dann! ¡Las has dicho exactamente igual!

¿Qué palabras? ¿Bailemos un *boogie*?

No. Dann escribió: No perder el tiempo intentando salvar la Tierra entera. Intenta preservar un pequeño guijarro. Haciendo eso puedes, de hecho, salvar el planeta.

Bien dicho. Dann y yo estamos del mismo lado. Y aquí está el hacha de incendios. Caray, sí que pesa.

Tus intenciones son nobles, pero te equivocas en las prioridades.

¿Y eso qué significa? Me vuelvo a cruzar la cubierta en dirección al cabrestante de popa, llevando a rastras el hacha.

Dann trataba de inspirar a la población en general. Sus palabras no iban dirigidas al rayo de esperanza, al momento crítico justo anterior al Momento Crucial. Si estuviera aquí, te diría que devolvieses el hacha a su sitio y que te pusieras a jugar a la pelota.

No, si estuviera aquí diría: «Dale fuerte y de verdad».

Sandeces. He estudiado su filosofía toda mi vida.

Es mi antepasado.

Y estate seguro de que si estuviera aquí, diría: «Mi valiente descendiente, escucha al sabio Gisco. Déjate guiar por su cautela y su intelecto superior. Contempla todo el panorama». Hay un tiempo para la heroicidad y un tiempo para la cobardía. De hecho, a veces los cobardes pueden comportarse como héroes...

El hacha es grande, de color rojo, y la siento pesada en mis manos. Me encaramo a uno de los cabrestantes principales. Veo el cable y los controles hidráulicos. Levanto el hacha por encima de mi cabeza.

No lo hagas. Te lo ruego. Estoy seguro de que el capitán no les tiene mucho cariño a los perros.

Reúno todas y cada una de mis fuerzas y descargo el hacha con un CRAS. Y otra vez. Y un tercer CRAS. El cable se deshilacha. Los controles rotos. Los discos colgando. Este cabrestante ya no volverá a bajar redes en bastante tiempo.

Vale. Ya lo has hecho. Ahora tira el hacha al mar y vamos a escondernos en algún sitio oscuro. Conozco el armario perfecto...

Camino por cubierta hacia el cabrestante de babor. Levanto el hacha. *¡CRAS!*

Oh, no. Te han oído. ¡Ya vienen!

Voces se aproximan a toda prisa entre la niebla.

Descargo un último golpe feroz con el hacha. *¡CRAS!* Cable seccionado. Cabrestante de babor no operativo.

Media docena de hombres me rodean. También está entre ellos el primer oficial. Con una pistola en la mano.

El viejo capitán sube también. Sus ojos incisivos inspeccionan el daño. Entonces se posan sobre mí y me miran durante un largo segundo.

–Átale. Y a su asqueroso perro también –le dice al primer oficial sin inmutarse.

57

PERRO y chico atados juntos, mano con pata, al cable de acero del cabrestante de popa, al único que aún funciona. La niebla se está levantando un poco. El sol matutino empieza a lucir a través de ella.

La tripulación está reunida en cubierta. Muchos de ellos nos miran enfurecidos, aunque también con profunda aprensión.

El primer oficial se dirige a ellos:

–Hace menos de una semana salvamos a este chico y a su perro. Nos han recompensado saboteando nuestro barco. En lugar de pescar hoy, vamos camino de un astillero. Las reparaciones llevarán semanas. Algunos de vosotros puede que seáis despedidos por este retraso. Así que va siendo hora de castigar a los responsables.

El capitán da un paso hacia los controles del cabrestante. ¡Va a hacerlo él mismo! Nos baja lentamente a las profundidades. Yo destruí sus cabrestantes, así que él va a usar el único que queda para destruirme a mí. Para ahogarnos lentamente. Que la presión nos triture. Que los peces del fondo nos mordisqueen.

Durante un segundo me mira a mí directamente. Viejo gallito. Sin pestañear, con la mirada intencionadamente fija. Tú me has fastidiado y ahora vas a pagar el precio. Echa un vistazo a Gisco, quien gimotea patéticamente.

El capitán mira fríamente a su tripulación y anuncia:

–Este chico es un fugitivo y un ladrón confeso. Nadie le va a echar de menos. Nadie le guardará luto. A partir de este momento, nunca ha existido. Nosotros nunca le recogimos. Murió en esa pequeña barca durante el huracán. ¿Alguien tiene algo que decir?

Nadie lo hace. Miro a Ronan, en la segunda fila de la tripulación. Se humedece los labios con la lengua, pero guarda silencio. Su cara está pálida. Por un instante nuestros ojos se encuentran, y entonces aparta la vista.

Trato de mover mis muñecas. De desatar los nudos, por lo menos para dejar un pequeño hueco. Olvídalo. Los marineros saben cómo atar nudos, y han hecho muy bien su trabajo. No tengo escapatoria. Ni tampoco Gisco, que no ha parado de gimotear y ha empezado a derramar gruesas lágrimas de perro. Salen de sus ojos a borbotones y caen sobre la cubierta, como la repentina llegada de un monzón.

¡Oh, pobre de mí! ¿Quién le iba a decir a Gisco que acabaría así? Seguro que se apiadarán de un viejo perro que es demasiado joven para morir.

No tiene sentido que lloriquees, le digo. No son de los que tienen compasión. La muerte se acerca, así que aceptémosla con dignidad y enseñémosles de qué madera estamos hechos.

Yo estoy hecho de puro miedo, admite Gisco, temblando. *Te dije que dejaras esa hacha. Todo el futuro depende de ti y lo has echado a perder. Oh, pobre de mí.*

Hice lo que creía correcto, le digo. He salvado el arrecife. Si realmente yo estaba destinado a encontrar Tormenta de Fuego y salvar el futuro, entonces no deberían poder matarnos ahora. Pero pueden, así que supongo que no era yo.

Sí, eso ya no tiene sentido para mí, admite el miserable chucho.

Un tripulante mal encarado comienza a recitar un pasaje de la Biblia, que creo que se usa para los funerales en el mar. Qué raro que introduzcan la religión en lo que, básicamente, es un doble asesinato. Aunque puede que el capitán esté tratando de que la tripulación se sienta mejor con todo este asunto.

Otro miembro de la tripulación inspecciona los nudos que nos atan.

Las profecías de que tú encontrarías y usarías Tormenta de Fuego eran bastante definitivas, dice Gisco. *Llegamos tan lejos y estuvimos tan cerca... No deberían poder detenernos ahora.*

En realidad, yo no creo en profecías, admito.

Ellos no son de nuestro mundo. Pero dentro de cientos de años, mientras la vida en la Tierra esté cambiando y oscureciéndose, los poderes de la mente crecerán. Tú mismo, como descendiente de Dann, tienes alguna de esas capacidades. Has desarrollado la telepatía. Has contemplado cambios de forma. Hay otros poderes que a ti pueden parecerte mágicos, pero que yo acepto totalmente.

¿Como qué?

Maldiciones y encantamientos. Ni de lejos la profecía es el más raro de los poderes. El mismo Kidah el Misterioso, el más grande visionario del futuro, adivinó que tú serías quien encontraría Tormenta de Fuego y que cambiarías las cosas. Si él lo dijo, así debe ser. Y si nos ahogan, lo cual parecen tener muy claro que harán, ya no podrá ser así. Oh, pobre de mí.

¿Por qué no trajisteis al Misterioso Kidah para salvar a mi padre y localizar Tormenta de Fuego?

Porque Kidah se marchó. Desapareció. Se esfumó.

¿Eso es lo que le hace tan misterioso?

¿Cómo puedes bromear en un momento como este?

Pronto se acabará todo. Aquí vienen para liquidarnos.

El capitán da unos pasos para acercarse.

–Tú solo tienes la culpa de esto –susurra–. ¿Tienes algo más que decir?

–Una última pregunta –le digo–. ¿Exactamente cómo perdió su brazo?

Aquello no le gusta.

–Me olvidé del puesto que ocupaba –me responde–, y me costó muy caro. Lo mismo que te costará a ti ahora.

Avanza un paso hacia el cabrestante y empieza a manipular los controles.

Adiós, Gisco.

Buen viaje, habichuela. Hiciste bien en salvar el arrecife. Fue un acto de valentía. Les mostraré a esos de qué estoy hecho.

El enorme perro mira directamente al capitán y suelta un feroz gruñido. Por un instante, incluso el viejo capitán bravucón parece intimidado. Luego recobra su pose y aprieta un botón. Se oye un zumbido.

El cable de acero empieza a moverse lentamente a popa. Paseo la vista desde el capitán hasta la tripulación y fijo la mirada en la más lejana extensión del océano azul.

Hay bancos de niebla, blancas volutas sobre el agua, aunque estamos en un claro iluminado por el sol.

Siento la luz del sol en mi cuello, mi pelo, mi cara. Abandonaré para siempre este mundo, tan brillante, tan agradable.

Trato de recordar los ojos de P. J. Emergen en los ojos de Eko. ¿Alguna de las dos me amó de verdad? Eso espero.

¡Espera! Veo algo. Más allá del horizonte, donde se juntan el mar y el cielo.

Un punto negro. ¡Un barco!

No, no es un barco. En todo caso, no como este pesquero de arrastre. Es un velero. Sus velas son negras y están hinchadas por la brisa de la mañana. Se desliza adelante, veloz y hermoso.

¡En nuestra dirección!

También lo han visto en cubierta. Los hombres gritan y señalan.

Un tripulante sale corriendo de la caseta de timón.

–¡Señor, es Dargon! Le hicimos saber lo que pasaba, tal como nos ordenó. Estaba navegando cerca. Quiere hacerse cargo de esto él mismo.

El negro velero se acerca veloz. Altos mástiles. Velas de ébano. Encantador, aunque no presagia nada bueno.

Gisco y yo somos izados de vuelta a cubierta, donde nos aguarda nuestro destino.

Puedo ver a un hombre acercarse a la proa del velero a grandes zancadas. Es alto y tiene la constitución de un levantador de pesas, aunque se mueve con la gracia de un bailarín de ballet. Incluso a esta distancia, se puede decir que es apuesto como una estrella de cine. Hay algo familiar e inquietante en él.

–Dargon –murmura el capitán a mi lado, y se santigua–. Eres un chico con muy mala suerte. Yo te iba a matar rápido. Pero ahora le perteneces a él.

Un tripulante termina de cortarme las ataduras y me froto las muñecas para recobrar la circulación.

–Cuando veas a las mascotas de Dargon –susurra el capitán–, podrás preguntarles lo que pasó con mi brazo.

58

BAJAN una escala y Dargon sube a bordo.

Inspecciona los cabrestantes rotos, mientras yo hago esfuerzos para echarle un buen vistazo entre los cuerpos de la tripulación congregada, cuyos miembros están firmes y en silencio.

No me cabe duda de que es todo un espécimen. Grande. Colorido. Algo intermedio entre rey de los piratas y un modelo masculino.

Treinta y tantos. Al menos cinco centímetros más alto que yo. Pelo castaño como la arena, cubriendo sus anchos hombros. Sobre su hombro izquierdo lleva posado un pájaro de brillante plumaje.

Dargon va vestido como un marinero chulo. Pantalones de lino blancos, cinturón de eslabones dorados. Camisa negra de seda, lo suficientemente ajustada como para mostrar sus músculos. Buenos abdominales. Pectorales muy marcados. Bíceps abultados.

No te metas con ese tipo, Jack. Debajo de la seda y el lino hay un hombre duro como la ladera de un monte.

Durante diez largos minutos apenas nos dirige a Gisco o a mí más que una mirada.

Él es el jefe. Lo haremos a su manera. Primero, inspeccionar los daños. Luego, castigar a los culpables.

Discute las reparaciones con el capitán y el primer oficial. Adónde ir. Qué hacer. Cuánto tiempo llevará.

Es evidente que el retraso le disgusta.

Por fin Dargon se vuelve hacia la tripulación, a la que apenas había saludado al pasar delante de ella. Valerosos hombres de mar, ahora callados, asustados.

Gisco y yo somos empujados delante, ante su presencia.

Cuidado, Jack.

No te preocupes, tengo planeado comportarme lo mejor que sé.

Estoy preocupado. Le gustan los pájaros, aunque puede que no comprenda las alegrías y las recompensas de la amistad con los perros.

Seguramente tampoco le caen bien los rayos de esperanza.

Este tipo tiene algo que resulta extrañamente familiar.

Sí, yo también lo he notado.

Qué raro. No tenemos muchos conocidos en común.

De pronto me hallo frente a frente con Dargon. Me doy cuenta de lo que resultaba tan inquietante. No es solo que lleve las cejas depiladas. Ni esa perfecta dentadura, una maravilla dental. Ni la manicura de las uñas de sus pies, pintadas de color dorado.

Es la forma leonina de su rostro. Y su aura. Una forma y un aura que he visto ya antes en alguna parte.

Visiones sobre mi propia muerte. Pesadillas de persecuciones.

Saltando entre los edificios de Manhattan. El mismo rostro que me contemplaba desde las ventanas, mientras caía abajo.

Aristocrático. Facciones apuestas, aunque tristes. Mandíbula fuerte. Nariz aquilina. Dentadura perfecta. Pelo blanco. Ojos de raptor. Una visión acertada y conocida del rostro de la muerte.

En otra ocasión, en mi primera noche en la casa de la playa, en las Outer Banks. El rugido leonino de una voz en mis pesadillas. ¡Jack, Jack! El mismo rostro de finos huesos, con demoníacos ojos rojos. «Jack. No puedes esconderte. Date por vencido».

Y aquí, sobre la cubierta del *Lizabetta*, hay una versión más joven del rostro de la muerte. Solo que más apuesta, igual de aristocrática, con la misma mandíbula fuerte y pómulos elegantes. Aunque el cabello es de color arena en lugar de blanco, y los ojos sosegados y de color gris acuoso.

–¿Quién ha estropeado mi barco? –pregunta Dargon. Voz grave. Seguro que entonaría estupendamente un canto ballenero.

–Puede que haya sido yo –contesto.

Sonríe. Se da cuenta de que soy el único del *Lizabetta* que no le teme.

–¿Por qué lo hiciste?

–Porque iban a arrasar un arrecife virgen –le digo con franqueza–. No podía dejar que eso sucediera.

–Tus sentimientos personales son irrelevantes –dice, encogiéndose de hombros–. No era tu barco. Era mi barco.

–Su barco –asiento, mirando directamente a esos ojos grises–, pero no su arrecife.

El silencio es abrumador mientras decide mi destino. Lentamente, el barco de arrastre navega en dirección a un banco de niebla. Los ojos grises de Dargon se oscurecen hasta pasar a un majestuoso negro púrpura salpicado de pequeños puntitos de rojo sangre.

El loro que lleva en el hombro chilla inesperadamente, rompiendo el silencio. Un agudo silbido:

–Matad al perro.

Cállate, pico pinza.

Tranquilo, Gisco.

¿Nunca te he mencionado que odio a los pájaros?

No, nunca lo has hecho.

Este cabezón con plumas debería ir a parar a una bonita sartén con unas patatas al romero.

–Matad al perro –repite el loro con un agudo gorgojeo–. Cortadle en pedazos. Matad al chico, pero masacrad primero al perro.

–No, Apolo –dice Dargon–, aunque aquí habrá un castigo. Traed al chico a esta tabla de trinchar.

El primer oficial es fuerte, pero no tanto como para arrastrarme allí él solo. Así que recaba la ayuda de unos cuantos marineros con pinta de matones. En cuestión de segundos soy arrastrado hasta la tabla y obligado a arrodillarme.

–Estiradle la mano y mantenedlo quieto.

Me defiendo como un demonio, pero me colocan la mano sobre la tabla. Me presionan en los puntos entre los nudillos y mi puño cerrado se extiende sobre la superficie de la tabla.

–Mírame, chico –dice Dargon.

Levanto la vista hacia él. Abre la boca de par en par.

Oigo las exclamaciones de la tripulación antes de verlo por mí mismo. De su boca salen disparadas llamas de color rojo y anaranjado. El calor de las llamas me chamusca la frente y el pelo.

Las llamas se apagan y sostiene en su mano derecha algo que reluce al sol. Un cuchillo.

Se agacha hasta que nuestros rostros están al mismo nivel, a unos quince centímetros de distancia.

–Has arruinado algo mío y ahora yo voy a arruinar algo tuyo –me susurra–. Dolor por dolor. No te resistas o será peor.

Trato de resistirme, de erguirme y de librarme de la sujeción de los hombres. No hay ninguna posibilidad. Son demasiados.

La afilada hoja se desliza sobre el dorso de mi mano derecha. Se desplaza hasta mi meñique y busca la articulación. Cuando la encuentra, Dargon aprieta con todo su peso y me sierra medio dedo meñique mientras yo lo observo apenas a unos centímetros de distancia.

Me oigo a mí mismo chillar. Comienzo a desvanecerme de la impresión de ver lo que sucede y luego el repentino dolor punzante.

La cubierta se inclina y bambolea. Vagamente consciente del chorro de sangre.

Ronan palideciendo y refrenándose.

Los tripulantes realizándome un torniquete con torpeza.

¿Será mi imaginación o la parte seccionada del extremo de mi meñique, de unos tres centímetros de largo, va a parar al pico del loro?

Lo último que escucho es a Dargon diciéndole al capitán:

–Me voy a llevar a los dos conmigo. Ahora son míos.

59

SOY izado a bordo del velero. Aún atontado por la impresión y el dolor.

Gisco es atado a una correa y llevado aparte.

¿Adónde me llevan? ¿Tú crees que me darán de comer o que me matarán? Espero que al menos crean que un perro condenado tiene derecho a una última comida.

Trato de concentrarme un momento. Si quisieran matarnos, lo habrían hecho en el pesquero.

Buena observación, habichuela. Y casi es hora de comer. Esperemos lo mejor. Cuídate esa mano.

Supongo que a él lo encerrarán en algún tipo de jaula náutica para perros mientras a mí me tirarán a un calabozo.

Falso.

Un hombre negro muy alto, vestido con una túnica larga y suelta se me acerca a toda prisa.

–Soy Femi, el mayordomo –me dice con acento británico–. Te voy a enseñar tu habitación. ¿Puedes caminar solo o necesitas asistencia?

Pruebo a dar un paso. Mareado, aunque bastante estable.

–Puedo hacerlo.

–Bien. Por aquí, por favor.

Me conduce por un tramo de escaleras que bajan hasta un cuarto pequeño y luminoso, elegantemente amueblado. Paneles de madera. En las estanterías, libros encuadernados en cuero. Un cuarto de baño pequeño, pero práctico. Un ojo de buey.

Mucho más agradable que la habitación del capitán en el *Lizabetta*.

–En el armario hay ropas que te servirán –dice Femi–. Déjame ver tu mano, por favor.

Uno de los marineros de *Lizabetta* me ha envuelto la mano en una toalla blanca con hielo. Ahora la toalla está de color carmesí y empapada de sangre.

Femi deshace el sangriento envoltorio. Después de todo, no parece muy desconcertado de ver que me han seccionado medio meñique. Deben de haberle puesto sobre aviso. De hecho, ha venido preparado con un pequeño botiquín médico.

Limpia lo que queda de dedo con antiséptico.

–Un corte limpio –comenta–. No hay fragmentos de hueso –lo venda como un experto y coloca encima un esparadrapo a modo de funda–. Déjatelo puesto durante una semana –me da unas píldoras azules–. Tómate dos con agua. Te servirán para el dolor.

–¿Dónde está mi perro?

–A salvo –dice–. La cena estará lista a las seis. Mi amo ha pedido que te reúnas con él –Femi se pone en pie. Debe medir más de dos metros de altura y tiene que agachar la cabeza para evitar golpearse contra el inclinado techo del cuarto–. Vendrá alguien a buscarte. Por favor, estate vestido y preparado. Mi amo valora la puntualidad.

–Bueno, yo valoro mi dedo –le espeto–. Dile a tu amo que si tanto se preocupa de las buenas maneras, debería no pasarse con las amputaciones forzosas.

Feli me devuelve la mirada, impenetrable.

–Antes que amargarte por tu pérdida, te sería más beneficioso aprender la lección de tu castigo y continuar adelante.

–Para ti es fácil decirlo –murmuro, notando las punzadas en mi mano vendada.

En contestación, Femi se saca el pie derecho de la zapatilla. Ha perdido dos dedos. Vuelve a meter el pie en la zapatilla y se marcha.

Mi puerta está cerrada por fuera.

Decido no tomar las píldoras. ¿Quién sabe lo que contienen? Mi situación ya es lo bastante mala sin estar drogado.

Aguanto unos cinco minutos. Cada punzada en el dedo es una nueva agonía. Me doy por vencido y me trago las dos píldoras.

El dolor cede un poco. No del todo. Pero es tolerable.

Exploro la habitación. Confortable, pero no hay por dónde escapar. Tan solo un ojo de buey sellado. Nada que pueda usar como arma.

No sé nada acerca de Dargon.

¿Quién es, y por qué me resulta vagamente familiar? ¿Por qué me ha traído aquí? ¿Es posible que sepa algo de mi misión? ¿Cómo iba a saberlo? ¿Por qué no me mató en el barco de pesca? ¿Acaso tiene en mente algo más lento y doloroso?

No tengo respuestas para mis preguntas, así que termino echando un vistazo a los libros. Todos tienen algo en común. Historia. Historia antigua. Historia militar antigua. Aníbal.

Cierto, todos son sobre Aníbal Barca, quizá el más grande de los generales de la Historia. En el siglo tercero antes de Cristo hizo algo que a nadie se le hubiera ocurrido jamás. Condujo un enorme ejército con elefantes a través de los Pirineos y luego a los Alpes. Bajó a Italia, ganó una batalla tras otra y puso de rodillas al Imperio Romano.

Quién sabe por qué esta es la lectura favorita de Dargon.

Trato de olvidarme de las punzadas de mi mano perdiéndome entre los libros. Casi son las cinco y media. Tomo una ducha y me visto con las ropas que me han dejado. Me están perfectas.

Seis menos cinco. Tres suaves golpes en la puerta. *Tap, tap, tap.* La abro.

Una muñeca rubia está allí de pie, balanceándose sobre una pierna, mientras se rasca el muslo pecoso con el otro pie. Parece tener diecinueve años. Vestida, por decirlo así, con un microbikini. Sorbiendo una bebida tropical completa, con cereza y una pequeña sombrilla. Me sonríe y luego se ríe tontamente.

–No me dijeron que eras tan guapo.

Incluso Aníbal se hubiese caído de su elefante ante esto. ¿Quién es y qué diablos está haciendo en el velero de Dargon, aparte de coquetear conmigo?

–¿Cómo dices?

Una sonrisa complacida, juguetona, desvergonzada, sensual.

–¿Cuál es tu nombre, marinerito? –pregunta con un auténtico ronroneo.

–Jack.

–Yo soy Kylie –responde susurrando. Se bambolea, y se agarra al picaporte de la puerta para no caerse. De nuevo le da la risa tonta, esa clase de risa retozona que hace que su cuerpo se sacuda tanto que la parte superior de su biquini casi salta–. Esto me pasa por beber al sol. Ya lo creo. De verdad que sí, de verdad.

–Te creo –le digo, tratando de no mirar sus pechos, lo cual es virtualmente imposible.

–Te equivocas, Jack –me advierte con picardía–. Nunca, nunca creas nada de lo que digo.

Pesca la cereza de su bebida y se la mete en la boca, mirándome mientras lo está haciendo. Durante un segundo la chuperretea de forma provocativa entre sus suaves labios y luego, como si recordase algo importante, echa un vistazo a su reloj. Bruscamente llama mi atención con fingida seriedad.

–Sígueme, pedazo de marinero. Dargon es un cascarrabias cuando le hacen esperar. Eso seguro, puedes creerlo.

60

–QUÉ amable de tu parte unirte a nosotros para cenar –me recibe Dargon con sonrisa burlona.

Está sentado presidiendo una pulida mesa de teca en el comedor del barco, que es como un pequeño joyero. Loza china y cubertería de cristal. Ventanas de suelo a techo con vistas a una puesta de sol oceánica que se extiende como un manto mágico por encima del interminable y suave oleaje. Las luces cambiantes realzan la exhibición de destellos de la araña del techo.

Dargon ha cambiado sus pantalones cortos blancos y la camisa de músculos por una túnica suelta de color púrpura. En la espalda un emblema dorado, una feroz serpiente devorando a una indefensa grulla. ¿Soy yo la grulla? El carisma del hombre es sorprendente. La firmeza y definición de sus facciones. La energía de su físico. La gracia de sus movimientos mientras ayuda a Kylie a sentarse y luego me hace una reverencia.

–Bienvenido.

–No intente darme la mano –le advierto–. Todavía me duele donde me ha dado el tajo.

–Sí, podría ser –asiente Dragon, como si se tratase de una educada conversación de mesa–. ¿Te has tomado alguna de las píldoras de Femi? Mañana ya te deberías sentir mejor.

–Estupendo. A lo mejor mañana me puede cortar uno de los pies.

–Estoy seguro de que eso no será necesario –dice Dargon–. ¿Verdad que Kylie está radiante con esta luz? Por favor, siéntate.

Nos sentamos. Nos miramos unos a otros. Una atmósfera de fiesta del té delirante.

–¿Bendigo la mesa? –se ofrece Dargon.

No le veo yo exactamente como de esa clase de beatos. Me encojo de hombros.

–Diga lo que quiera.

Junta sus manos, me lanza una mirada de velada amenaza, y dice:

–Señor, ayúdanos a disfrutar de cada día como si fuese el último –su mirada se traslada a Kylie y en sus ojos grises destella una lujuria sin disimulos–. Y haz que recordemos siempre que la belleza existe para que pueda ser consumida por los audaces y saboreada por los fuertes.

Extraña plegaria. No digo amén. Aunque también miro a Kylie. No puedo evitarlo. Con la puesta de sol a sus espaldas y la araña reluciendo sobre sus rubios cabellos como una tiara de diamantes, es cierto que tiene un aspecto radiante.

Ella percibe mi mirada, sonríe y vuelve su cabeza como para ofrecerme su mejor perspectiva.

Femi sirve vino y un primer plato de lo que parecen rodajas de pescado crudo.

–Atún azul crudo con rubí de frutas del bosque –anuncia el mayordomo alto.

–¿No está el atún azul en peligro de extinción? –pregunto, recordando la arenga medioambiental de Gisco.

–De todas formas ya es demasiado tarde para este –dice Dargon, encogiéndose de hombros, y devora un trozo con el tenedor–. En peligro, pero delicioso.

Como me muero de hambre y el pobre atún no va a volver a la vida, sigo su ejemplo. El pescado crudo tiene un delicado sabor que se disuelve en la boca, que resalta con la acidez de las frutas del bosque.

Dargon asiente en señal de aprobación.

–Estás dispuesto a romper tus propias normas. Eso me gusta. ¿Te resulta cómoda tu habitación?

–Sí, gracias.

–Confío en que encuentres algo interesante para leer.

–Me parece un desperdicio dedicar el espacio de una estantería a cien libros sobre el mismo hombre.

–No si el hombre es lo suficientemente interesante –repone Dargon–. Aníbal es un modelo de conducta para mí.

–¿Porque los dos son sádicos?

–No te creas la propaganda romana sobre Aníbal –me advierte–. En cuanto a mí, tan solo quiero que nos conozcamos.

–Ya le conocí esta mañana, en el extremo equivocado del cuchillo.

–Debes saber que no me dejaste otra elección. Los barcos se gobiernan con disciplina –señala Dargon–. La tripulación vio lo que hiciste, y también necesitaban ver que eso tenía su precio. Son hombres sencillos, así que tenía que ser sangre. Les di lo que esperaban y lo que la situación demandaba. Ahora, en cuanto a mí concierne, ya está hecho y pasado.

–En lo que a usted le concierne –repito con calma.

Femi sirve el plato principal.

–Lubina chilena con langosta y trufas negras –anuncia.

–En realidad es merluza negra de Patagonia –le corrijo–. En pocas décadas se habrá extinguido.

–¿Cómo puede saber lo que va a suceder en unas pocas décadas? –pregunta Kylie.

Es una buena pregunta. Dargon la podrá responder por mí.

–Querida, aquellos que no estudian el futuro están condenados a repetir sus errores. Y supongo que nuestro invitado es un estudioso en ciernes del futuro. Por supuesto, ese es un campo de estudio arriesgado. Uno tiene que estar muy seguro de sus maestros.

No estoy muy seguro de sobre qué está hablando, así que saboreo la lubina. Está mantecosa y se derrite en mi boca.

–Siento que no tengamos a tu perro durante la cena –dice Dargon–. Sigo una norma muy firme en contra de pájaros o animales en la mesa. Aunque, por supuesto, es obvio que no se trata de un perro normal, ¿verdad?

–Su loro tampoco es exactamente de Loros del Mundo punto com –señalo.

A Dargon no le divierte.

–Estábamos hablando de tu perro. Me pregunto de dónde lo sacaste.

–Nueva York –gruño, mientras engullo otro trozo de pescado con el tenedor. Ojo, Jack. Algo pretende.

Ahora sus ojos grises están fijos en mí. Su voz es inquisitiva.

–¿Lo encontraste tú o te encontró él a ti?

Me incorporo a medias, sosteniendo mi cuchillo, sin apretarlo, en la mano derecha.

–¿Esto es una cena festiva o un interrogatorio? Porque si es una cena, entonces prefiero no contestar a sus preguntas. Y si es un interrogatorio, debería ir a buscar a cuatro de sus matones para sujetarme antes de volver a enfrentarse a mí, cuervo bastardo.

Kylie baja su tenedor.

–Guau, nadie le habla nunca así a Dargon –pasea su mirada de él a mí y luego vuelve a él–. ¿Os vais a pelear, chicos? ¿Puedo ser yo el precio?

Los ojos de Dargon se posan en el cuchillo en mi mano.

–Es solo por saberlo, para que nos podamos entender mejor –dice con voz calmada–. Me he pasado años tratando de aprender todo tipo de técnicas especiales de lucha a muerte. Si estás lo bastante loco como para atacarme, no durarías más de veinte segundos.

–Debe de ser por eso que ha necesitado hoy a cinco marineros para sujetarme –le espeto, mirándole de tal modo que si se le ocurriera moverse, estaría dispuesto a escabullirme y a responderle.

Pero no mueve ni un músculo.

–Contestando a tu pregunta, esto es una cena y tú eres mi invitado. Quizá, llevado por mi entusiasmo, me haya precipitado y sido demasiado directo. Lo primero es la comida, dejemos los negocios para el final de tu viaje.

–¿Qué viaje? –pregunto, posando el cuchillo sobre la mesa.

–Mi isla –aclara Dargon–. Deberíamos llegar mañana a primera hora de la mañana. Estoy seguro de que te encantará. Es muy hermosa. ¿No te parece, Kylie?

–De ensueño –asiente ella–. No querrás marcharte nunca.

–¿Y qué negocios son esos de los que tenemos que discutir? –pregunto a Dargon, observando con atención los ojos grises.

–La pesca, por supuesto –replica–. Jack, puede que quiera hacer negocios contigo.

–¿Por qué?

–Llevo tiempo esperando al socio apropiado. Juntos podríamos hacer cosas maravillosas.

–¿Y por qué iba a confiar en usted si le desprecio?

Se inclina hacia delante. ¡Qué poder el de esos ojos!

–Pobre, qué confundido estás, amigo. Educado por extraños, entre extraños. La respuesta a tu pregunta va a ser alucinante. Ya ves, Jack, el hecho simple es que tú y yo tenemos más en común que cualquiera a quien hayas conocido en toda tu vida.

Estoy temblando, asustado, fascinado. Presiento que la razón de que sus palabras sean tan poderosas es que están arraigadas en la verdad.

Dargon extiende su mano. Toca mi brazo. Me aprieta ligeramente, estableciendo una conexión.

–Somos primos, Jack –susurra–. Soy el primer miembro de tu familia al que conoces. Que duermas bien, primo.

61

NOCHE de insomnio. El velero se levanta y se desploma violentamente con el oleaje nocturno. Me tomo las píldoras de Femi.

Me hundo en un sueño inquieto. Pesadillas de fiebre. Las palabras de Dargon. «Somos primos». Su contacto. Su forma de echar fuego por la boca. Sosteniendo el cuchillo. Cortándome el dedo.

Me despierto antes del amanecer. Me ducho y me visto. Descubro que mi puerta no está cerrada, o que la han abierto durante la noche, más bien. En este velero nada sucede por azar.

Es una invitación. Subo las escaleras hacia cubierta.

Dargon y Kylie están en proa, cogidos de la mano. Las primeras luces del alba brillan por el este. Bajo ese resplandor amable, una mancha esmeralda se despega de las sombras nocturnas. ¡Una isla!

Pequeña. Misteriosa. Verde, con bosques. Inquietante con sus montañas recortadas.

Dargon me hace señas para que me acerque.

–¿Has dormido bien?

–No –le digo–. Malos sueños. La mayoría sobre ti.

–Olvídalo –dice–. Aquí llega el paraíso. Y la buena noticia es que me pertenece entera. Así que aquí no hay leyes ni normas y puedes hacer lo que te plazca.

–Siempre que el rey de la isla esté de acuerdo –murmuro.

–Por supuesto –asiente, y se aleja para inspeccionar alguna cosa.

–No te preocupes, Dargon es guay –me asegura Kylie. Lleva puesto un pantalón vaquero cortado, corto, muy corto y un top de cuero muy, muy ajustado. Su cuerpo tiene más valles y montañas que la isla de Dargon.

–Tú le conoces mejor que yo –le digo.

–Apenas le conozco –responde ella–. Llevamos poco tiempo juntos. Pero es estupendo casi con todo.

–¿Y eso es bueno? –pregunto.

–Para mí lo es –repone ella, con esa sonrisa pícara y sexy–. Estoy deseando conocerte mucho mejor, Jack. En la isla tendremos un montón de ratos para perdernos juntos. Y quién sabe qué más...

Antes de que pueda contestar, vuelve Dargon.

–Ya está todo preparado para nosotros. ¡Qué bien regresar a casa!

Navegamos a la costa de la isla. Hay hombres y mujeres esperando en el muelle. Vestidos con el mismo «uniforme», pantalones cortos caqui y camisetas blancas. Todos amaestrados, educados y extremadamente serviles con Dargon.

Atamos las amarras al muelle. Cruzo la pasarela de tablas de madera. Es fácil desembarcar aquí. Algo me dice que no será tan fácil marcharse.

Doy un paseo por el muelle y pongo pie por primera vez en la roca volcánica de la isla.

Lo noto de inmediato. No sé cómo, pero lo sé. Es aquí. En esta isla. ¡Es Tormenta de Fuego! Sea lo que sea o donde esté escondido, puedo sentir su firme pulso. Como el insistente latido de un corazón, oculto en lo más profundo del cuerpo, aún palpitante, lleno de vida, fuente de vida. Gisco es conducido fuera del velero con una correa.

¡Está aquí!, le digo.

¿Qué está aquí? Por cierto, ¿cómo estás? Esto ha sido un agradable interludio en las carencias gastronómicas de nuestros viajes. El que cocina esas hamburguesas de queso en el velero sabe bien lo que se hace. ¿Ahora dónde estamos, y qué estabas diciendo?

Estamos en la isla de Dargon.

¿A la que hemos venido por qué razón, exactamente?

Nos han traído aquí, cerebro de hamburguesa. No sé por qué. Pero aquí también está Tormenta de Fuego. Lo puedo sentir.

El perro se alborota.

¿Estás seguro? ¿Dónde está?

No lo sé. Aunque es una isla pequeña. No creo que sea muy difícil encontrarlo.

A Dargon le llevan su loro, que encuentra una confortable percha en su musculoso hombro, y lanza una desagradable mirada a Gisco con sus ojos amarillos.

–¡El perro necesita un baño! –grazna.

Y tú necesitas que te desplumen.

–Bañadlo con ácido. Hervidlo en aceite.

A mí me encantaría condimentarte con jengibre y tomate.

El perro exhibe sus dientes. El loro da picotazos al aire. Por un instante da la impresión de que el chucho y el pajarraco van a pelearse de un momento a otro aquí en el muelle.

–Vamos, Apolo. Estas no son formas de tratar a nuestros invitados –le reconviene Dargon–. Y aquí vienen los coches de bienvenida.

Llega un convoy de jeeps. En seguida nos hallamos girando por un serpenteante camino cuesta arriba, hasta una impresionante cancela.

El emblema en el hierro forjado me resulta familiar: una serpiente devorando una grulla. Está tan gráficamente representada que puedes sentir la agonía de la grulla.

Encima de la cancela hay una sola letra de plata, la «D» ornamentada que vi en el libro de cuentas, en la habitación del capitán del *Lizabetta*, con escamas y una serpiente alada como parte del dibujo.

¿No te advirtió tu padre que tuvieras cuidado con los monstruos que echan fuego por la boca?, me recuerda Gisco.

Sí, confieso, mientras la gran cancela se abre despacio.

Parece que nos dirigimos a la guarida de la quimera.

Y no podemos hacer nada para evitarlo, señalo cuando el jeep entra. ¿De verdad crees que mi padre me estaba previniendo sobre Dargon?

No estoy seguro, admite Gisco, *pero nuestro anfitrión me recuerda a ciertas pesadillas del lejano futuro. El Ejército Oscuro estaba dispuesto a hacer cualquier cosa para adaptarse y ganar en superioridad.*

Sí, Eko me lo dijo. Crearon *cyborgs*.

Y experimentaron salvajemente con material genético. En la mitología una quimera tenía cabeza de león, cuerpo de cabra y cola de serpiente. Pero en genética, una quimera es una criatura con el ADN procedente de más de una fuente.

¿Estás diciendo que puede que Dargon no sea humano?

Puede que sea más que humano.

–Bienvenidos a mi humilde morada –dice Dargon con un expresivo gesto de su mano, mientras la cancela se cierra a nuestro paso.

Ante nosotros se presenta su villa de montaña.

Se trata de un elegante conjunto de edificaciones blancas interconectadas, que relucen bajo el sol de la mañana. Están arquitectónicamente integradas sobre las colinas, de tal modo que se adaptan tanto en forma como en gradación a la ladera de la montaña que las enmarca. Piscinas cristalinas, jardines llenos de flores tropicales y fuentes con surtidores se derraman por la ladera en terrazas, desde los edificios hasta las arenas plateadas de una playa que circunda una mágica y hermosa bahía en forma de media luna.

–¿No es maravilloso? –pregunta Kylie.

–Está bien –gruño, como si hubiese visto mejores residencias multimillonarias o islas privadas más hermosas.

–Femi te conducirá a tu habitación para que puedas refrescarte –me informa Dargon–. Y luego te haré una visita guiada y privada. Tenemos negocios de que hablar y el tiempo vuela –la amenaza velada de esos ojos grises es casi palpable–. También tengo unas cuantas mascotas que me gustaría presentarte.

62

GISCO es conducido con la correa a los cuartos para perros.

Jack es escoltado por Femi al ala destinada a huéspedes que pueden quedar lisiados en cualquier momento.

No está mal la habitación de esta pensión. Una habitación grande, luminosa, con baño de mármol y alucinantes vistas al océano desde todas las ventanas.

–Dentro de una hora te recogeré para llevarte con Dargon –me indica Femi–. ¿Te puedo ayudar con algo más?

–Una póliza de seguros de vida.

El imperturbable Femi ni siquiera intenta sonreír.

Me tomo una ducha de agujas de vapor. Me pongo los pantalones cortos y la camiseta que han dejado para mí. Me sientan perfectamente.

Me estudio durante un momento en el espejo de cuerpo entero. Es difícil creer que se trate del mismo Jack Danielson al que tanto le preocupaban los partidos de fútbol en Hadley-by-Hudson hace un mes.

Pero ahí está, el mismo chaval fornido con el pelo pajizo y penetrantes ojos azules devolviéndome la sonrisa. Pura sonrisa americana. Un metro ochenta y ocho de altura. Aficiones: chicas, cine y coches rápidos.

El mismo chico, los mismos brazos y piernas, casi la misma cara. Una pizca más de seriedad en esos ojos debido a las dificultades encontradas y la tristeza soportada. Una pizca más de resolución en la barbilla, considerando el hecho de tener que salvar todo el futuro.

Por lo demás, exactamente el mismo chico. El mismo y muy distinto. Jack, y no del todo Jack.

¿Quién soy yo ahora? No lo sé. ¿Acaso Dargon sabe más de mí que yo mismo? Eso parece. ¿Serán las mascotas que me va a presentar las mismas que se comieron el brazo del capitán del *Lizabetta*?

Tres suaves golpes en la puerta. *Bap, bap, bap.* Oh, oh. Recuerdo esa llamada. Como si no tuviera ya suficientes problemas.

Abro la puerta. Allí esta Kylie vestida como una modelo de Víctor o Victoria, dispuesta a exhibirse.

–¿Puedo entrar y unirme a la fiesta?

–No hay ninguna fiesta, solo estoy yo –repongo, tragando saliva mientras da un paso adentro y cierra la puerta detrás de ella–. ¿Qué es lo que llevas, o quizá debería decir lo que no llevas?

–Yo lo llamo *thong sarong* –dice, sonriendo burlona, y me lanza una mirada que derretiría un iglú.

¿Está coqueteando? ¿Tomándome el pelo? ¡Nada menos que un *thong sarong*!

–¿Por qué? ¿No te sientes cómodo con mi aspecto?

–No deja mucho lugar a la imaginación.

–Entonces es que no tienes muy buena imaginación –ronronea Kylie–. Estoy pensando un par de cositas que aún no nos hemos enseñado el uno al otro–. Sus ojos se deslizan escrutando mi cuerpo, como si estuviese tratando de decidir a qué categoría de peso pertenezco.

–¿No te olvidas de alguien? –le pregunto.

–¿De quién?

–Dargon.

Se encoge de hombros. Se me acerca más.

–¿Para qué sacarlo ahora a relucir?

–Parece importante. ¿Cuánto tiempo lleváis juntos?

–No demasiado. Nos conocimos en España. En un club nocturno –mientras sigue cotorreando, me fijo en que los ojos de Kylie se van posando deprisa en cada rincón de la habitación. ¿Qué estará buscando? ¿Cámaras ocultas o micrófonos? Si tiene miedo de que nos estén vigilando, ¿por qué está coqueteando conmigo?–. Me invitó a su velero. Una invitación muy tentadora para que una chica la rechace.

–Y luego, por supuesto, te invitó a su isla. ¿Otra invitación difícil de rechazar?

–Bueno, fue bastante curioso –admite Kylie, chasqueando la lengua–. Nunca había conocido a ningún tipo que tuviera una isla en propiedad.

–Ahora tú también eres de su propiedad, ¿cierto? Así que será mejor que yo no la traspase.

Kylie sacude la cabeza y sus cabellos rubios bailotean.

–Te equivocas, Jack. Nadie me tiene en propiedad. Soy un espíritu libre –realiza unos cuantos pasos despreocupados de baile para demostrarlo. Hace giros y piruetas, cada vez más cerca. Y mientras baila, canta–: ¡Soy libre! Libre como el viento. Radiante como el arco iris. Ligera como el aire.

Ahora se encuentra justo delante de mí. Deja de bailar y susurra sin aliento la historia de su vida:

–Crecí en los pueblos de las playas del sur de California, donde abundan las chicas rubias. Voy a donde me apetece, salgo con quien quiero y me gustan las fiestas. Jamás he tenido dueño y ahora tampoco. ¿Necesitas alguna prueba?

–Dudo de que Dargon... –empiezo a objetar.

–Creo que necesitas algo convincente –susurra Kylie. Se pone de puntillas y me pasa los brazos alrededor del cuello. Me agarra del pelo con ambas manos, suave pero firmemente, como si yo fuese un cachorro de perro que necesita ser entrenado correctamente.

Tira de mí hacia abajo y me besa en los labios.

El beso dura al menos un minuto. Yo quiero separarme, pero soy incapaz de escaparme.

Tiene los labios suaves, fruncidos. Aliento y lengua cálidos. Besarla es como ser succionado dentro de una aspiradora sexual. Nunca había besado así a nadie.

Noto algo húmedo. Una lágrima resbala por su mejilla.

¿Por qué esta llorando esta diosa rubia? ¿Acaso beso tan mal?

–¿Qué te pasa?

–Yo pensaba que íbamos a tener más tiempo –susurra.

–¿Tiempo para qué?

–Ten cuidado, Jack. Va a pasar hoy.

–¿Qué es lo que va a pasar?

Antes de que pueda averiguarlo, una voz desde el umbral de la puerta hace que nos separemos bruscamente. Allí está Dargon, y no sonríe.

–Veo que ya te has puesto cómodo –observa.

–Quizá deberías aprender a llamar –sugiero.

–En mi propia casa las normas las pongo yo. ¿Nos vamos ya? Kylie, voy a tener que pedirte que no nos acompañes. En estas circunstancias, puedes constituir una distracción.

Ha tenido tiempo para recuperarse. Las lágrimas y el corazón roto han desaparecido. Otra vez se ha convertido en una divertida e indiferente estúpida muñeca de playa.

–Bien –dice–. Me voy a la piscina. Ya es mediodía y ya sabes lo que significa. ¡Hora del daiquiri!

Entró bailando en mi cuarto y ahora sale contoneándose.

Se detiene en el umbral de la puerta, justo delante de Dargon.

Ambos se miran. ¿Me ha tomado el pelo? ¿Me ha excitado deliberadamente? ¿O ambas cosas?

A él le da el mismo tipo de beso, largo, apasionado, que acaba de darme a mí.

No. Falso. Este es más largo. Más intenso.

Se aparta de él, jadeando un poco. Levanta su mirada hacia él y dice:

–Jack tiene razón. Deberías aprender a llamar –y luego se va.

Dargon la sigue durante un instante con los ojos y luego se vuelve hacia mí con una sonrisa desconcertada.

–Es asombroso lo que uno puede encontrarse en un club nocturno de Barcelona.

–Especialmente si tienes un velero y una isla.

–A mí me parece que le gusto –dice–. Vamos. Tenemos un día muy ajetreado por delante, así que vamos a hacer un viaje rápido. Espero que no te importe que no vayamos por carretera.

63

A toda marcha por un sendero de arena en un monstruoso vehículo todo terreno. Debe de pesar unos mil trescientos kilos. Un motor bestial. Neumáticos gigantes. No tiene nada que ver con la antigualla de moto con sidecar que el motero Hayes me vendió.

Esta es una bestia hiper-moderna con tracción a las cuatro ruedas, con apariencia, potencia y velocidad. No necesita la tersura del asfalto. Da la impresión, y se nota, de que puede andar sobre cualquier terreno.

Dargon corre a mi lado. Yo llevo casco. Guantes. Espinilleras. Él no lleva más que pantalones cortos y una camiseta, sus largos cabellos castaños flotan al viento. Locura. Exhibicionismo.

El viento nos azota. La grava nos salpica. La arena refleja el sol. El camino rodea la montaña.

Dargon aparta su mano derecha del manillar. Me hace señales. Gesticula hacia el fondo del barranco de empinadas rocas. ¿Indicando una dirección? ¿Proponiéndome un reto? ¿Sugiriendo suicidio?

Vira bruscamente fuera del sendero. Yo tomo aire y le sigo abajo por la ladera de la montaña.

Pumba-pumba-pumba. A punto estoy de salir volando por encima del morro del todoterreno. Le meto una marcha más corta.

Me reclino hacia atrás. No sueltes los brazos, Jack, o eres hombre muerto. Imposible dar la vuelta. Si intento girar, esta bestia es capaz de dar una vuelta de campana.

Solo puedo hacer una cosa: bajar la nariz y esperar.

El todoterreno salta por encima de las rocas y dibuja profundos surcos en la arena. No hay forma de disminuir la marcha. Me dirijo a toda velocidad hacia una roca que de repente desaparece debajo de mí. El acantilado rocoso se convierte en una rampa de salto de esquí, lanzando mi todoterreno de mil trescientos kilos por los aires. Oh, oh, volando sobre el lomo de un estegosaurio metálico que ruge.

Estoy seguro de que voy a morir. El tiempo se detiene. Siento que tengo a alguien a mi lado. Veo unas manos fantasmales que sujetan el manillar. Manos viejas pero fuertes. Siento una presencia conmigo en la moto. Guiándome. Advirtiéndome. La voz ronca de mi padre.

–Cerca, Jack. Estás cerca.

–¿Cerca de qué? –intento preguntar–. ¿Cerca de la muerte? ¡Ayúdame a salir de aquí!

–Ten cuidado –susurra, desvaneciéndose tan rápido como llegó.

–Tirabuzones. Busca Tirabuzones, pero ten cuidado...

Se ha ido. Todo ha debido suceder en una fracción de segundo. Aún estoy volando por los aires en mi todoterreno. No he dado una voltereta hacia delante ni he perdido el control. Gracias, papá.

La bahía oculta se revela ante mí allá lejos, por debajo. Pesqueros de arrastre amarrados en un aislado puerto deportivo. Debe de haber más de una docena de ellos, todos del tamaño del *Lizabetta.* Y un pequeño y extraño edificio con cúpula, abovedado todo él con vidrio verde.

¿Refugio para enanos de la empresa? ¿Mini-laboratorio, o casita de alta tecnología, o refugio de tirabuzones? Definitivamente hay que investigarlo...

Si es que lo consigo. No puedo seguir mucho más tiempo siendo aerotransportado con mil trescientos kilos de metal debajo de mí.

Aterrizo con un *CRAS.* Los enormes y flexibles neumáticos se deslizan y arañan, haciendo lo imposible por avanzar por una ladera pedregosa. El motor ruge y aúlla como un Godzilla con anginas.

Lucho con los brazos contra el manillar. A punto estoy de volcar el todoterreno. De algún modo consigo recuperar el control.

Dargon me está mirando. Parece sorprendido, aunque complacido de que lo haya logrado. Y seguimos adelante, bajando la cuesta a toda marcha, costado contra costado, sin girar ni ceder un centímetro.

Logramos llegar abajo, ambos aún a la par. Freno para detenerme cerca del edificio abovedado de vidrio. Me quito el casco. Estoy sudando. Asustado. Encantado. Crecido.

–Conduces bien –comenta Dargon–. ¿Has corrido muchas veces fuera de la carretera?

–Es la primera vez –le digo.

–¿Estás de broma?

–Solo bromeo con amigos.

–Entonces deberías sentirte orgulloso –dice–. Muchos pilotos experimentados han muerto tratando de hacer lo que tú acabas de hacer.

–No me complazco con la muerte de otras personas.

Él se baja de su todoterreno y yo desmonto mi propia bestia.

–Ven –me dice–. Intenta dejar por unos minutos esa acre actitud a un lado. Quiero mostrarte los secretos de mi negocio.

64

MIENTRAS caminamos hacia el reluciente y pequeño edificio, siento un fuerte pulso procedente de Tormenta de Fuego. Está mucho más cerca. Quizá dentro de esas paredes de vidrio verde.

¿Está vivo Tormenta de Fuego? ¿Es una fuerza? ¿Una inteligencia? ¿Sabe que estoy llegando? Noto una especie de profunda conexión personal.

No hay puertas a la vista. Dargon avanza hacia una cámara oculta.

–Abre –dice. La cámara dispara el flash–. Escaneado de iris y análisis computerizado de voz –me explica–. Más personalizado que cualquier huella dactilar.

–Puesto que es tu isla, nunca se me hubiera ocurrido que la seguridad fuese un problema.

–La seguridad siempre es un problema –las puertas de vidrio se abren. Entramos.

No hay guardia de seguridad detrás de un mostrador para recibirnos. Ningún Tormenta de Fuego. Ni tampoco Tirabuzones, sean lo que sean.

Qué extraño. ¿Donde he escuchado esa palabra antes?

No hay nada dentro de la bóveda de vidrio. Solo un cuarto vacío.

–Ponte aquí –dice Dargon, caminando hasta el centro.

Me uno a él.

–Abajo –dice.

Nos sentamos en el suelo.

La plataforma elevadora desciende por un hueco en ángulo. Nos rodean paredes de roca. La luz disminuye...

La plataforma aminora la marcha y se detiene. Estamos a oscuras.

–Luces –dice Dargon.

Se encienden por encima de nuestras cabezas.

–¿Dónde está todo el mundo? –le pregunto, mientras caminamos por un largo pasillo.

–Regla número uno para proteger los secretos del negocio –explica–: cuanta más gente trabaje para ti, más gente habrá que pueda robarte.

Llegamos a unas grandes puertas dobles.

–Abrir –exclama Dargon. Su voz es registrada y escucho una serie de cerrojos que se descorren. Las puertas se deslizan abriéndose de par en par. Contengo el aliento.

La escena me recuerda al cuartel general de una vieja película sobre la Segunda Guerra Mundial, con los generales reunidos en torno a un gigantesco mapa de Europa, mientras los asistentes se dedican a mover maquetas de barcos y tropas.

Pero aquí no hay generales ni almirantes. Solo una docena de hombres y mujeres jóvenes, vestidos informalmente. Podría tratarse de alumnos universitarios de una Escuela Técnica de Informática o miembros de un Instituto Tecnológico, reunidos en un bar de estudiantes.

No están empujando maquetas de tanques por Europa. Están usando ordenadores para trazar los trayectos de barcos de pesca de arrastre simulados sobre «mapas» de todos los océanos del mundo.

«Mapas» es un vocablo demasiado simple. Esto son enormes proyecciones, hermosas y funcionales. Contornos de fondos oceánicos y otras formaciones topográficas como valles y montes submarinos son «esbozados» con holografías tridimensionales.

Me paseo ante el «mapa» del Atlántico y recorro con la vista la cordillera del Atlántico Medio en dirección este, hacia África. Encuentro el archipiélago de las Azores. Al norte del mismo, bien a la vista, una pequeña isla parpadea con una distintiva luz azul.

Sospecho que es donde nos encontramos ahora, la isla de Dargon. Aquí hay amarrados barcos de arrastre, sin duda la parte de su flota que acabo de ver afuera, fondeada a lo largo del muelle que se proyecta hacia la bahía escondida.

Líneas oscilantes de color rojo rodean las Azores. Otras líneas rojas similares son visibles en todos los océanos del mundo, parpadeando como una interminable cadena de señales de advertencia. La mayor parte se encuentran cerca de las costas, aunque también titilan en medio del océano.

–¿Rojo para los arrecifes? –le pregunto a Dargon.

Él asiente, complacido.

–Estás contemplando la maqueta más precisa sobre los arrecifes marinos que hay en todo el mundo.

–¿Basada en informaciones conseguidas a base de sobornos o robos en organismos de investigación?

Algunos de los jóvenes técnicos se vuelven a mirarme. Supongo que nadie cuestiona a Dargon en su propio santuario. Dargon se encoge de hombros.

–Mi información procede de diversas fuentes, Jack. Ya has visto parte de mi flota ahí afuera. La estamos reacondicionando con nuevas redes especiales, que son virtualmente irrompibles. Poseo cuarenta barcos de pesca de arrastre, cada uno de ellos equipado para pescar en los arrecifes de coral más profundos. Eso constituye más de una tercera parte de la flota mundial de barcos de arrastre. Estoy aumentando gradualmente mi cuota de mercado. Como la demanda mundial de proteínas procedentes del pescado se ha disparado, parece que sin duda los próximos diez años prometen ser muy prósperos.

–Hasta que agotes las existencias –digo.

Nuevamente algunos técnicos se vuelven a mirar en mi dirección, y luego vuelven rápido a su trabajo. ¿Se sentirán culpables con lo que están haciendo? ¿O les paga lo suficiente como para que no les importe?

Dargon ni siquiera se preocupa de bajar el tono de su voz mientras explica:

–Cuando terminemos de pescar en los arrecifes abisales, quedan miles de arrecifes en aguas poco profundas con peces exóticos que valen millones de dólares. Lo suficiente para mantener ocupada mi flota al menos durante otros diez años.

–Tan solo estás posponiendo lo inevitable. ¿Qué sentido tiene destruir unos recursos que nunca podrán ser reemplazados?

Paseo la mirada por los jóvenes científicos.

–¿Y cómo lo vais a afrontar los demás? –les pregunto–. ¿No os quita el sueño por las noches? Y, por cierto ¿alguien sabe lo que es un Tirabuzón?

Una joven de aspecto agradable se da la vuelta frente a su ordenador un instante y dice:

–¿No son los rizos de pelo que se pusieron de moda en el siglo dieciocho?

–Gracias –le digo–. Y también es un sacacorchos. Aunque eso no es de gran ayuda para Jack Danielson.

–Aquí no encontrarás a nadie receptivo –me asegura Dargon, conduciéndome fuera de la vasta cámara. Las puertas se cierran automáticamente a nuestras espaldas y me conduce de vuelta a la plataforma elevadora–. En realidad, tu problema es una cuestión de posición estratégica –dice–. Arriba, por favor.

Y arriba nos vamos, de la oscuridad a la luz del sol. El edificio abovedado de vidrio aparece sobre nosotros. Salimos de la plataforma.

–Si matas todos los peces, y no queda nada para pescar o comer, ¿cómo es posible que sigas ganando? –le pregunto.

–Te han adoctrinado, Jack –dice, sonriendo–. ¿Estás dispuesto a abrir tu mente?

–¿A qué?

–A un enfoque ligeramente más solipsístico.

–No sé lo que significa eso.

–Entonces, permíteme que abra tus horizontes –Dargon me conduce a través de las puertas que se deslizan.

El calor y la luz del sol nos dan de lleno. Él camina hacia el largo muelle donde están amarrados los barcos.

–Tú eres un superviviente –me dice–. Eso es lo que me gusta de ti, Jack. Prepara tu mente.

Tengo la sensación visceral de que mis técnicas de supervivencia están a punto de ser puestas a prueba de forma extrema.

Caminamos por el muelle, dejando atrás los enormes barcos, uno tras otro. La mitad de la flota de Dargon. Una significativa parte de toda la flota mundial. Al final del todo hay un barco de aspecto particularmente curioso. Debe de medir unos doce metros de largo, aunque tan solo dos y medio de ancho. Un pequeño puente de mando en la parte trasera. Maquinaria enorme. Parece un cohete flotante.

Dargon se dirige derecho a él.

–¿Adónde vamos? –le pregunto.

–Ya que eres tan aficionado a la vida marina, pensé que debería enseñarte la mía –dice.

–¿Tu qué?

–Mi arrecife. Es uno de los mejores del mundo. Ahí es donde guardo mis mascotas especiales.

65

QUÉ barco más extraño. Jack y Dargon están en la cabina acolchada del puente de mando. Contemplando el casco largo y estrecho. No hay nada más en la cabina excepto un barril amarillo bien asegurado. ¿Gasolina extra? ¿Una balsa de seguridad, por si naufragamos?

–Se llama barco cigarro –Dargon me informa mientras pone en marcha un pequeño motor para guiarnos despacio fuera del muelle.

–Es el coche de carreras del mar. Ya no fabrican muchos.

–¿Por qué no?

–La gente los volcaba. Estropeaba los cascos. Aunque todo depende de la perspectiva. Yo tengo una perspectiva menos complicada que la tuya, Jack.

Se toca la frente con la mano. Deja caer el ojo izquierdo. La cuenca vacía queda a la vista. Me asquea, aunque también pienso: «No debería haberme enseñado eso». Es un punto débil. Si alguna vez tengo que pelearme con este tipo, ahí es donde hay que atacar.

–He visto cómo se movía tu pupila –le digo.

Dargon sacude la cabeza.

–No seas tonto. No sirve de nada. Y ahora, en cierto modo, quizá me sirva para ver mejor –se lo vuelve a colocar en su sitio–. Es algo que tengo en común con mi modelo de conducta. Aníbal perdió un ojo cruzando un pantano a lomos de un elefante. Yo perdí el mío en un viaje aún más extraño.

–¿A través del tiempo? –supongo.

Él no lo niega. Salimos disparados fuera de la bahía. Algo en su manera de mirar mientras timonea el barco me provoca. La petulancia con la cual me está arrastrando a este viaje, del velero al todoterreno, y luego al barco en forma de cohete, es un desafío a la muerte. Él sabe adónde nos dirigimos y por qué. Yo no tengo ni idea.

–Vienes del futuro, ¿no? –demando–. ¿Por qué volviste mil años al pasado para emprender un negocio de pesca? ¿Quién te envió? ¿Qué demonios quieres de mí?

Se encoge de hombros, divertido. Su pelo castaño ondea al viento.

–No fui yo quien fundó esta compañía de pesca de arrastre. Yo solo me hice cargo cuando el caballero que lo hizo sufrió una muerte prematura. Prometo contestar muy pronto a las otras preguntas. Pero estábamos hablando de Aníbal. ¿Te gustan los misterios, Jack?

–Tengo suficientes.

–Este es uno de los grandes enigmas de la historia militar. Aníbal fue criado por su padre, Amílcar, con un único objetivo en la mente: conquistar Roma. En 221 antes de Cristo le llegó su oportunidad. Cartago declaró la guerra, y Aníbal cruzó los Alpes para entrar en Italia. Destruyó un ejército romano tras otro. Aunque nunca llegó a sitiar Roma. Se pasó los siguientes quince años recorriendo Italia con su ejército. Nunca fue vencido en batalla, aunque tampoco él trató nunca de derribar la muralla de Roma y tomar la ciudad hasta la que tan cerca había llegado para destruirla.

–¿Por qué no? –pregunto.

–Los historiadores militares han hecho su agosto con el asunto –me informa Dargon–. Cientos de teorías. Que si los cartagineses no eran buenos sitiadores. Que si Aníbal estaba esperando a sus hermanos. Que si fue traicionado por los mercaderes de Cartago, que no deseaban invertir dinero en los necesarios refuerzos. Ninguna de esas teorías tiene sentido. ¿Por qué el general más brillante e imaginativo de la historia se pasó quince años recorriendo en círculos la Península? Si no podía tomar Roma, por la razón que fuese, ¿por qué no pasó a un plan B, sin más?

–¿Tú lo sabes?

–Tengo mi propia teoría –admite Dargon, poniendo en marcha la lancha motora. El más estruendoso rugido en la historia de los motores es expelido del fueraborda.

El coche de carreras de mar sale disparado hacia la bahía.

–¿TE GUSTA? –grita Dargon.

–NO –le digo honestamente, mientras me sujeto con fuerza para conservar la vida.

Él se ríe y pone en marcha el segundo motor fuera-borda. Un rugido aún mayor. Como un trueno en una lata pequeña. El barco pega un brinco hacia delante.

Yo caigo atrás sobre el revestimiento acolchado de la cabina. Me golpeo fuerte contra el barril amarillo. El agua nos salpica. El viento aúlla a nuestro alrededor..

–¿TE GUSTA? –quiere saber Dargon.

–NOS VAMOS A MATAR.

–TODOS TENEMOS QUE MORIR ALGUNA VEZ –me grita, poniendo en marcha un tercer motor.

Olvídate del trueno. Es mucho más que insignificante. Este rugido es ensordecedor. Te hace añicos los oídos.

El barco abandona el agua y emprende el vuelo. Literalmente. Las únicas partes que siguen en contacto con el agua son las hélices. Nos movemos vertiginosamente entre cielo y mar con el viento y las salpicaduras de agua azotándonos la cara y el motor de un cohete rugiendo a nuestras espaldas. El casco está vibrando, chillando, deshaciéndose.

Vamos a morir. Me ha traído aquí para matarme en este barco a propulsión. No sé por qué, pero estaré acabado en cuestión de segundos...

Y entonces, silencio. Dargon apaga los motores y el barco se desliza en silencio. Dejo escapar mi aliento.

–¿Te ha gustado? –pregunta.

–Pensé que nos ibas a matar.

–He estado tentado de hacerlo –admite–, pero pensé: ¿por qué tomar el camino más fácil? ¿Estás preparado?

–¿Para qué?

–Para nadar –dice, zambullendose con elegancia por encima de la borda. Al instante pienso en poner en marcha los motores y salir corriendo como alma que lleva el diablo. Aunque haya lo que haya en su arrecife, no puede ser tan peligroso como este barco.

Al menos eso espero. Me sumerjo tras él.

66

Dos sorpresas.

Primero, Tormenta de Fuego. Está muy cerca. Y de alguna manera sabe que yo estoy en las inmediaciones. Y él está pulsando, tirando de mí, atrayéndome. Como mínimo. Has venido. Termina. Encuéntrame.

La segunda sorpresa es lo fría que está el agua. Por alguna razón, yo pensaba que serían aguas tropicales. Falso. Puede que haga buen tiempo y esté soleado, pero esto sigue siendo el Atlántico.

Frías aguas cristalinas. Menos de doce metros desde la superficie al fondo. Tengo el fuerte presentimiento de que estamos a punto de bajar.

Medito la posibilidad de tragarme una de las cuentas rojas del collar de Eko, pero Dargon me está mirando. Decido intentarlo sin la cuenta. No puedo mostrar debilidad ante un tipo como este. Si él puede tolerarlo, yo también. A partir de ahora será un mano a mano.

Flotamos a unos dos metros de distancia el uno del otro.

–¿Listo para nadar con los tiburones? –pregunta.

No me entusiasma cómo suena aquello.

–Lo dices en sentido metafórico, ¿no?

–Ven y lo verás –me invita, y se sumerge.

Aspiro una buena cantidad de aire y le sigo abajo.

Más que un arrecife, parece un patio de recreo submarino y volcánico.

Hay cavidades de lava, grutas y chimeneas.

Por todas partes hay fauna marina.

Y tampoco estamos hablando de peces pequeños. Meros, que pesarán unos noventa kilos, pasan de largo como remolcadores. Un delfín y un atún, esbeltos como coches de carreras, nos rebasan como centellas, como en un duelo de veloces demonios.

Dargon nada bien. Me sonríe y se sumerge más.

Noto presión en mis oídos, pero no hay manera de escaquearse.

No podría haber buceado sin ayuda para ver el barco naufragado en las Outer Banks, y necesité de la ayuda de una de las cuentas de oxígeno de Eko para llegar al monte submarino, pero aquí puedo ver el fondo. Hago acopio de coraje y le sigo abajo.

Una tortuga cabeza de leñador, grande como una mesa de ping-pong, pasa remando. Dargon hace de autostopista para montarse encima de ella, tal como lo hizo Eko en una ocasión. Resulta tan extraño verle montado sobre la tortuga: el saqueador de océanos jugando con el amable y viejo gigante de los mares.

Por un instante visualizo la tortuga que transporté por la cubierta del *Lizabetta*, mientras su caparazón sonaba *pap, pap, pap.* El miedo en su mirada cuando la empujé por la rampa de popa. Si esta lo supiera.

De pronto, una sombra parece cubrir todo el fondo del océano. Más grande que la sombra del barco cigarro. Más larga. Más ancha.

Miro arriba y lo veo.

¡Mi primer cetáceo! No soy un experto, pero estoy casi seguro de que es un cachalote. Cabeza rotunda. Mandíbula caída. Cuerpo arrugado, de color marrón, con rayas claras y arañazos.

¿Cómo puede nadar sin esfuerzo una cosa tan grande?

Trato de saludarlo con todas las frecuencias. Hola, ballena. Hola, Moby. Estoy aquí, nadando con el diablo. Quédate y protégeme. Y, escucha, ¿donde está Tormenta de Fuego?

La enorme ballena ni se digna a mirarme. Se aleja nadando majestuosamente. Eko habría logrado comunicarse. Gisco también. Es una pena que yo no disponga de esa línea telefónica.

Se me empieza a acabar el aire. Tal vez me queden veinte segundos. Debería volver a la superficie, definitivamente.

En lugar de hacerlo, sigo a Dargon un poco más abajo. Mi lado competitivo. Siempre me mete en líos.

Una enorme manta pasa rozando el fondo como un *hovercraft*. La langosta más grande que he visto en mi vida emerge de una oscura gruta para agitar su pinza ante mí.

Tormenta de Fuego me está llamando. Tan cerca. Ven, Jack. Búscame. Fin. Siento como si pudiera casi tocarlo con mi mano.

¿Podría estar en la gruta de esa langosta? ¿O en la misteriosa caverna de lava que conduce a la oscuridad?

Lo encontraré la próxima vez que me sumerja. Empiezan a arderme los pulmones. He llegado a mi límite. Es hora de subir.

En ese mismo momento lo presiento. Oh, oh. Algo malvado está nadando en las inmediaciones. Recuerdo la corriente eléctrica de pura maldad que percibí del tiburón sarda que nos atacó a Eko y a mí en las Outer Banks. Este es más poderoso.

Tenga lo que tenga encima, pertenece a otro orden de maldad. Pero me estoy quedando sin aire, así que no me queda más remedio que nadar hacia él.

Dargon me sigue. Sabe lo que hay arriba, así que se demora intencionadamente, dejandome a mí primero.

No me puedo permitir ningún titubeo o acabaré abriendo la boca y tragando agua salada. No hay tiempo de enredar con el collar de Eko para sacar una cuenta roja.

Me dirijo hacia la estrecha sombra del barco. Las malas vibraciones se intensifican. Y se extienden como un rumor por todo el océano.

Camuflado en la sombra del barco, otra más oscura se mueve.

Sé lo que es antes de ver sus filas de dientes. Antes de ver sus potentes mandíbulas.

Mi padre no me estaba advirtiendo sobre los tirabuzones. ¡Eran los tiburones!

¡Un enorme tiburón blanco!

67

CERCA de seis metros de largo. Dos toneladas de depredador. Me ve y se gira en mi dirección.

¿Por qué los llamarán tiburones blancos? Es de color gris pálido. Estrechas hendiduras en los ojos. Ojos negros y brillantes.

Observa cómo nado hacia él. Preguntándose a qué sabré. Qué miembro masticará primero.

Abre la boca. Como el escaparate de una cuchillería. Hilera sobre hilera de brillantes navajas de marfil.

Estoy a tres metros de distancia. No me puedo quedar abajo para evitarlo. Tampoco puedo rodearlo porque está justo debajo del barco. Tengo que pasar a su lado, a través de él.

No tengo más armas que mis manos vacías. ¡Un destello azul! El reloj de mi padre.

Recuerdo a Eko enfrentándose al tiburón sarda en las Outer Banks. El colgante de rubíes de su collar lanzaba destellos como una bola de discoteca, cegándolo durante un segundo.

Un segundo es todo lo que necesito. Arde, pequeño, arde. Es la hora de la discoteca.

No sucede nada.

Estoy tan cerca del gran tiburón blanco, que puedo ver qué hilera de dientes triangulares me atrapará primero, y cuál de ellas me hará pedazos después.

Esas mandíbulas se abren en una circunferencia imposible. Casi puedo sentir los dientes. De modo que aquí se acaba todo...

¡SSSSSIIIIP! Bola de discoteca supernova. El cegador destello de mi reloj dispara directo a las hendiduras de los ojos del tiburón. El enorme animal parece perplejo y confundido. Me coloco en posición y lo concentro todo en un tremendo impulso hacia arriba con ayuda de las piernas.

Las enormes mandibulas se cierran con fiereza, pero me escapo. Se vuelven a abrir de par en par y restallan de nuevo al cerrarse, a unos centímetros de mi pie derecho. Malas noticias. El tiburón está recobrando la vista. Ahora me ve.

Buenas noticias. Mi mano se agarra a un lado del barco. Cuando el tiburón se pone en movimiento para rematarme, me impulso arriba y por encima de la borda.

La gran aleta dorsal da vueltas en círculo y la pesadilla dental, desanimada, se aleja nadando en busca de una presa menos escurridiza.

Unas manos se agarran a la otra borda del barco. Dargon se impulsa sobre la popa. Succiona aire.

–Bien hecho, Jack. Bravo.

–¿Cómo es que no ha ido a por ti? –digo, jadeando–. Deja que me lo imagine. ¿Son devoradores de hombres y tú eres en realidad un reptil?

–Lo cierto es que los hombres no son más que un aperitivo –bromea Dargon. Ya no jadea. Apenas le cuesta respirar. Sorprendente forma de recuperarse. Tiene que estar en muy buena forma–. El capitán de tu primer barco de arrastre es buena prueba de ello. Se portó mal, así que tuve que «desarmarle», por decirlo así. Los tiburones blancos solo son verdaderamente desagradables cuando huelen sangre.

–Pues a mí me ha parecido bastante poco amistoso. Ha intentado masticarme un par de veces.

–Unos mordisquitos de broma –me asegura Dargon–. Estábamos nadando hacia la superficie, y los tiburones blancos cazan a sus presas casi siempre cuando las tienen encima. ¿Te fijaste en cómo se escondía bajo la sombra del barco? Son tan astutos. Si hubiese estado de humor habría ido a por los dos. Soy un hombre, no un reptil, y no creo que tenga mal sabor. ¿Quieres preguntar algo más?

Dargon se reclina contra la cabina acolchada, medio cierra los ojos y se queda a la espera. Si de verdad tiene ganas de contestar a mis preguntas y decirme la verdad, eso significa que para mí son malas noticias. El viaje debe de haber llegado a su fin.

Aun así, no puedo resistirme.

–¿Cómo echas fuego por la boca?

–Se trata de un viejo truco circense. El más peligroso de los trucos lanzallamas. Se llama soplido. Escupes una pequeña vaharada de fuel y lo quemas. A los marineros les impresiona mucho, suelen ser un hatajo de supersticiosos. Venga, ¿qué es lo que quieres saber de verdad?

–¿Por qué me has traído aquí a nadar con los tiburones? No eres un suicida, así que debes de tener alguna razón.

–Bueno, disfruto dándome de vez en cuando un paseo por los rincones salvajes –admite Dargon–. Aunque hay otra razón. Quería que supieras lo cerca que estamos de Tormenta de Fuego –pronuncia la palabra con el mismo sobrecogimiento que Gisco–. Quería que tú lo sintieras.

–¿O sea que tú sabes lo que es Tormenta de Fuego?

–Sé lo mismo que todo el mundo. Lo cual no es mucho. Sé que tú tienes una conexión con ellos. Conozco lo que dicen las profecías.

–¿Entonces vienes del futuro?

–Somos primos, Jack. Lejanos, quizá, pero de la misma época. Ambos hemos hecho un largo viaje y hemos coincidido aquí en este momento. En una isla. En una cala soleada. Dos hombres fuertes.

No estoy muy seguro de plantear la pregunta del millón.

–Yo sé para qué me enviaron mil años al pasado, ¿pero cuál es tu misión?

Dargon se incorpora. El sol le da de lleno. Ahora está muy serio.

–Exactamente la contraria a la tuya. Para encontrar Tormenta de Fuego y destruirlo –fija sus ojos en mí y habla pausadamente, vocalizando bien cada palabra–. Y se supone que debo matarte en cuanto se presente la ocasión.

–Has tenido muchas oportunidades de matarme –le indico, bravucón–. En el barco, en el velero, en la isla. ¿A qué estás esperando?

–Yo maté al hombre que llevaba el negocio de los barcos de arrastre y llevo ya más de dos años a cargo de él –dice Dargon–. Desde entonces he registrado cada centímetro de esta maldita isla. Sé que Tormenta de Fuego está aquí, en algún sitio. Tiene que estar –su tono de voz se convierte en un susurro de frustración–. Pero no consigo encontrarlo. Se queda mirando por encima del agua en dirección a la montañosa isla que emerge por encima de la tranquila bahía. Sigo su mirada hasta los riscos volcánicos más altos, y luego me vuelvo a mirarle.

–Por eso no te he matado, Jack. Necesito que tú encuentres Tormenta de Fuego por mí. Así que he pensado que deberíamos hacer un trato.

68

—¿Y en qué me beneficiaría a mí el trato? –pregunto–. Si encuentro Tormenta de Fuego, tú lo destruirás y luego me matarás a mí.

Dargon asiente como si lo que estoy sugiriendo tuviese sentido.

–En eso consistiría mi misión. Pero no es tan simple.

–¿Por qué no?

–Ya te he hablado de mi teoría sobre Aníbal –dice, con una sonrisa críptica–. Aníbal Barca. Hijo de Amílcar Barca. Nació en España. ¿Sabes lo que estaba haciendo en España el ejército de su padre?

–No.

–Bastante más de lo que pretendía –dice con una risita–. Conquistándola aldea por aldea con un brutal ejército de mercenarios. Aquella fue la escuela de gramática de Aníbal. Incursiones bélicas. Campamentos mercenarios. Luego llegó su momento y cruzó los Alpes. Al parecer decidió que no podía tomar Roma. Así que se dedicó a pasearse por la campiña italiana. ¿A qué estaba esperando? ¿Qué planes tenía?

–¿Por qué crees que lo hizo? –le pregunto, intrigado.

–¿Alguna vez has estado en la campiña italiana?

–No.

–Es preciosa –dice–. Lo es ahora y lo era entonces. Viñedos y villas. Un vino magnífico, buena comida, hermosas mujeres. Los historiadores militares manejan interminables y estrambóticas teorías estratégicas sobre los motivos de Aníbal, aunque a veces la explicación más simple es la mejor. Nació y se educó como un bandido. Dirigía un ejército de mercenarios hambrientos. Tal vez se lo estaba pasando demasiado bien como para marcharse.

Trato de asimilarlo. De imaginarme adónde quiere llegar realmente Dargon.

–¿Pero no significaría eso que estaba traicionando a aquellos que lo enviaron, a los que contaban con él?

–¿Y qué? –el tono de voz de Dargon empieza a crisparse. Estaba hablando de Aníbal, aunque está claro que estaba pensando en su propia vida–. ¿Qué les debía a esos comerciantes cobardes de Cartago? ¿Qué le debía a su padre monomaniático, que arruinó su infancia, sacudiéndole como a un pedazo de acero para prepararle para una misión mortal? ¡No les debía nada!

¡BAM! Dargon le atiza un mamporro de tal envergadura al barco, que deja una considerable abolladura en la superresistente fibra de vidrio del casco.

Ha pegado con la derecha. Acuérdate de eso, Jack. Y nunca te coloques en el sitio equivocado frente a esos puños, porque pegan más fuerte de lo que nadie que hayas visto jamás.

Dargon se frota la mano. Le cuesta un segundo recuperar el control. Termina con una voz cargada de emoción.

–Tal vez Aníbal tuviese el coraje y la visión necesarios para pensar por sí solo, Jack. Para imaginar lo que les haría felices a él y a sus hombres, y cortar los falsos lazos de lealtad y obediencia con unos lejanos patrocinadores, que no acababan de fiarse de él. Comer hasta reventar lo que la tierra les ofrecía, beber el fruto de las viñas y disfrutar del sol. La gente dice que se equivocó. Pero tal vez, a su manera, venció.

Interrumpe su discurso. Se pone en pie, como si se avergonzase de haberme mostrado demasiado de sí mismo. Se encamina hacia el barril amarillo. Durante un segundo se apoya en él. Le veo mover la mano derecha. Se vuelve hacia mí.

–¿Lo entiendes?

–¿Completar tu misión ya no es prioritario para ti?

–Para ambos, Jack. Estamos metidos en el mismo lío. Mi padre era horrible. El tuyo no es mucho mejor. Dios los cría y ellos se juntan y llevan siglos enfrentados, entre odios y ponzoñas. ¿Qué derecho tienen a dirigir nuestras vidas? Si te mato y destruyo Tormenta de Fuego, y regreso al futuro, será para tomar parte en la guerra de mi padre y acabar con el Clan de Dann. ¿Y luego qué? ¿A gobernar las cenizas? ¿Borrar las huellas de un reinado en un estéril mundo de oscuridad? No parece muy divertido.

–¿No tanto como lo que tú tienes en mente ahora? –sugiero con calma.

–Tú no lo recuerdas –me dice–. Yo he visto el futuro, Jack. Un páramo abrasado, brutalmente dividido entre fanáticos que llevan tanto tiempo odiándose que harían cualquier cosa para ganar. ¿De verdad les debes alguna lealtad? A ti no te trataron particularmente bien.

Pienso en mi infancia, nada más que una mentira y una mascarada.

–No, no lo hicieron –asiento.

–Entonces olvídate de ellos. Únete a mí. Encuentra Tormenta de Fuego, y en lugar de destruirlo lo usaré. Lo usaremos para enriquecernos. Es un arma, Jack, a quien nadie puede resistirse. Con Tormenta de Fuego no habrá quien nos detenga. No me tendré que esconder en esta isla horrible, en aguas internacionales, extendiendo mi influencia a paso de tortuga. ¡Encuentra Tormenta de Fuego por mí y moveré montañas! ¡Podremos ser los reyes, Jack! ¡El poder de los faraones! Eso es lo que te estoy ofreciendo.

–¿Y qué hay del futuro? ¿Y mi padre? ¿Y tu padre?

–Deja que el futuro se las apañe como pueda. Define el universo en torno a ti mismo y a tu propia felicidad. De eso trata el solipsismo. ¡Sé fuerte y abrázalo! Tengo suficientes colas de langosta y caviar congelados como para que nos duren para el resto de nuestras vidas. Después de que nos hayamos ido, ¿a quién le importa? Cuando yo muera, el universo morirá, o al menos la parte que a mí solo me concierne. Únete a mí, Jack. Encuentra Tormenta de Fuego por mí. Hemos llegado al final de nuestro viaje. Es un sí o un no.

Me levanto y me quedo mirándole. Lo que ha dicho me ha tocado una fibra muy sensible. Puede que los dos tengamos muchas cosas en común. Los dos hemos vivido vidas distorsionadas. Ambos hemos sido utilizados, y posiblemente traicionados, por nuestros padres. Pero no me interesa el poder de los faraones. Y reconozco a un mal tipo cuando lo veo. Tampoco creo que fuese un buen socio de negocios. Me viene a la mente ese maravilloso arrecife del monte submarino y lo que pretendía hacer con él. No, no es para mí.

–No, amigo –susurro–. Esa es mi respuesta. De ninguna manera. Ahora no. Ni nunca. Sigue adelante y mátame. Nunca encontrarás Tormenta de Fuego. Quizá mi padre envíe a algún otro. Tengo entendido que Kidah el Misterioso desapareció. Puede que él localice Tormenta de Fuego y que lo use. Nunca estarás seguro.

Dargon está mirando fijamente la bahía, debajo de mí. Perdido durante un segundo en sus pensamientos. No, espera, tacha eso, no está mirando la bahía. Está mirando el agua.

Huelo algo.

Entonces lo veo por primera vez. Un extenso charco de color rojo, que se está derramando fuera del barril amarillo, formando una mancha de color rojo carmesí sobre la superficie ondulante del agua.

Un intenso olor dulzón y nauseabundo.

Sangre.

–¿Por casualidad sabes lo que son las ampollas de Lorenzini? –pregunta Dargon.

69

La sangre se extiende sobre el agua.

Dargon está de pie, con los pies separados, coincidiendo con la línea de los hombros. Los brazos apartados del cuerpo. Listo para dar patadas o puñetazos.

Señal de pelea. No hay duda. Dargon dijo que yo no duraría ni veinte segundos. Basándome en la abolladura que le ha hecho al casco de fibra de vidrio, me inclino a estar de acuerdo.

Puede que Gisco tuviera razón, que Dargon tenga sus genes mejorados. Puede que sea un híbrido de todos los elementos peligrosos del reino animal. ¿Cómo puedo luchar contra alguien que tiene ojos y reflejos de raptor y los músculos de un toro, y que pelea con la velocidad y la furia de un león?

Yo mismo me coloco en posición de ataque. Listo para moverme en cualquier dirección a la más mínima señal de problemas.

–No –le digo–. No sé lo que son las ampollas de Ziti. Suena a pasta.

–Ampollas de Lorenzini –me corrige–. Hay dos cosas que debes saber acerca de los tiburones blancos, Jack. Algunos piensan que cuando te enfrentas a un tiburón blanco, lo mejor que puedes hacer es quedarte quieto. Pero tienen unos canales gelatinosos en su cabeza, que se denominan ampollas de Lorenzini, que les permiten captar hasta el más pequeño campo eléctrico. Si te mueves lo más mínimo, si uno de tus músculos tiene las más imperceptible contracción involuntaria, el tiburón blanco sabe que estás vivo y que te estás haciendo el muerto. Lo cual les azuza el hambre aún más.

–Gracias –le digo a Dargon–. Y es importante, porque...

–La segunda cosa que debes saber sobre los tiburones blancos –continúa– es que tienen una extraordinaria capacidad para oler la sangre. Pueden sentir unas pocas gotas de sangre a gran distancia. Yo acabo de volcar veinte galones de sangre humana en esta bahía. Hay al menos una docena de tiburones blancos en las cercanías. Su velocidad máxima a nado es alrededor de treinta kilómetros la hora. Así que haz tú las cuentas.

–Están de camino –murmuro.

–Hora de comer –dice, afirmando con la cabeza–. Adiós, Jack.

Sé que está a punto de llegar, pero soy demasiado lento. Es la misma mano derecha que abolló el casco. Levanto mi izquierda para bloquearlo, pero el puñetazo llega por adelantado a su estación.

¡Derrumbe craneal! Siento como si me atravesara el lateral de la cabeza.

En realidad no creo que me haya roto el cráneo, pero sí que me lanza con tal fuerza por la cabina de mando que reboto sobre el acolchado. Tambaleante y aturdido, regreso derecho a los brazos de Dargon.

Me doy cuenta de que estoy en el aire, lejos del suelo. Izado en una combinación de llave *jiu jitsu* y lanzamiento de judo, que no he contemplado en ninguna de las lecciones de Eko. La parte de *jiu jitsu* me inmoviliza al tiempo que me inflige un indescriptible dolor. Me oigo a mí mismo lloriquear como un bebé.

Debo de llevar arriba unos veinte segundos, porque el lanzamiento de judo comienza. Dargon me arroja bien lejos sobre la sangrienta bahía.

–Adiós, amigo –susurra al expulsarme. Mientras vuelo por el aire, oigo los motores a propulsión del barco poniéndose en marcha.

Caigo dentro del agua ensangrentada. El frío me revive. El agua de la bahía ya no es cristalina. La visibilidad está severamente reducida por la espesa niebla carmesí. Subo a la superficie y sacudo la cabeza para despejarme. Veo el barco alejándose con rapidez. Dargon agita la mano como despedida y me grita algo en latín:

–*Frater, Ave atque Vale.*

Lo reconozco, de Tennyson. Significa: «Hermano, salud y buen viaje».

Adiós, barco cohete. Hola, tiburón blanco.

Dos aletas dorsales cortan el agua y se dirigen hacia mí. A unos cuantos cientos de metros de distancia, pero aproximándose velozmente.

Piensa, Jack. Puede que te quede un minuto.

Todo lo que puedo pensar es que estoy a punto de ser devorado.

El pánico va en aumento.

Histeria paralizante.

Consigo dominarla. Cincuenta segundos. ¡PIENSA!

Esto es lo que no va a funcionar. Tratar de escapar a nado. Ellos son mucho más rápidos y tú estás en el centro de una bahía.

Jugar a hacerte el muerto no es una gran idea. Porque puede que te muevas por casualidad y sus ampollas de Lorenzini repicarán como campanillas que avisan para comer.

¿Qué más queda? Nada.

A los tiburones blancos les gusta atacar arriba. Así que ve abajo.

Me pongo a enredar en el collar de Eko. No queda tiempo para sacar cuentas. Saco dos perlas a mordiscos. Las trago. Noto cómo se deshacen en mi estómago. Me sumerjo directamente.

Dos tiburones se dirigen hacia mí como torpedos gemelos a través de la bruma rojiza. Si existe algo más terrorífico en esta tierra que un par de tiburones blancos que se dirigen a ti a toda velocidad, a través de una cortina de sangre, no puedo imaginarme qué es.

Quince segundos. Ahora me encuentro debajo de ellos, así que ajustan sus trayectorias. Los peces de la zona empiezan a dispersarse rápidamente. Un sexto sentido les está advirtiendo. Depredadores frenéticos de camino. ¡Alerta! ¡Alerta! ¡Despejad la zona!

Bancos de caballa rompiendo filas. Evacuación de anguilas. Meros dispersándose.

Necesito ayuda. No queda nadie para ayudarme. Y aunque lo hubiera, no estoy preparado para comunicarme con criaturas salvajes.

Además, obtener ayuda es la única opción que tengo.

Hay una primera vez para todo.

Reúno toda mi energía psíquica. Todo lo que Gisco y Eko me han enseñado. Si de verdad soy el rayo de esperanza, debería estar preparado para hacer esto. La desesperación ayuda. Por un momento siento la energía pura, primigenia, como si yo mismo regresara a un estado salvaje.

La absorbo. Dejo que me envuelva. La escupo fuera como un boletín informativo de angustia, por todos los canales de la banda.

–¡SOCOOORRO! SOS del rayo de esperanza. ¡Tiburones en camino! ¡Yo soy vuestra única esperanza! ¡La única esperanza del océano! ¡Soy el tipo que se supone que os salvará a todos, pero primero me tendréis que salvar vosotros a mí! ¡AHORA! ¡SOCOOORRO!

Nada. Lo mismo que si estuviera rezándole a Gran Dios Perro.

Los tiburones están ahora a diez metros de distancia.

¿Qué haría Gisco en esta situación? ¿Qué escapatoria se le ocurriría a ese gran genio de la cobardía?

Fácil. Se escondería. Se arrastraría dentro de un agujero.

Pero no hay agujeros. Esto es el océano. Encima hay agua. Abajo, el suelo del océano.

Los tiburones blancos ya están a menos de seis metros. Las mandíbulas abiertas. Hileras de brillantes dientes.

Buceo hacia el fondo. Hay una cueva. No, no es exactamente una cueva, aunque sí una pequeña gruta, protegida por un saliente.

Llego a ella junto antes de que las máquinas de matar me alcancen. Me abro paso al interior retorciéndome. Espero que no haya anguilas por allí.

Los tiburones blancos nadan en círculos alrededor de la gruta. Pueden verme. Olerme. No cabe duda de que sus ampollas de Lorenzini han captado mis contracciones de terror. Pero no pueden cogerme.

Uno de ellos trata de meter el morro dentro de la gruta. Nada. Demasiado grande. Y la gruta demasiado pequeña.

El otro decide arrancar el saliente a mordiscos. Oh, oh.

Si son capaces de desplazar el techo, entrarán nadando en esta gruta y me mascarán como una galleta para perros.

Puedo oír cómo chirrían sus dientes sobre las rocas y la lava. El saliente se está resquebrajando y haciéndose polvo. Otros cinco segundos y habrán abierto mi agujero. Cuatro, tres, dos, uno...

BAM. Uno de los tiburones blancos es desplazado a un lado por un súbito impacto. ¡Es un hermoso delfín! Mandíbulas lo mira, irritado.

BAM. BAM. Dos delfines más embisten al otro tiburón.

De momento, los tiburones están distraídos.

Asomo la cabeza fuera de la gruta. Veo la enorme entrada a una profunda cueva de lava a seis metros de distancia. Los tiburones me atraparán si trato de cruzar todo ese fondo despejado.

Los tiburones responden al ataque. Se lanzan como rayos sobre los delfines. Son los matones del barrio. Restableciendo su autoridad.

Los delfines son puestos fuera de combate. De la peor manera. Los tiburones blancos son demasiado grandes, demasiado fuertes, demasiado malos.

Gracias, chicos. Lo habéis intentado. Habéis sido muy valientes. Haré lo mismo cuando vengan a por mí...

Lo que ya están haciendo... arrancando el último trozo del saliente. Observándome abajo...

¡UNA SOMBRA CUBRE TODO ESTE SECTOR DEL FONDO MARINO! ¡Un cachalote! ¡Surgiendo de quién sabe dónde, acaba de darle un mordisco al costado de uno de los tiburones!

Los tiburones no huyen. Ni siquiera retroceden. Van directos a por Moby. Una batalla real bajo el agua. Tiburones, ballenas y delfines. Dientes y aletas.

Noche del lunes salvaje, a doce metros de profundidad.

Aprovecho la ocasión. Me retuerzo para salir de la gruta. Nado y corro y serpenteo a máxima velocidad sobre el fondo oceánico, en dirección a la cueva.

Tengo que recorrer seis metros de fondo. Cuatro.

Uno de los tiburones me ve. Vira en mi dirección. Es una carrera. Voy terriblemente lento. Va a atraparme.

La boca de la cueva se abre justo delante de mí.

Hago un esfuerzo final para lanzarme dentro.

No el suficiente. El tiburón me atrapa. Me arranca la cabeza de un mordisco.

Estoy herido. Agonizando. Muerto. Sí, estoy muerto. La muerte es más negra que el carbón. Es el negro más negro.

Y fría también. ¿Cómo puede doler tanto estar muerto? Los destellos de terrible agonía que estoy sintiendo se deben a que me he reventado la cabeza con el borde de la entrada a la cueva al lanzarme adentro.

¡He esquivado al tiburón! ¡Lo conseguí! Esto no es la muerte. ¡Es la fría oscuridad del interior de una cueva de lava submarina!

70

El negro más negro que uno pueda imaginar. Una oscuridad sofocante. Como estar atrapado dentro de un trozo de carbón.

Estoy helándome. Como si acabaran de cerrarme la puerta de la nevera. Las luces apagadas. El sistema de refrigeración a toda marcha. Y tanto silencio.

¡Necesito luz o me volveré loco! Mi reloj. Lo enciendo telepáticamente. Ilumina la cueva. Me calienta a mí.

El túnel se retuerce hacia abajo, en dirección al centro de la Tierra. Parece un camino indirecto al infierno. Vacilo.

Las cuevas siempre me han dado miedo. Esta parece especialmente terrorífica. ¿Qué clase de cueva empieza en el fondo del océano? Pero, por otro lado, ¿qué otra elección me queda?

No tiene mucho sentido volver por el camino por el que he venido. Los tiburones blancos aún estarán por ahí.

Así que continúo nadando, descendiendo por la caverna submarina.

Por una acusada pendiente. Nadando y arrastrándome por túneles interconectados. Por algunos apenas puedo pasar. Rocas volcánicas frías y sin vida. Aristas afiladas.

¿Adónde me dirijo? Perdido sin esperanza. Pero Tormenta de Fuego está muy cerca. Me está llamando. Me está atrayendo.

Lo uso como mi compás. Cada vez que tengo que elegir una dirección, me encamino hacia el misterioso latir del pulso que parece recitar rítmicamente mi nombre:

–Ven, Jack. Ven, Jack.

Puede que esté destinado a encontrarlo. ¿Pero luego qué? ¿Sabré cómo usarlo? ¿Cómo puede un hombre detener la destrucción de los océanos?

Si alguien hubiese encontrado la espada del rey Arturo, ¿podría haber evitado con ella las Edades Oscuras? ¿Acaso encontrar el santo Grial habría servido para entrar en una era de luz? ¿O son en realidad estas búsquedas una pérdida de tiempo, que encarnan la intensa esperanza del hombre de que si se esfuerza por algo imposible con toda su alma, concita la ayuda divina?

–Ven, Jack. Ven, Jack.

Exhausto. Entumecido. Pero no he llegado tan lejos para tumbarme y darme por vencido en cualquier desagradable túnel.

De repente, el agua se pone en movimiento. Dando vueltas. ¡Un remolino!

Atrapado antes de saber siquiera lo que es. Escila y Caribdis [4]. Estoy siendo succionado por un inodoro sin fondo. Dándome contra las paredes.

Un golpazo detrás de otro.

Uso mis brazos y mis piernas para alejarme de las afiladas rocas y proteger mi rostro mientras voy dando vueltas y bajando, más y más hondo.

Me agarro a un saliente. Tiro de mí mismo fuera de la corriente del remolino y me meto por un canal lateral. ¿A qué profundidad me encuentro ahora? ¿Quién podía imaginarse que la Tierra contaba con este sistema de cañarías volcánicas?

Tormenta de Fuego es aún más insistente. Ven, Jack. Date prisa.

---

[4] En referencia al mito griego que relata cómo la ninfa Escila (Skylla) fue transformada en monstruo y eligió establecer su morada en el estrecho de Mesina, frente a Caribdis, convirtiéndose así en terror de los marinos.

Así que voy. Nadando. Aunque ya no tan pendiente abajo. ¡El túnel ha dejado de bajar! Puede que haya llegado a la entreplanta del infierno.

Aquí no hay ninguna clase de vida. Ni cangrejos. Ni arañas. Ni cavernosas moradas de peces sin ojos.

La pendiente del túnel comienza a ascender. El nivel del agua va bajando. A la altura de las caderas. A la altura de las rodillas. Pronto me encuentro gateando, más que nadando. Las rodillas ensangrentadas. Exhausto. Calambres en las piernas. Los minutos se están convirtiendo en horas. Las horas se encadenan en lo que parecen días. ¿Hasta dónde puede llegar este sistema de túneles? ¿Vuelvo de nuevo a la isla de Dargon o fuera de ella, bajo el Atlántico?

El túnel se acaba. Ningún sitio a donde ir. Eso es todo.

Miro arriba. Hay un hueco vertical abierto sobre mí. Ni cuerdas ni escaleras para encaramarme por él.

Apuntalo mi espalda contra una pared. Manos y rodillas sobre la pared de enfrente. Me retuerzo, clavo y repto para subir.

No mires abajo, Jack. Un patinazo y caigo en picado. Los huesos hechos cisco. Me extingo lentamente en la oscura chimenea. Nadie puede oír mis gritos.

Me duelen los brazos de tanto trepar. Tengo la sensación de estar avanzando lentamente por mi propio ataúd.

¿Estaré ya muerto?

Mis pensamientos rebotan en las piedras. Una mancha blanca sobre la pared de roca. Me concentro en ella.

Está creciendo, cambiando de forma...

El rostro de la muerte que me ha estado persiguiendo a lo largo de mis viajes, en visiones y pesadillas. Una versión más vieja de Dargon. Contemplándome impasible.

No, es el rostro dolorido de mi padre prisionero, con sus largos cabellos blancos, un rostro que me ha seguido a través de los siglos, intentando avisarme.

Qué extraño que nunca me haya dado cuenta de lo cercanos que estaban ambos rostros. ¿Qué fue lo que Dargon dijo? Dos viejos enemigos, enfrentados.

Parpadeo. Vuelve a ser una manchita blanca sobre una pared de roca oscura. Eso es todo. Miro arriba. Distingo el borde del hueco. Le doy alcance. Me impulso arriba y por encima de él, fuera de mi propio ataúd. Me quedo allí tumbado, jadeando. Agonizando. Los músculos agarrotados.

No sé cómo, pero vuelvo a ponerme en pie.

Es una cámara más grande. Puedo caminar erguido.

Se oye un *tip, tip* de agua.

Hay algo que crece en las rocas. ¿Plantas? No, minerales.

Estalactitas como dagas me apuntan desde el techo. Las estalagmitas son como almas perdidas del río Estigia que tratan de alcanzarme.

Pulsaciones de Tormenta de Fuego: Ven Jack. Ven, Jack. Las paredes de la caverna parecen vibrar con cada latido.

Mi reloj se está debilitando. ¡Espera! ¡No te vayas ahora!

Ahora es una lucecita. Menos aún. Total y absoluta oscuridad.

No, no total. Allá a lo lejos, delante de mí, veo un resplandor plateado.

Parpadeando. Titilando. Una estrella subterránea.

Me encamino hacia él. La luz plateada se hace más intensa.

Sé lo que es. Tiene que ser.

¡Tormenta de Fuego!

Justo aquí. Tan cerca ahora, que ilumina mi camino.

Camino a tientas y alcanzo el afloramiento rocoso que separa la cámara en la que estoy de la siguiente. Como una oscura entrada, que me separa de mi destino.

Me quedo muy quieto. Indeciso, durante no más de un latido. Inspiro hondo.

Y luego, entro dando un paso.

71

La sala del trono. Eso es lo primero que se me ocurre. La galería ornamentada del palacio donde el rey preside en toda su real majestad.

Que nadie se equivoque, aquí no hay rey. Ni cortesanos aduladores. Ni reina altiva. De hecho, no hay nadie. Tan solo un ensangrentado y ofuscado bromista, Jack Danielson, que cojea.

Pero tiene una ornamentación espléndida. Una cámara de coronación de cristal. Pliegues de fina calcita translúcida, como colgaduras en las paredes, con un diseño de gotas de color anaranjado-marrón. Blancos copos de nieve de yeso cubren el suelo. Cristales de todos los colores centellean sobre las paredes al sol de las pulsaciones de la luz plateada que emana de... ¡un trono!

Avanzo más adentro de la habitación. No, no es un trono. Es una plataforma brillante. Una especie de tarima reluciente. ¿Podría tratarse de un enorme diamante? No, eso es imposible.

Ven, Jack. Ven, Jack. Me está alcanzando. Con cada paso que doy tengo la sensación de ir al encuentro de un viejo amigo.

Siento un cosquilleo en el cuerpo. Cada célula está siendo eliminada con una minúscula descarga eléctrica. Estoy aterrorizado y al mismo tiempo lleno de júbilo. Sigo avanzando. Moisés acercándose de puntillas a la zarza en llamas. Esto es por lo que mis padres me enviaron mil años atrás en el tiempo. Toda mi infancia se ha basado en esto. Este singular momento en el tiempo.

Lo veo. Cubierto por la tarima de brillante cristal, pero claramente visible. Tiene forma de corazón. Blanco plateado. Con cada pulsación, su forma parece cambiar ligeramente. Corazón. Esférico. Media luna. Aconchado.

Aunque eso no es lo más extraño.

Parece tener conciencia. Juro que puedo sentirlo. Está vivo, si bien es cierto que de un modo que no comprendo.

Bajo su superficie bullen poderosas emociones. Está enfadado. No, no está enfadado. Herido. Ha sido profundamente herido.

Me encuentro de pie, justo por encima de Tormenta de Fuego. Extiendo un dedo. Toco, tembloroso, la dura roca de la tarima.

Mientras bajo el dedo para llegar hasta Tormenta de Fuego, noto como me alcanza a mí a través del impenetrable y brillante cristal que lo recubre. De repente estoy bañado de la cabeza a los pies en luz plateada. Cae en cascadas a mi alrededor. Por mi interior. Un brillante recuerdo...

Un día de verano, cuando P. J. y yo íbamos de *picnic*. Una de nuestras primeras excursiones lejos de casa.

Nos fuimos en coche por la ribera del Hudson y aparcamos en un montículo cubierto de césped, a la orilla del agua. Extendimos una manta, nos sentamos uno al lado del otro, y nos besamos apasionadamente.

Al tocar Tormenta de Fuego me siento transportado de vuelta allí. ¡Dios mío, si estoy sentado en la manta!

El tacto de los labios de P. J. La melosa dulzura de su aliento. El ancho río fluyendo a nuestro lado.

Nos comemos la merienda y nos besamos un poco más, y luego P. J. se queda dormida en mis brazos.

Yo mismo, medio adormecido. Con la cabeza apoyada y girada de lado. Observando sus ojos cerrados. Cada respiración suya haciendo subir y bajar su pecho. El asfixiante sol del verano agostando los extremos de las hierbas.

Entonces fue cuando me di cuenta por primera vez. Me di cuenta de que amaba a P. J. Pero no solo eso. ¡El amor mismo! Existía. No solo en poemas y en películas. Era algo real, algo poderoso, ¡y yo podía sentirlo! El momento más espiritual de toda mi vida. Lo más cerca que he estado de encontrar el sentido de la vida o de creer en Dios o aceptar la muerte. Y también el último dilema de mi anterior vida, un sueño despierto, envuelto en la sencilla gasa de luz de una tarde de julio, el insistente chirrido de las cigarras, el olor mohoso del cieno del río, el poco melodioso ruido de la brisa removiendo los juncos.

P. J. se despertó y vio lágrimas en mis mejillas.

–¿Qué te pasa?

–Nada –le dije. Aunque no podía parar de llorar–. Debe de ser alguna alergia –murmuré.

De algún modo, ella lo comprendió. Me abrazó fuerte. Con ternura. Nos quedamos mirando cómo avanzaba la tarde.

Y eso fue todo. Una epifanía. Un punto y aparte. Nunca más volví a ver el mundo de la misma manera. No sé explicarlo. Pero sucedió aquel día, a aquella hora.

Y hay lágrimas corriendo por mis mejillas mientras estoy en el salón del trono de cristal tocando la brillante tarima.

Aún no sé lo que es Tormenta de Fuego, pero sé lo que no es. No viene del espacio exterior. Ni fue creado por un hechicero.

Es nuestro. De la Tierra. Tiene la profundidad de la vida. La dicha de nuestro propio amor. El dolor de nuestra culpa. Tiene poder. Un poder fantástico. Tal vez incluso el poder de salvar los océanos y cambiar el futuro. Y me está esperando.

¿Pero, qué hago ahora? ¿Cómo lo uso? ¿Y cómo llego a él? Si tuviese un taladro de diamante, probablemente me llevaría horas desenterrarlo.

Cierro mis ojos. Vacío mi mente. Me concentro tan solo en mi respiración. Que se acelera más y más.

No. La respiración, no.

¡Pisadas!

Me doy la vuelta.

Dargon. Vestido con una elegante túnica negra. El loro posado sobre su hombro.

Lleva en su mano derecha una pistola muy larga y poco corriente.

72

—GRACIAS por encontrar Tormenta de Fuego por mí –dice Dargon.

Está completamente seco y su túnica está impecable y limpia. No ha nadado a través de los túneles, ni ha trepado por ningún hueco abrupto.

–¿Cómo has podido seguirme hasta aquí? –digo con voz entrecortada.

Sus ojos grises parecen palpitar con la luz plateada de Tormenta de Fuego.

–Preguntas, Jack, siempre haces tantas preguntas. ¿Por qué crees que te corté la articulación del dedo?

–Me estabas castigando por dañar tu barco.

–No. Estaba creando una oportunidad. Femi te vendó el dedo y te colocó un pequeño rastreador en la funda de esparadrapo. Yo sabía que estabas destinado a encontrar Tormenta de Fuego, así que te tuve lo más cerca posible en el barco y dejé que me guiaras el resto del camino. Seguí tu señal por los túneles subterráneos de la isla, que llevo explorando dos años. Y aquí estamos. Lo encontraste. Ya es hora de que complete mi misión.

Levanta la enorme pistola y pulsa un interruptor. El arma empieza a cargarse. Me recuerda a la pistola que disparó mi padre cuando se enfrentó valientemente a su última batalla. Estoy casi seguro de que no dispara balas. Algún tipo de láser o rayo energético. Aunque la pistola de mi padre era relativamente pequeña. Esta parece el láser equivalente a una pistola de señales.

–Destrúyelo –grazna el loro–. Destruye Tormenta de Fuego. Mata a Jack. Dispara ya. Al diablo con él.

–Paciencia, Apolo. Hemos recorrido un largo camino para esto. Unos cuantos segundos más de carga y estaremos listos.

Siento la urgente necesidad de proteger Tormenta de Fuego. Me sitúo entre él y la tarima.

–¿Por qué vas a destruirlo? –pregunto–. Pensaba que querías usarlo tú mismo. Para convertirte en el Aníbal moderno.

–Tú no te tragaste esa historia; ¿por qué ibas a hacerlo ahora? –pregunta Dargon–. No, mi sitio está en el futuro, Jack. Esa es la diferencia entre nosotros. Yo sé quién soy.

La pistola está cargada. Sus dedos aprietan el gatillo. El láser se dirigirá directo a mí. Me agacho detrás de la tarima.

Se dispara un flash imponente de luz y calor. Pero la brillante tarima me protege. ¡Tal vez se trate de un enorme diamante, después de todo! El material más duro que se conoce. Sea lo que sea, repele y refleja el rayo de la superpistola de Dargon.

De momento queda cegado por el flash que rebota en él. Se frota los ojos, furioso y frustrado.

–Cógelo por mí, Jack –dice entre dientes–. Tú lo encontraste. Solo tú puedes liberarlo. Cógelo y te perdonaré la vida. Tienes mi palabra. De otro modo sufrirás una muerte angustiosa.

Una figura se materializa a sus espaldas. Avanzando paso a paso sin hacer ruido dentro y fuera de las sombras. Una mujer.

Dargon no la ve porque está dando vueltas alrededor de la tarima, entornando los ojos, tratando de acorralarme.

Pero yo sí la veo. Se coloca un dedo sobre sus labios, indicándome que guarde silencio.

Sus cabellos rubios parecen llamear bajo la luz plateada.

Lleva puesto un *thong sarong*.

Kylie.

De repente, Dargon da la vuelta en sentido inverso y me atrapa. Sonríe y me apunta.

–Esta es tu última oportunidad...

Kylie salta. Navega por el aire. De una patada le arranca la pistola de las manos. La pistola rebota en el suelo de la cueva.

El loro cae de su percha, maldiciendo y agitando las alas.

Dargon parece no molestarse siquiera en averiguar quién está detrás de él. Se agacha a por la pistola. Pero ella se adelanta y la aleja de una patada. La enorme pistola de láser da vueltas y rebota por el accidentado suelo de la cueva y desaparece en el fondo de una profunda grieta.

Solo entonces Dargon se gira para comprobar quién le ha atacado.

Se da cuenta de que su jovencita tonta y bonita es quien le ha tendido la emboscada. Nunca antes había visto a Dargon sorprendido, pero durante un segundo demuestra incredulidad. Está impactado. Horrorizado. Luego, furioso.

–¿Qué demonios estás haciendo aquí, estúpida? –demanda.

–No hay duda de que uno de nosotros es un estúpido –le dice Kylic, con una voz sorprendentemente grave, que me resulta extrañamente familiar.

73

DARGON avanza unos pasos hacia Kylie.

–No sabes lo que has hecho, imbécil, pero te voy a arrancar tu cabeza hueca de los hombros. Y luego haré pedazos a tu nuevo novio solo con mis manos –con sus habilidades para la lucha, no son amenazas vanas.

–Mátala –chilla el loro–. Rómpele los huesos.

Pero entonces Dargon se detiene. El loro deja de silbar.

Porque ella se está transformando.

El pelo se oscurece. Las facciones de su rostro se están realineando. ¡Eko! Sujeta en sus manos una espada samurai. Su extremo está apuntando amenazadoramente a la garganta de Dargon. Su voz es inconfundible.

–Jack, este es tu momento. ¡Tú eres nuestro rayo de esperanza!

Al parecer, Dargon la conoce. Y su pequeña mascarada no le impresiona.

–¡De modo que me has embaucado, Gran Sacerdotisa de Dann!

–Te encontré, te he embaucado, y ahora te mataré si das un solo paso más.

–No lo creo –dice él–. Apolo.

El pájaro traicionero ha dado la vuelta por detrás de ella y ha trepado sigilosamente por la pared de la cueva. Da un pequeño brinco y se planta de un salto sobre su cara, agitando sus brillantes plumas.

Dargon aprovecha su momentánea ceguera para apartar la espada de una patada.

Se agacha a recogerla y pierde pie a causa del golpe que le propina una gruñidora masa de color gris-marrón.

¡Gisco! Se abalanza hacia delante como una locomotora canina.

Durante un minuto, la cámara de la cueva se llena con ecos de golpes y gritos. El perro tratando de devorar al loro. El loro picoteando los ojos y el hocico del can. Eko dando vueltas como un derviche, pateando a Dargon cada vez con un pie. Dargon respondiéndole con puñetazos tan fuertes que su mano atraviesa una estalactita.

Y luego todos ellos se detienen. Todo se detiene. Debe detenerse. Porque se escucha el estallido de ¡UN TRUENO!

¡Tormenta de Fuego! Ya ha tenido bastante. Puedo sentir cómo trata de alcanzarme a través de la tarima. Resuena el eco del trueno. Los cristales caen de las paredes. Del suelo se levanta una polvareda.

Tormenta de Fuego ya no es una presencia cálida, plateada. Ahora la luz plateada está teñida de rojo. Rabioso. Vengativo. Deseando actuar. Pero necesita de mi ayuda.

–Aprovecha el momento, Jack –me apremia Eko–. ¡Para eso te envió tu padre mil años atrás!

–¡NO! –la voz de Dargon suena aguda y desesperada–. No lo hagas. Ella te está usando. Manipulándote para un fin malvado. Los dannitas son una secta suicida, Jack. No quieren que salves el futuro. QUIEREN QUE LO BORRES PARA SIEMPRE. ¡Están perdidos, así que están dispuestos a destruirlo todo!

–No escuches sus mentiras –insiste Eko–. Cada segundo es crucial. ¡Haz aquello para lo que has nacido!

Pero estoy escuchando a Dargon. No puedo evitarlo. Tiene sentido.

–Vosotros estáis perdidos en el futuro –le digo a Eko–. Gisco me lo dijo.

No parece feliz de escuchar aquello. Está buscando las palabras apropiadas para discutirlo.

Dargon la incita a ello.

–¡Sí, están perdidos! Así que te enviaron atrás en el tiempo a una misión suicida. Si usas Tormenta de Fuego para salvar los océanos, cambiarás drásticamente el futuro. Dentro de mil años a partir de ahora, todo será diferente. No solo los arrecifes de coral, sino la gente también. Tu padre y tu madre nunca habrán nacido. Si haces lo que ellos quieren y cambias el presente, tus padres dejarán de existir en el futuro. Y entonces tú, su hijo, también tendrás que dejar de existir. A los pocos minutos de que tú lo hayas hecho, todos los que estamos en esta cueva nos esfumaremos. ¡Estarás cometiendo suicidio, matando a tus padres y condenando todo el mundo del que tú procedes!

¡Está mintiendo!, me asegura Gisco. *¡No pienses! ¡Solo hazlo!*

Fuiste tú quien me dijiste que mi destino era peor que el de Edipo, le recuerdo a Gisco. Matar a mis padres suena bastante parecido. Lo que está diciendo tiene mucho sentido. Si ahora cambio algo importante, alteraré todo el futuro. ¿Cómo no iba a hacerlo?

Porque el tiempo no funciona de esa manera. No es un río donde, si mueves una piedra corriente arriba, puedes cambiar todo el flujo del curso bajo.

–Eso es cierto –afirma Eko–. Este hombre es un mentiroso, listo y desesperado. Está usando una noción simplista y trasnochada sobre el espacio-tiempo para engañarte. Ahora mismo no podemos explicártelo todo. Tu padre es sabio y bueno, y te envió aquí para salvar y preservar, no para destruir. ¡Ahora debes reaccionar y aceptar tu destino!

Estoy mareado. Emborrachado con sus argumentos. Están jugando con mi miedo inmenso y mi inseguridad. No sé quién soy. Quién me envió de vuelta. Cuáles eran sus motivos reales.

Ellos continúan discutiendo. Sus palabras y pensamientos giran a mi alrededor.

Busco en mi alma. ¿Qué está bien? ¿Qué está mal? Eko y Gisco parecen buenos. Dargon encarna el mal. En mis sueños, mi padre parece sabio. El padre de Dargon me persigue en mis pesadillas.

Recuerdo el arrecife en el que me sumergí. Un jardín del Edén submarino. Las extrañas formas de las esponjas. Los magníficos corales. Las curiosas y maravillosas criaturas de las profundidades.

Dargon estaba dispuesto a destruirlo todo.

De algún modo comprendo lo que debo hacer.

74

DOY un paso adelante y, en un instante, mi mente se aclara. La plateada luz palpitante parece latir a través de mí. Bajo mi mano para alcanzarla, como si estuviese cogiendo una parte de mí mismo. Esta vez mi mano no se detiene en la superficie de la tarima. Esa superficie increíblemente dura, que repelió el láser de Dargon, opone la misma resistencia que el charco de agua de un manantial de montaña. Meto la mano en el charco. Palpo la calidez de Tormenta de Fuego. Mi palma derecha cubre la brillante esfera.

Retiro mi mano de la tarima y con ella sale Tormenta de Fuego. Está libre. ¡Lo he hecho! No me preguntes cómo.

Sostengo Tormenta de Fuego sobre mi cabeza.

¡De repente, mi mano está ardiendo! Grito. ¡AAAAAHHHH!

Intento arrojarlo lejos. No respondo. Estoy paralizado. No solo está ardiendo mi mano. De repente, mi brazo, mi hombro, ¡todo mi cuerpo se está abrasando, asando, carbonizando! Envuelto en llamas de color rojo anaranjado.

¿Me está quemando Tormenta de Fuego, o soy yo quien está haciendo esto?

Ni lo uno ni lo otro. Es una conexión. Una asociación. Algo en mi interior lo está liberando. Algún tipo de vínculo me une a esa fuerza primordial, una conexión espiritual mucho más profunda que mis células o mi ADN. Esto no tiene nada que ver con la ciencia. Es mágico, o va más allá de la magia.

¡El momento para el que nací! El Misterioso Kidah lo adivinó, mi padre supo de ello y sacrificó toda mi infancia para que esto se produjera. La pareja que se hizo pasar por mis padres se esforzó por amarme y mentirme a causa de ello, y ahora ¡aquí está mi destino!

Este dolor debe de ser peor que nacer, peor que morir. Pero ambas son las imágenes que estoy viendo. Nacimiento y muerte. Creación y destrucción. Como si yo mismo estuviese en el interior de Tormenta de Fuego.

Destellos luminosos de océanos sin vida. Un animal unicelular que se divide y se impulsa a sí mismo débilmente. El primero y el más pequeño de los gusanos en la historia de los gusanos, desenroscándose. Un minúsculo prototipo de pez saliendo de un huevo. Una serpiente con apéndices como alas subiendo por encima de la superficie del océano por unos instantes, como si ninguna otra criatura se hubiese alzado jamás en el aire. Un dinosaurio dando caza a un mamífero con aspecto de roedor por una ciénaga, atrapándolo y devorándolo. Neanderthales arrojando lanzas a un enorme mamut lanudo. Algo, de aspecto mucho más parecido al hombre, haciendo chocar dos piedras y prendiendo una chispa. Fuego.

¡Sí, FUEGO! ¡Campos en llamas! ¡Hornos de carbón llameantes! ¡Una nube en forma de seta elevándose sobre la ciudad incinerada por el calor de una bomba atómica! Llamas de gases químicos transportadas por el aire barriendo unas marismas y ahuyentando a su paso la fauna amedrentada. Los ojos de las criaturas aterrorizadas cuando se dan cuenta de que no podrán escapar. Madres haciendo correr desesperadas a sus hijos. Aviones dejando caer napalm en una selva virgen. Petróleo escapando a chorros por la grieta de un tanque, contaminado un mar inmaculado, incendiándose después, convirtiendo el agua misma en un mar de llamas, del cual huyen las aves y peces igual que los aterrorizados animales en tierra.

¡Tormenta de Fuego! Sin duda, la herida fue infligida por la mano del hombre. ¡Tormenta de Fuego! ¿Acaso es la misma Tierra tratando de defenderse de alguna forma? ¿Para invertir el curso de siglos de contaminación y abominación? ¡Sí, eso es!

El culto a la Tierra es la forma de devoción más antigua de la humanidad. Los dioses terrestres representados en las pinturas rupestres o en antiguas tallas de piedra siempre eran brutales y terroríficos, el tema de las pesadillas infantiles.

Ahora esas imágenes vagan a mi alrededor y escucho nombres temibles, pronunciados por voces lejanas: «Gea, Anath, Huemac, Aruru, Chantico». Dioses con cuernos, cuerpos de león con cabezas de serpiente, deidades con aspecto de macho cabrío y ojos candentes, un dios azteca de la tierra y el fuego, con espinas de cactus y una serpiente roja. «Dagda, Jord, Phan Ku, Geb». Un dios egipcio de piel verdosa con un enorme falo erecto se vuelve hacia mí y abre su boca, exhalando un vapor rojo que hace temblar el salón del trono de cristal. «Pele, Tekeisetok, Kali». La oscura tierra madre india mueve sus cuatro brazos, y su collar de cráneos repiquetea.

Ahora Tormenta de Fuego está lleno de vida. Su espíritu libre. Para crear o destrozar. Siento cómo disminuye su cólera, cómo se hunde en lo más hondo de esta isla volcánica, hasta el lecho de rocas derretidas.

Un sonido electrizante resuena, diez veces más fuerte que el restallido que escuchamos antes. No es un rugido o una explosión. Es más como un cable cósmico que se ha tensado y tensado y que se parte de pronto, y luego nada vuelve a ser como antes.

La cueva se estremece con violencia de parte a parte. Las rocas se desplazan, rozan entre sí, chirrían. Yo soy arrojado lejos, rodando, aún sujetando Tormenta de Fuego.

Volando por los aires. Proyectado a un lado, muy por encima del suelo. Me estrello contra algo rígido.

A mi alrededor, las paredes se están viniendo abajo. Polvo. Rocas. El olor y el calor del magma se filtran hacia arriba a través de las fisuras abiertas.

–Ven –dice una voz–. ¿Puedes hacerlo solo?

Levanto la vista. Mi visión se aclara. Es Eko.

–Toda la isla va a estallar. ¿Puedes caminar? Tenemos que darnos prisa para salir de aquí.

Basándome en lo que sé sobre espeleología volcánica, tiene absolutamente toda la razón. Esto va a hacer que Krakatoa parezca Jiffy Pop, habichuela. Gisco está a su lado, apuntalado sobre sus cuatro patas mientras la cueva se agita. Hay otra cosa que merece la pena mencionar acerca de las leyendas griegas sobre la quimera: que era presagio de grandes desastres naturales, en especial de los de tipo volcánico. Nos quedan solo unos pocos minutos para salir de estas rocas.

Me levanto con gran dificultad. Gisco y Eko me ayudan lo mejor que pueden.

El suelo se remueve tanto, que tenemos que apoyarnos unos en otros para caminar.

Me conducen afuera, a un túnel lateral. Me detengo un segundo, girándome a medias. Miro atrás.

Una última ojeada a Dargon, quien está inmovilizado en el suelo de la cueva por un enorme pedazo de piedra. Su loro está revoloteando a su alrededor, tratando de ayudar, inútilmente, y aterrorizado.

Los ojos de Dargon se encuentran con los míos. Una mirada intensa de puro odio. Si las miradas pudieran matar, esta acabaría conmigo.

Pero no pueden matar. Me dirijo a la salida del túnel lateral. Y él está a punto de experimentar lo que se siente al estar dentro de una cueva de lava a la espera del hirviente magma derretido.

Levanto un brazo. Pronuncio cuatro palabras en latín dirigidas a él:

–*Frater, Ave atque Vale*. Hermano, salud y buen viaje.

Luego entro en el túnel que asciende y me alejo lo más aprisa que puedo.

75

LA isla de Dargon se retuerce. Se sacude, se agita y sobre todo retumba. Seguro que no es divertido si te encuentras cerca de los edificios de su cumbre o en la bahía usualmente tranquila. Ni que decir tiene, si te encuentras en el estómago revuelto de este volcán mientras se prepara para hacer volar la comida con la furia del Armagedón.

¿Lo mejor que puede uno hacer en una situación así? ¡Huir!

Corremos como alma que lleva el diablo. O, para ser precisos, trepamos, a veces a cuatro patas. No tengo ni idea de dónde estamos, aunque sí sé que vamos casi directos hacia arriba. A través de empinados y oscuros túneles rupestres, traicioneramente resbaladizos.

Tormenta de Fuego ilumina nuestro camino. Ahora apenas destella, ha liberado su energía y agotado su furia. Lo estoy sujetando fuerte.

Eko va en cabeza. Yo la sigo en segundo lugar, resoplando. Gisco arrastra su trasero jadeando y resoplando.

No pretendo quejarme, pero a los perros grandes trepar por empinadas cuevas no es lo que mejor se nos da. Nadar, sí. Saltar, por supuesto que sí. Puede que gane una medalla algún día en cualquier prueba de atletismo, excepto salto de pértiga...

Menos cháchara y más rapidez, Gran Perro de Dann, le amonesta Eko telepáticamente.

Eso es lo que estaba tratando de decirte. A pesar de que el can sea anatómicamente superior en muchos aspectos que podría enumerar ahora mismo, soy incapaz de subir más deprisa. De hecho, necesito reducir la marcha. Sugeriría que me dejaseis atrás, pero sé que nunca lo haríais, así que podríamos hacer todos una pausa para echar una breve siesta subterránea...

Conozco lo suficientemente bien a este montón de pelo a cuatro patas como para suponer que la perspectiva de verse abandonado le haga ir más rápido. Sí, tiene razón, tendremos que dejarle atrás, le sugiero telepáticamente a Eko. No queda más remedio.

Cierto, no queda más remedio, coincide Eko conmigo, captando de inmediato mi mensaje telepático. *Antes era un perro magnífico. Deberías haberlo visto en todo su esplendor. Pero ahora es demasiado viejo. Demasiado lento. Pobre camarada, se quedará aquí echado, solo y desamparado, esperando a que se derrumben las paredes.*

¿Estáis de broma, verdad? ¿No abandonaréis a vuestro querido viejo Gisco? Al amable y leal Gisco, que es mucho más capaz de encontrar la salida de las oscuras cuevas de lava que un rayo de esperanza, que está hecho picadillo y sangra como una hamburguesa, o una Gran Sacerdotisa de Dann, que se ha aliado con el enemigo.

¿Aliada con el enemigo? Eko parece sentirse sinceramente insultada. *¡Cómo te atreves, Gran Chucho! Sabes que era la única manera en que podría ayudar a Jack...*

Qué responsables somos, ¿no? Estoy seguro de que te colocaste en situaciones muy interesantes...

¿Qué demonios quieres decir con eso?

Trato de mediar entre ellos. Tranquilizaos los dos. Gisco, si tienes idea de cómo salir de esta cueva, sería un buen momento para...

El oscuro túnel retumba y se agita con tanta violencia que todos nosotros caemos al suelo. Me cubro la cabeza con los brazos mientras las rocas llueven como granizo pétreo. De algún modo logramos sobrevivir. Aunque por poco. La próxima vez no lo conseguiremos.

Gisco prosigue imperturbable.

Tú, el que estaba a punto de abandonarme, ¿qué estabas diciendo?

Respondo rápidamente, sacudiéndome piedras y polvo del pelo y los ojos: Que si sabes cómo salir de esta cueva, lo cual dudo, aunque estoy dispuesto a admitir que es posible; teniendo en cuenta que los perros cobardes saben más de cómo esconderse en agujeros que muchos animales superiores, sería un buen momento para que compartieras el secreto con nosotros.

Bueno, dice enfurruñado. *La verdad es que no es una manera muy educada de pedirme que comparta siglos de tradiciones caninas. ¿O sí?*

Más retumbar, más temblores. Nos quedaremos enterrados en unos pocos segundos.

Por favor, Gran Perro de Dann, suplica Eko.

Oh, ¿así que ahora soy el Gran Perro? ¿Qué ha pasado con el Gran Chucho?

Era una expresión cariñosa, explica ella. Y luego añade un telepático pero muy sentido: *por favor, Gisco.*

Sí, generoso y dulce pichicho, yo también te suplico. Sálvanos si puedes. Los dos te queremos.

Bueno, si me lo ponéis así, supongo que os ayudaré a salir. ¿Os habéis dado cuenta de que el polvo se está moviendo?

Eko y yo nos miramos. Por supuesto que el túnel está invadido de polvo a causa del reciente derrumbe. El arenoso miasma no parece que se mueva despacio.

No. No se mueve. Está circulando.

No. No solo circulando. Está fluyendo.

Eko también se ha dado cuenta. Ambos nos miramos y luego miramos al perro. ¿Eso qué significa, Gisco?

Que la cueva respira. Suelta esa perla informativa como si estuviese impartiendo su infinita sabiduría.

No nos queda mucho tiempo, le recuerdo. Menos misterio y más claridad canina. En concreto, ¿por qué respira la cueva?

Cambios de la presión barométrica. Pero se trata más bien de dónde, que de por qué necesitas saberlo. El flujo de aire se acelera en las cercanías de algún conducto. Así que si el polvo se mueve con esta rapidez, tenemos que estar cerca de...

¡Una salida! Eko termina el argumento.

Pero yo ya me he adelantado siguiendo el flujo del polvo...

A través de una grieta a modo de sacacorchos que se estrecha y luego se desvía por apretados corredores. De repente se divisa luz más adelante, al final del túnel, mientras se ensancha de tal modo que los tres echamos a correr, codo con codo, y salimos hacia...

Un sol deslumbrante. Estamos sobre un acantilado. Allá lejos, a nuestros pies, está, por un lado, el reluciente Atlántico azul. Por el otro, el cráter del volcán.

Veo, abajo, allá a lo lejos, dentro del abismo y del mar, la roja lava hirviente, espumeando y a punto de estallar en dirección al cielo.

Hacia nosotros.

–No hay salida –le digo a Eko–. Nunca saldremos de esta isla. Es una trampa mortal y todo lo que hemos conseguido trepando hasta aquí arriba es encontrar tres asientos en primera fila. Cuando el volcán entre en erupción, nos va a freír vivos.

76

EKO mete la mano dentro de una pequeña bolsa. Saca fuera tres camisas que me son familiares.

No, no son camisas. Son gruesas, como chalecos salvavidas, pero entalladas, como trajes de neopreno. Brillan ligeramente, como si estuviesen hechas de un material fosforescente.

–Poneos esto –dice–. Supongo que no tengo que deciros que os deis prisa.

¡Las chaquetas antigravedad que usamos para volar en las Outer Banks! En un santiamén tengo la mía puesta.

Me agacho y ayudo a Gisco a meter las patas en su propia chaqueta. Cuando me incorporo, una voz a mis espaldas dice:

–Todos los vuelos fuera de esta isla acaban de ser cancelados.

Dargon. A menos de tres metros de distancia. Sudoroso. Empapado en su propia sangre. Un profundo tajo en uno de los lados de su rostro. Aunque sigue estando fuerte y seguro.

Sujeta en su mano derecha una larga pistola de láser. La apunta hacia mí.

–Debería haberte matado en el barco de arrastre en la primera ocasión que tuve. Pero lo haré aquí y ahora.

Observo cómo se desarrolla todo a cámara lenta. Dargon mueve el dedo sobre el gatillo. Un mortal rayo sale disparado de la pistola. No hay escape posible. Me evaporará. No hay tiempo para esquivarlo. Está hecho.

Algo cae delante de mí. Intercepta mi bala, o mi láser, o lo que sea. Se escucha un grito.

¡Eko! Me ha salvado la vida. ¿Pero con qué coste?

Un gruñido gutural. Gisco hunde sus dientes bien dentro de la muñeca derecha de Dargon.

La pistola cae lejos, por encima del borde del terraplén, dentro del cráter del volcán.

Me arrodillo junto a Eko. Ella levanta la vista hacia mí. Hace un gesto de dolor, pero consigue esbozar una ligera sonrisa. No tiene muy buen aspecto. Estoy seguro de que se está muriendo.

–Me parece que hubiera preferido que me devorase un tiburón sarda –dice sin aliento.

Dargon se ha quitado de encima a Gisco.

Su loro y Gisco entablan una batalla a dentelladas y picotazos.

Dargon avanza un paso hacia mí.

–No necesito una pistola para acabar contigo. Prefiero hacerlo con las manos vacías.

Me levanto para encararme con él. Acaba de herir de muerte a la mujer más hermosa e interesante que me he encontrado jamás, que sacrificó su vida por mí. Es una motivación bastante fuerte. Durante un minuto me olvido de la maestría de Dargon en las artes marciales. De que el volcán está a punto de entrar en erupción. Tan solo quiero atravesar su cara con mi puño.

Es él quien me golpea a mí. Con extraordinaria rapidez. Con uno de sus ganchos derechos.

Levanto mi brazo para bloquearlo, pero la fuerza del puñetazo me envía al suelo dando vueltas.

Me aturde. Convulsiona mi mundo. Todo me da vueltas.

No, no es que mi mente esté dando vueltas a causa del puñetazo. ¡La isla está dando la vuelta! El suelo se sacude. La lava está explotando fuera del cráter. Me pongo de rodillas.

Y aquí viene de nuevo Dargon. Salta tan bien durante la lucha, que parece que estuviera volando. Me recuerda a Eko en aquel granero, cayendo sobre mí con su atuendo de ninja.

Dargon aterriza sobre su pie derecho y usa el izquierdo para darme una patada en la barbilla. La patada más rápida y precisa que haya visto dar jamás. Hace que me salten unos cuantos dientes. Salgo volando de espaldas.

Me agarro a un saliente del borde del cráter. Bajo la vista al burbujeante lago de lava que está allá abajo.

Aquí viene Dargon para rematarme. Saltando hacia mí, casi volando. Su siguiente golpe dará fin a esta batalla desigual.

Tengo que pegar yo primero. Pero él es demasiado rápido. Demasiado diestro. Se anticipa a cada una de mis patadas. Me golpea antes de que pueda responder.

Visualizo un instante a Eko en el granero. La forma en que por fin me di cuenta de cómo lo hacía. Cuando estaba en el aire, cayendo sobre mí, me anticipaba a su aterrizaje.

Ahora Dargon está volando en el aire, y se dirige hacia una roca que aflora cerca de donde estoy yo. Aterrizará y se lanzará a su asalto final.

Le ignoro. Me echo a rodar y hago algo muy simple, aunque al mismo tiempo inesperado. Aparto de una patada esa roca.

Él continúa aún en el aire, descendiendo. Se percata de lo que hago. Suelta un chillido gutural. Hay miedo en sus ojos...

De pronto ha desaparecido la plataforma donde pretendía aterrizar. Esta vez no cae con elegancia, como una gacela. Cae dando vueltas como un helicóptero sobre el borde de un glaciar. Abre las piernas en ángulos impensables, buscando dónde agarrarse...

Patina y tropieza sobre el borde del precipicio cubierto de gravilla. De alguna manera consigue frenar. ¡Debe de tener los dedos de los pies tan fuertes y entrenados como los de sus manos! Se hunden en la gravilla. Se detiene y comienza a darse la vuelta...

Yo me encuentro justo allí, aguardando por el lado que no ve. No me ve a causa del ojo de cristal, pero adivina mi presencia y comienza a levantar su mano.

Demasiado tarde. Tan solo hace falta un ligero empujón, dirigido al centro de su pecho con mi mano derecha, la que sujeta Tormenta de Fuego.

La esfera lanza un luminoso destello en cuanto toca el pecho de Dargon.

Él se vuelve a mirarme, incrédulo. Agita los brazos. Resbala sobre el borde.

Comienza a caer. Un cobarde grito de muerte. ¡UUUAAAAAA!

Debería echar un vistazo a Eko y a Gisco, pero en lugar de ello me quedo allí y contemplo cómo cae Dargon, hasta que desaparece en el interior del hirviente lago.

Adiós, amigo. La verdad es que te lo tenías merecido.

El escandaloso chillido del loro me saca de mi ensimismamiento. Doy media vuelta. Gisco acaba de arrancarle a Apolo la cabeza de un mordisco. El loro decapitado corretea dando vueltas y luego cae por el acantilado, siguiendo a su amo, agitando las alas hasta perderse dentro del líquido abismo.

Gisco y yo nos apresuramos a volver con Eko.

77

—DÉJAME aquí –susurra Eko.

–De ninguna manera –le digo–. Ven, saldremos volando juntos de estas rocas antes de que se evaporen.

–No puedo. Mira. ¡Mi chaqueta!

Lo veo. El rayo de láser de la pistola de Dargon ha atravesado su chaqueta. Está hecha trizas. Dos humanos. Un perro. Solo dos chaquetas voladoras en buen estado.

–Vete –me insiste de nuevo–. Salvaos vosotros.

La levanto con mis brazos.

–No, Jack, peso demasiado. No podrás volar con un peso extra. Déjame.

–Yo soy el rayo de esperanza –le recuerdo–. Y tengo más poderes mentales de los que siquiera podrías imaginar. Ahora quédate callada.

Tiene razón. Quédate callada. Gisco secunda la moción.

–Pero no podremos despegar del suelo... –objeta Eko.

–Ya hemos despegado del suelo –le digo.

Y eso acabamos de hacer. A cuatro metros del acantilado volcánico, subiendo y alejándonos por encima del Atlántico a una velocidad vertiginosa.

Ni un segundo más. Bajo nosotros, un ruido sordo estalla de las profundas entrañas del volcán. Crece y crece. Nubes de vapor y gases estallan por encima del borde del cráter en una exhibición de fuegos artificiales de color rojo y naranja.

Vuela más rápido, me apremia Gisco. *Ese corcho está a punto de estallar.*

El ruido es cada vez más fuerte, crece y ruge. Es evidente que el volcán va a entrar en erupción de un momento a otro.

Todo aquello que puede salir de la isla lo está haciendo a toda prisa. Las aves levantan el vuelo desde los árboles, dan vueltas y graznan, y luego se alejan a toda velocidad saliendo al Atlántico.

Los murciélagos salen volando de sus cuevas. Perros, cabras e incluso cerdos se meten en el océano y nadan mar adentro, mientras las ratas se arrojan al agua desde los acantilados.

Veo cómo la flota de barcos de arrastre trata de hacerse a la mar. Pero los grandes barcos estaban siendo equipados y estaban amarrados al muelle. Los hombres los abandonan desesperados y saltan por las bordas.

Es la máxima velocidad que puedo alcanzar ahora mismo, le digo a Gisco, mientras estrecho a Eko con más fuerza entre mis brazos. Ve tú delante. Ya te alcanzaremos.

–Tenéis que iros los dos –suplica Eko–. Déjame caer en el agua, Jack. De todas formas me estoy muriendo.

Hace esfuerzos por liberarse.

–Tú no vas a ninguna parte –digo, y la sujeto con más fuerza aún.

Me quedo con vosotros, anuncia Gisco. *Tendría que quedarnos tiempo suficiente como para alejarnos. Basándome en mis incomparables conocimientos de espeleología volcánica, este bebé no entrará en erupción hasta dentro de media hora.*

Apenas acaban de salir estas palabras de su boca telepática, cuando la isla volcánica se yergue para ir al encuentro del sol de la tarde. Jamás había visto nada igual. Y espero no hacerlo nunca. Pero es glorioso. Rojos dedos de roca licuada surgen de las profundidades, alcanzando las nubes blancas como para apartar a un lado la cortina del cielo azul.

Siempre pensé que una erupción era un suceso rápido, repentino, como la detonación de una bomba.

La reacción en cadena de rocas de una montaña partiéndose, que se proyectan al exterior por sí solas.

El sibilante chirrido de achicharrantes ríos de lava líquida como serpientes que se arrastran dentro del frío Atlántico.

El silbido meteórico de inmensas rocas que parecen tener alas, expulsadas del cráter, como un rebaño de cometas reunido de nuevo. Cualquiera de ellas podría matarnos si nos alcanzase, pero la suerte sigue estando de nuestra parte.

Contemplo cómo llueven encima de la flota de barcos. Uno detrás de otro se comban y dan la vuelta sobre sí mismos.

La entrada abovedada de color verde al centro de información sobre arrecifes de Dargon se derrite en el momento en que un géiser de magma se dispara desde las profundidades. Ha desaparecido el centro de mapas con toda su información robada sobre la localización del relieve submarino.

Ahora nos encontramos a una considerable altura. Por encima de la negra nube de polvo que se extiende sobre lo que en su día fue la isla de Dargon. Ya no queda mucho de ella. Ahora solo hay agua y lava, e incluso eso quedará pronto oculto por las cenizas volcánicas.

Pero nosotros ya no nos encontramos bajo esa oscuridad. Ahora estamos allá arriba, en los cielos despejados. La sensación es como la de estar haciendo una excursión al paraíso. La cálida luz del sol. Interminables capas de nubes impolutas.

Noto que Tormenta de Fuego está cambiando. Miro mi mano. Ahora se ha vuelto de color azul verdoso, el color del océano de allá abajo. Su tacto es suave y fresco. Sé lo que quiere.

Lo sostengo durante un segundo más y luego lo dejo caer. Cae como una lágrima turquesa. Me parece verlo amerizar con un pequeño chapoteo. Ballenas y delfines rodean el lugar.

–Qué extraño –dice Eko.

–¿El qué? –le pregunto.

–Que me esté muriendo.

–No es verdad. Deja de decir eso.

–Todas las otras profecías han resultado ser ciertas –dice, jadeando–. Has hecho justo lo que proclamó el Misterioso Kidah. Qué extraño que lo que dijo acerca de nosotros dos no pueda suceder jamás.

–¿Qué fue lo que dijo? –pregunto.

Me mira mientras nos remontamos dentro y fuera de las nubes.

–¿Por qué crees que fui tan dura contigo en el granero?

–Me estabas enseñando a defenderme solo. Había poco tiempo. Hiciste lo que debías. Te perdono.

–Había otra razón –admite Eko–. El Misterioso Kidah dijo que si encontrabas Tormenta de Fuego, los dos nos casaríamos algún día. Que llevaríamos una larga vida juntos. Nuestros descendientes serían tan numerosos como las estrellas en el cielo. Así que estaba domando a mi futuro marido. Pero, por lo que parece, incluso el Misterioso Kidah también se equivoca a veces...

–No, no se equivocó...

Su cuerpo se estremece. Los adorables ojos medio cerrados.

–Adiós, Jack. Me alegro de que hayamos pasado algún tiempo juntos.

–No puedes morirte –le suplico–. Eres la única que me comprende. La clave de mi pasado. La clave de mi futuro.

Ella reúne la suficiente fuerza para levantar la cabeza y plantar un último suave beso sobre mis labios y susurra,

–Buen viaje.

–No –digo–. ¡No puedes morir! *¡Lucha, Eko! ¡Quédate!*

Pero la estoy perdiendo. Noto cómo se escurre entre mis dedos. No, espera. No está escurriéndose porque se está muriendo. Y tampoco yo la estoy dejando caer.

¡Está desapareciendo!

Eko también lo nota. Se agarra más fuerte a mí. Susurra mi nombre con voz asustada.

–Jack –la presión de sus dedos sobre mis brazos se aligera, persiste sobre mi piel, y luego desaparece. Se ha ido. Como un haz de luz. *Bluf.*

¡Gisco!

Lo he visto.

¡Dargon tenía razón! ¡Vamos a desaparecer todos!

No. Tendríamos que haber desaparecido todos juntos. Nosotros seguimos estando aquí, Jack. Estamos bien. Ella es la única que se ha ido.

¿Adónde?

No lo sé, habichuela, admite el fiel perro volador, las lágrimas resbalando por su hocico. *¡Pero la voy a echar mucho de menos! Los dos hemos retrocedido juntos los siglos. Esto me descompone tanto, que incluso me siento como si de verdad estuviese descomponiéndome.*

Levanto la vista. ¡Se está descomponiendo! Disolviendo en el aire.

¡No te vayas, Gisco! Eres todo lo que me queda. ¡No sé ni adónde ir ni qué debo hacer a partir de ahora! ¡Quédate! ¡Te lo suplico!

No te preocupes, Jack. Lo único con lo que puedes contar, es con que nunca jamás te abandonaré, me promete el saco de pulgas volante, y de repente desaparece en un abrir y cerrar de ojos en la nada.

Los dos se han ido. Como llamas de velas.

También la isla de Dargon ha desaparecido ahora; tan solo queda una mancha polvorienta allá abajo a lo lejos.

El sol brilla por encima de mí, las nubes son algodonosas y reconfortantes. Podría seguir siendo un día de excursión al paraíso.

No solo eso. Creo que acabo de salvar los mares. He cambiado el futuro. He cumplido el gran designio de mi padre. La misión imposible para la cual me envió se ha terminado.

Lo cual no me hace sentir tan bien.

No, nada me hace sentir bien. Me siento vacío. Exhausto. Terriblemente solo. Porque he perdido a mis compañeros. Los amigos que podrían haberme ayudado a dar sentido a todo esto. Las únicas piedras de toque que me quedaban. El único camino a casa.

Puede que ahora los vientos me conduzcan adonde ellos quieran. Me están arrastrando en dirección este, hacia Europa, y allá abajo, muy lejos, el Atlántico se agita sin cesar.

Agradecimientos

No podría haber escrito este libro sin la erudición y el sabio consejo de Dave Allison, de Oceana; Dr. Elliott A. Norse, del Instituto Biológico de Conservación Marina; Dr. Les Watling, de la Universidad de Maine, y Karen Sack y Sara Holden, de Greenpeace International.

También estoy en deuda con mi fiel familia lectora, Orlando Klass y Sheila Solomon Klass; mi intrépida investigadora, Christine Bailey; mi asesor para las variadas escenas de acción, Ed Nichols; mi sabio agente, Aaron Priest; mi infatigable editora adjunta, Elaine Chubb, y mi editor sin igual, Frances Foster.

Le doy las gracias especialmente a mi esposa, Giselle Benatar, que tanto me ha apoyado, y a mis alegres y destrozones hijos, Gabriel y Madeleine.

Murcia 2 de Noviembre de 2007

14 años

Teresa

Tío Paco

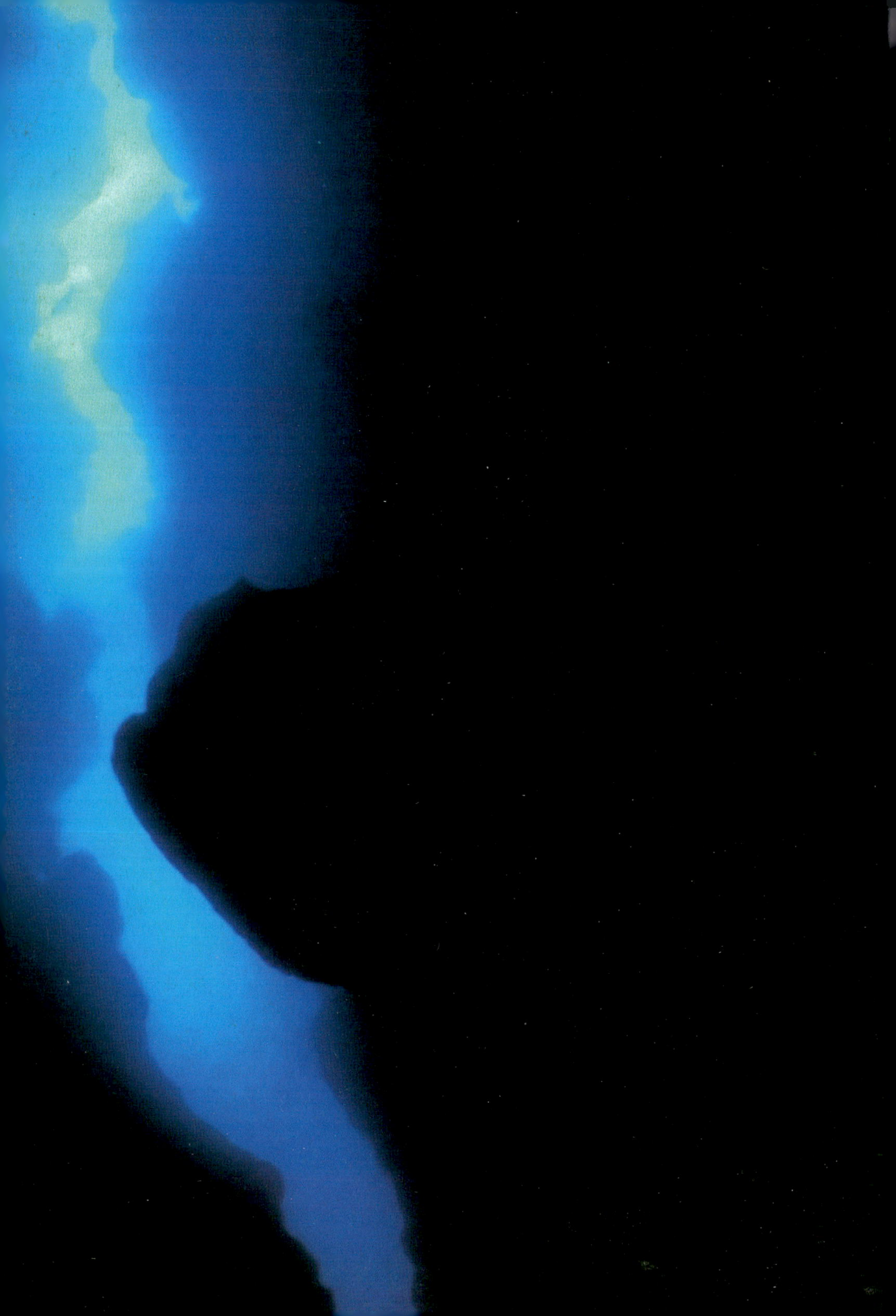